JN254972

書斎の外の
シェイクスピア

サウンディングズ英語英米文学会 編
舟川一彦 監修

金星堂

写真協力：

　川喜多記念映画文化財団　pp. 121, 123, 125, 130, 132, 136, 143

　ニナガワカンパニー　p. 107

　ロイヤル・シェイクスピア・シアター　p. 86

　早稲田演劇博物館　pp. 100, 103, 106

ピーター・ミルワード先生に捧ぐ

本書の出版にあたり、金子洋一記念基金の助成を受けた。

金子洋一記念基金：

　2007 年 9 月に逝去した会員の金子洋一氏の功績を偲び、サウンディン
　グズ英語英米文学会へのご遺族からのご寄付を基金として、これを当
　学会の発展のために資することを目的とし、同時に金子氏の遺徳を顕
　彰するものである。

監修者まえがき

舟川　一彦

　サウンディングズ英語英米文学会はこれまでに『想像力と英文学——ファンタジーの源流を求めて』(2007 年)、『サミュエル・ジョンソン——その多様なる世界』(2010 年)、『アメリカン・ロマンスの系譜形成——ホーソーンからオジックまで』(2013 年) と、会員による 3 冊の論文集 (いずれも金星堂刊) を単行書として出版してきた。本書もこれら 3 冊と同様、我々の学会の研究発表会と連動して企画されたものであり、2016 年 5 月 14 日に行われた発表会の内容が母体となっている。本書の第 1、2、3、4 章の中核部分は当日のシンポジウム (司会は舟川) に基づいており、第 7 章は同じ発表会での研究発表を記録したものである。

　しかし、本書が現にこのような形をとるにあたっては先行 3 冊と異なるもうひとつの事情があった。それは、シェイクスピア没後 400 年を記念して 2016 年 5 月から 6 月にかけて社会人向けに開講された上智大学公開講座「書斎の外のシェイクスピア」(コーディネーター・舟川) である。企画を立てるにあたって私が考えたのは、我々が普段学生相手にしているような、テクストと睨めっこするような形のものとは違ったことをやってみたいということ、そして、シェイクスピアを楽しむ多様な視点を探ってみたいということだった。研究者でない聴衆を対象にした各回 90 分のこの講座では、シンポジウムと同じトピックを扱った講義 (本書の最初の 4 章) でも、各講師に詳細でより行き届いた叙述をしてもらうことができた上、シンポジウムになかった 2 つのトピック (本書の第 5、6 章) を組み入れることができた。そのおかげで、本書の最終稿の内容は単にシンポジウムを活字化した場合より

もはるかに充実したものになったと自負している。我々にこのような機会を与えて下さり、立案から教室での機器使用にいたるまで様々なレベルでバックアップして下さった上智大学公開学習センターの柳澤広美さんと我部政貴さん、そして6週にわたって講義に参加し活発な反応をくださった受講者の皆さんに感謝の意を表したい。

当初の計画では、没後400年がらみで2016年のうちに出版に漕ぎつけたいと思っていたのだが、細かい事実を扱う章が多かったので、正確を期すため思いのほか完成に時間がかかってしまった。その結果生じた悔やむべき事態は、この本を著者一同の恩師であるピーター・ミルワード先生に見ていただくことができなかったということである。教室内外で我々を導いて下さり、サウンディングズ英語英米文学会の名誉会長も務めて下さった先生は、我々が校正作業をしている最中の2017年8月16日に帰天されてしまった。痛恨の思いを込めて、この本を先生に献呈する次第である。

本書の出版のためには、私にとって忘れがたい教え子であり、著者一同の友人であった故金子洋一氏を記念する基金からの助成を受けている。親しかった友人たちによるこの本の出版の実現を彼も喜んでくれているものと信じている。

著者たちの原稿が一通り揃ってからの繁雑を極める編集作業を引き受け（より正確には、無理矢理押しつけられ）、自己犠牲を厭わず尽力してくれたのは、著者の一人である武岡由樹子さんである。感謝するとともに、大変な負担をかけてしまったことをまことに心苦しく思っている。

金星堂の佐藤求太氏は、常日頃からサウンディングズ英語英米文学会の活動に理解を示して何かとご協力下さっている上、前の3冊同様、今回の出版にあたってもひとかたならぬお世話をいただいた。ここに謝意を表したい。

2017年9月17日

---

* 本書中で言及するシェイクスピア作品の執筆年については、*The Oxford Shakespeare: The Complete Works,* ed. Stanley Wells and Gary Taylor, 2nd edition (Oxford UP, 2005) の推定に従う。

目　　次

第1章

シェイクスピアの謎多き人生と不安定なテキスト

──「不確かさ」が与えた可能性──

武岡　由樹子

　物事について、すべてを明らかにしたいと望む人もいれば、多少曖昧なことがあっても平気な人もいるし、（積極的に）すべてを知りたくなどないと思う人もいる。すべてを知ることで心の平安を得られる場合もあれば、逆に、知らない方が心穏やかに過ごせることもあるのだ。たとえば、自分の病気、寿命や体脂肪率について、または他人が心の中で思っていることなど、知りたいような知りたくないような、その人の性格によっても、またその事柄によっても、反応は様々であろう。それでは、作家や作品についてはどうであろうか。現代作家の場合は、作家の生い立ちについても、作品についても、情報は豊かにあり、しかもかなり正確である。作家本人が作品についてコメントをしているインタビューや文章などが残っている場合もあるので、作家がどのような意図で作品を書いたのか、思いを込めたのかを直接知ることもできる。しかし、15、16世紀に生きたウィリアム・シェイクスピア（William Shakespeare, 1564-1616）については、そのような訳にはいかない。これから詳しく見ていくが、作家についての情報も、そして作品についても、確実に分かっていることが実に少ないのである。

　これまでシェイクスピアについては、現存するわずかな資料をたよりに、彼の実像に近づこうとする伝記研究が進められてきた。1709年にニコラス・ロウ（Nicholas Rowe, 1674-1718）が初めてウィリアム・シェイクスピアの伝記を記したときには、伝聞や伝説に基づいた内容が多かったが、18世紀にはエドマンド・マローン（Edmund Malone, 1741-1812）が原資料だけを

詳しく調べる本格的な伝記研究の道を開き、特に執筆年代の確定に努めた。19世紀のジェイムズ・オーチャード・ハリウェル＝フィリップス（James Orchard Halliwell-Phillips, 1820-89）は原資料の発掘に意欲的に取り組み、実証的研究をさらに進めた。彼は初めてストラットフォードの町の記録を広く用い、また新たにジェームズ1世（James I, 1566-1625, 在位1603-25）が戴冠式に際してシェイクスピアと俳優仲間に真紅の布地を下賜したことが記された文書を発見した。20世紀にはC.W. ウォレス（Charles William Wallace, 1865-1932）がこれまで未発見であった裁判記録（ベロット＝マウントジョイ訴訟に関する書類）やグローブ座とブラックフライアーズ座の株の所有・分配に関する書類を発見し、シェイクスピアがロンドンで住んでいた場所についても明らかにした。また、エドマンド・チェインバーズ（Edmund Kerchever Chambers, 1866-1953）はこれまでの研究成果を『ウィリアム・シェイクスピア――事実と問題点の研究』全2巻（*William Shakespeare: A Study of Facts and Problems,* 2 vols., 1930）においてまとめた。第一巻はシェイクスピアの生い立ちや俳優仲間について、第二巻は入手しうる限りのシェイクスピア関連の文書、公式記録が掲載されている。その後サミュエル・シェーンボーム（Samuel Schoenbaum, 1927-96）が記した『シェイクスピアの生涯――記録を中心とする』（*Shakespeare: A Documentary Life,* 1975）も、原資料を緻密に調べた堅実な研究の成果と言える（高橋 90, 302, 433, 546, 753, 795, 843; Wilson 23-24; 日本シェイクスピア協会 15; Bergeron 190-195; Sisson 1-12; Honan 415-24）。そして21世紀になってからもシェイクスピアの生涯についての書籍は、出版され続けている。これらの研究から明らかになったこともあれば、異なる説が生まれてかえって一つの確固たる事実に辿りつけない場合もあり、依然として謎に包まれている部分は多いのだ。

　2015年5月19日にイギリスBBC放送で、「ウィリアム・シェイクスピアの生前に制作された唯一の肖像画が発見された」というニュースが取り上げられた。[1] 翌20日発刊のイギリスの雑誌『カントリー・ライフ』（*Country Life*）にこのような内容の記事が掲載されるというのだが、画面で紹介されたのは、それまでウィリアム・シェイクスピアの肖像画で知られてきた顔ではない、全く別人のものであった。植物学者で歴史学者でもあるマーク・グリフィス（Mark Griffiths）が、16世紀のジョン・ジェラード（John Gerard, 1545-1612）による『本草書』（*The Herball,* 1597）という植物学の書

籍にある挿絵横の暗号を解読し、挿絵に描かれたローマ人風の衣装に身を包んだ少し巻き毛で月桂樹の冠を頭にいただいている男性を、シェイクスピアであると主張したのだ。今回の発見が注目を集めたのは、シェイクスピアの肖像画として有名なものはいくつか存在しているものの、生前に制作されたと断言できるものがない、つまり、私たちにはシェイクスピアの本当の顔を知る手だてがないからなのである。

　シェイクスピアの生涯については資料がわずかしかなく、不確かなことが実に多い。どこで何をしていたかが分からない空白の時期があったり、ストラットフォード生まれのウィリアム・シェイクスピア以外の人物が「シェイクスピア」だったのではないかと考える「シェイクスピア別人説」も存在したりする。作品についても、現存するシェイクスピアの手書き原稿は一枚もなく、現在書店で購入できる本はいずれも、彼が書いた原稿のまま印刷されたものとは限らない、という当時の出版・印刷に関する現代とは異なる事情がある。私たちが当たり前のように信じて疑わない「シェイクスピア」という人物や彼の作品について、確実に分かっていることがどれだけ少なく、不確かなものを拠りどころとしているかをまず見ていくことにする。そして、そのような事情にもかかわらず、なぜシェイクスピアはこれだけの人気を博すのかと問い直すことを、シェイクスピアの魅力を探る本書の出発点としたい。

1. シェイクスピアの生涯

　シェイクスピアの生涯について一般的に知られているのは、次のような内容である。まず、1564 年にストラットフォードで、父ジョン・シェイクスピア（John Shakespeare, ?-1601）と母メアリー・アーデン（Mary Arden, ?-1608）の間に第三子・長男として生まれ、地元のグラマー・スクールに通い、18 歳のときに 8 歳年上のアン・ハサウェイ（Anne Hathaway, 1555/6-1623）と結婚し、3 人の子どもの父となる。やがてロンドンで役者・劇作家として活躍し、その後、故郷ストラットフォードに戻り、1616 年に亡くなる。[2]

　多くの本にほぼ共通して書かれているこれらの内容についても、それぞれに補足説明が必要である。まず、1564 年に生まれたことは間違いないとしても、シェイクスピアの正確な誕生日については不明である。一般的に

4月23日とされているようだが、当時は生まれて3日後ぐらいに幼児洗礼を受けるのが慣例のようであり、4月26日の受洗記録が残っていることから判断して、逆算して23日と考えられているに過ぎない。シェイクスピアの命日が教会の埋葬記録から4月23日であると分かっていること、また、イングランドの守護聖人である聖ジョージの祝日が23日であることもあり、同じ23日が誕生日として良いとされたようである（Wilson 37-38; Schoenbaum 25-26; Potter 1-2）。[3] そしてグラマー・スクールに通っていたということについても、学籍簿が残っているわけではないので確実ではない。当時シェイクスピアの父、ジョン・シェイクスピアが町長も務めたほどの町の有力者であったことから、おそらくここに通わせていたであろう、という推測がされているに過ぎないのである（Wilson 40; Schoenbaum 62-63; 河合 25, 100-101; ソブラン 31）。[4]

　結婚についても、ウスター司教区の記録からアン・ハサウェイと結婚したことが分かるが、そのときの証書に記された名前が Shagspere と綴られていたこと、またその前日に記された婚姻特別許可証には Shaxper、妻の名の箇所には Anne Whately（アン・ウェイトリー）という別の女性の名前が記載してあったこと、など不可解な点がある。このアン・ウェイトリーとはどのような人物なのか、シェイクスピアの本命の女性だったのか、またはただの書記の書き間違いなのか、異なる説が存在している（Wilson 56-57; Schoenbaum 83-84; Chambers 18-19; Potter 55-57; 結城 48-49）。[5]

　1585年2月に双子が誕生した直後から、ロンドンでの活躍について分かる最も古い記述とされた、ロバート・グリーン（Robert Greene, ?1558-1592）の『百万の後悔によって贖われた三文の知恵』（*Groatsworth of Wit bought with a Million of Repentance,* 1592）が発刊された1592年9月までは「失われた年月（"the lost years"）」[6] と呼ばれ、シェイクスピアが何をしていたのかは確実なことは分かっていない。研究者の間では、a）教師、b）弁護士の助手、c）政治家、d）お小姓、e）劇場パトロンの馬ひき、f）俳優（ダービー伯一座、レスター伯／ストレインジ卿一座、旅回りの一座のいずれか）、g）レスター伯の軍隊に志願、h）ドレイクの世界周航に参加、i）市民防衛隊に参加、j）サイモン・ハント（Simon Hunt, 1551-85）とイタリア旅行をしていた、または k）肉屋の奉公から逃げた、l）カトリック迫害から逃れた、m）サー・トマス・ルーシーから逃げた（鹿泥棒伝説）など、いくつかの説が挙げられ

ている（Wilson 60-61, 65, 92; Schoenbaum 95-117; Milward 37-8; Pointon 43-47; 小室 24-41）。1595 年には宮内大臣一座の株主の一員として名前が挙げられた文書があるが、どのような経緯でバーベッジの劇団で働くようになったのかは曖昧だ（Wilson 65-70, 72-4, 76; Pointon 43）。[7]

　ロンドンで活躍するシェイクスピアの姿は、少しは辿ることができる。1595 年にはクリスマス・シーズン中、グリニッジ宮殿にエリザベス女王が滞在していた間に行った御前公演の共同報酬受取人として 20 ポンドを受け取っており、リチャード・バーベッジ（Richard Burbage, ?1567-1619）やウィリアム・ケンプ（William Kempe, 1560-1603）とともにシェイクスピアも「宮内大臣一座」の一人として名前が記載されている。1599 年にはグローブ座の株主として名前が挙げられており、1603 年にはエリザベス女王（Queen Elizabeth I, 1533-1603, 在位 1558-1603）崩御、そしてジェームズ 1 世即位にともない、「宮内大臣一座」は「国王一座」となるが、特許状にはシェイクスピアの名も記されている。1604 年にはジェームズ 1 世からは、シェイクスピアをはじめ劇団員に、揃いのお仕着せ用の赤い布が下賜された。これらの他にも、上演の記録や作品の書籍出版業組合登録簿における記載などがあり、シェイクスピアがロンドンで演劇人として活動していたことがうかがえる（Wilson 460-463; Pointon 48, 270-73; 結城 325-34）。

　シェイクスピアは 1616 年に亡くなる少し前に遺書を書き残しているが、この数少ない信頼できる資料についても、その解釈をめぐって意見が分かれる場合がある。遺書の中の妻アンに「二番目に良いベッド（"second best bed"）を与えた」という一節について、シェイクスピアが妻アンと不仲であったとする説もあれば、もともと一番良いベッドは来客時に使用するものであり、二番目に良いものが自分たち用で、最も愛着のある思い出の品を遺したのであり、仲が悪かったわけではないと反対の説もある（Wilson 390; Schoenbaum 301-302）。[8]

　改めて整理しておくと、確実な記録としては誕生・結婚・死亡の公式記録、遺言状、支払いの一覧表、抵当証書、裁判記録、税金未納記録（Wilson 23, 456-467; Pointon 269-73; 結城 310-47）などが存在しているが、彼の生涯の全体像を描くには不十分であるし、複数の説が存在して一つに定められない事柄もある。シェイクスピアという人物が実在したことに疑いをもつ人もいれば、（その存在は認めつつも）ストラットフォードのシェイクスピアがロン

ドンで活躍した劇作家シェイクスピアと同一人物であることに疑念をいだく人もあらわれ、シェイクスピアは別人だったのでは？と考える、「シェイクスピア別人説」が浮上することとなる。田舎者で教育をさほど受けていないストラットフォードのシェイクスピアには、あのような作品が書けたはずがないというのだ。

2. シェイクスピア別人説

　本当のシェイクスピアは、ストラットフォードのシェイクスピア以外の人物であったと考える人々には、いくつかの派がある。別人説を主張する人たちは、ストラットフォードのシェイクスピアが法律の知識や海外事情に詳しくなかったであろうこと、上流階級の人との交流がなかったであろうことなどをその論拠としている。候補に挙がっている人たちは、①フランシス・ベーコン（Francis Bacon, 1561-1626）、②第 17 代オックスフォード伯エドワード・ド・ヴィア（Edward de Vere, the 17th Earl of Oxford, 1550-1604）、③第 6 代ダービー伯ウィリアム・スタンリー（William Stanley, the 6th Earl of Derby, 1561-1642）、④第 5 代ラトランド伯ロジャー・マナーズ（Roger Manners, the 5th Earl of Rutland, 1576-1612）、⑤クリストファー・マーロウ（Christopher Marlowe, 1564-93）、そして、⑥エリザベス女王であり、彼らはシェイクスピアの作品執筆に必要な条件をすべてクリアしているのだ（Wilson 13-20; 河合 38-79）。今回は、特に 3 名だけを取り上げて見ていくこととする。

　まず、最初の候補者はフランシス・ベーコンである。彼は哲学者・法律家・政治家・宮廷人だったので、シェイクスピアであったかもしれない人物としては有力候補である。ベーコンが暗号に強い関心を示していたことから、ベーコンが、彼自身が作者であることを暗号の形でどこかに記したのではないか、と考えられるようになった。アメリカのイグネイシャス・ドネリー（Ignatius Donnelly, 1831-1901）の書いた『偉大なる暗号——シェイクスピア作とされる戯曲におけるフランシス・ベーコンの暗号文』（*The Great Cryptogram,* 1888）をきっかけとして、暗号やアナグラム（綴り換え）の研究が流行した。ドネリーによると、ベーコンはアルファベット 26 文字を小文字の a と b を組み合わせた 5 文字で表す暗号を用いたようだ。たとえば、aaaaa は a、

送りたいメッセージ：　　　　　 A l l　 i s　 w e l l.

5 文字に置き換える：

aaaaa ababa ababa abaaa baaab babaa aabaa ababa ababa

同じ文字数で偽の文（真逆の意味となるもの）を作成：

We were sorry to have heard that you have been so unwell.

We were sorry to have heard that you have been so unwell.

届いたひとは（下線部の有無を基準に）ab に直す：

a a aaaa babaa ba baab aaaba aabb aba aaab aaab ab aababa

5 文字ごとに区切る：

aaaaa ababa ababa abaaa baaab babaa aabaa ababa ababa

（対応するアルファベットに直し）本当のメッセージを得る：

A L L 　 I S 　 W E L L

図1　ベーコンがどのように二文字暗号を使用したかについてのドネリーの説明

図は、Friedman, William and Elizabeth S. Friedman. *The Shakespearean Ciphers Examined: An Analysis of Cryptographic Systems Used as Evidence that Some Auther Other Than William Shakespeare Wrote the Plays Commonly Attributed to Him* (Cambridge: Cambridge UP, 1958) 28-29 の内容を筆者がまとめたものである。

aaaab は b という具合である。この方法で "All is well" をこの暗号に置き換えると "aaaaa ababa ababa abaaa baaab babaa aabaa ababa ababa" となるが、この計 45 文字から成る偽の文を別に作っておく。これは本当のメッセージを知られないためのカモフラージュの文である。たとえば、"We were sorry to have heard that you have been so unwell." のような、本来のメッセージとは真逆の内容の文を作成し、表記の仕方を "We were sorry to have heard that you have been so unwell." と下線を付けた形にしておく。受け取り手は後で下線を引いていないところを a、引いたところを b に置き換えて 5 文字ごとに区切り、それぞれのアルファベットに直せば本来のメッセージが浮かび上がる、という仕組みになっているのである（Friedman 28-29）（図 1）。この b に変換してほしいところの目印は、下線を引く以外に、イタリッ

クスにしたり、そこだけ大文字にしたり、といろいろなヴァリエーションがある。要は、a と b の区別ができるようにしておけば良いのだ。この 2 文字による biliteral cipher（二文字暗号）はベーコンが『学問の進歩』（Of the Advancement of Learning, 1605）で最初に言及し、その後『学問の進歩と尊厳』（*De Augmentis Scientiarum*, 1623）においてさらに発展させている。そしてドネリーはついに、シェイクスピアの墓碑銘に暗号が隠されているのではないかと考え、この二文字暗号を用いて墓碑銘を解読しようとした。

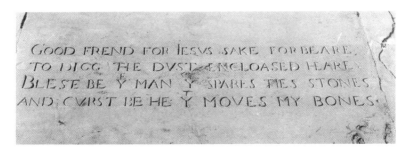

図 2　シェイクスピアの墓碑銘

Wilson, Ian. *Shakespeare: The Evidence: Unlocking the Mysteries of the Man and His Work* (London: Headline Book, 1993) pl. 53, 394-95.

墓碑銘（図 2）には "GOOD FREND FOR JESUS SAKE FORBEARE, / TO DIGG THE DUST ENCLOSED HEARE. / BLESTE BE THE MAN THAT SPARES THES STONES, / AND CURST BE HE THAT MOVES MY BONES." （「よき友よ、主イエスの名にかけて、つつしまれよ、／ここに収められた遺体を、掘り起こすことを。／この石に手をつけざる人に幸いあれ、／わがなきがらを動かす人に呪いあれ。」Price 154; Schoenbaum 306; シェーンボーム 365）と記されているが、墓碑銘の小文字を a に、大文字を b に置き換え（図 3）、先ほどと同じ手順で暗号を解読すると、"FRANCIS BACON WROTE THE GREENE, MARLOWE AND SHAKESPEARE PLAYS" となるようだ（Friedman 55-56）。[9]

　また、記念碑下の銘文を分析した学者もいる。元 BBC プロデューサーによるドキュメンタリー番組の中で、トマス・ボーケナム（Thomas Bokenham）による記念碑下に刻まれた文についての暗号解読が紹介さ

GoodF rendf orIes usSAK Eforb eareT odigg
baaab *aaaaa* *aabaa* *aabbb* *baaaa* *aaaab* *aaaaa*
S A E H R B A

TEDu stEnc loAse dHERe Blese beTE Man$_Y^T$s
babba *aabaa* *aabaa* *abbba* *baaaa* *aabab* *baaba*
Y E E P R F T

pares TEsS tones Andcu rstbe He$_Y^T$mo vesmy
aaaaa *babab* *aaaaa* *baaaa* *aaaaa* *babaa* *aaaaa*
A X A R A W A

Bones
baaaa
R

図3　ドネリーが二文字暗号により墓碑銘の解読を試みる

Friedman, William and Elizabeth S. Friedman. *The Shakespearean Ciphers Examined: An Analysis of Cryptographic Systems Used as Evidence that Some Auther Other Than William Shakespeare Wrote the Plays Commonly Attributed to Him* (Cambridge: Cambridge UP, 1958) 51-52.

れている（"*Shakespeare, Bacon Enigma*"）。この記念碑下（図4）の "Stay Passenger, why goest thou by so fast? / Read if thou canst, whom envious Death hath plast / With in this monument Shakspeare: with whome / Quick Nature dide; whose name doth deck this Tombe, / Far more then cost; sith all that He hath writt, / Leaves living art, but page, to serve his witt." （「足をとどめよ、行く人よ、なぜにそう急ぐのか？／読めるなら知るがいい、悪意ある死がだれを埋めたか

図4　シェイクスピアの記念碑の胸像（この記念碑の下にある碑文の暗号解析も行われた）

Callaghan, Dympna. *Who Was William Shakespeare?: An Introduction to the Life and Works* (Chichester: Wiley-Blackwell, 2013) Fig. 1. 2, 5.

を、／この記念碑の中にあるはシェイクスピア、この人とともに生き生きとした才は死んだ。この人の名は墓を飾る、／金よりもはなやかに。なぜならこの人の書いたものすべては世にあるすべての芸術を、この賢人に仕える僕としてしまうのだから。」Martin 52; Schoenbaum 310; シェーンボーム 368）という文からも、その方法は実に怪しいながらも、ベーコンが作者であることが示唆されているようである。

　別人説の第二の候補者は、第 17 代オクスフォード伯エドワード・ド・ヴィアである。伯爵がブルベック（Bulbeck）子爵として持っていた紋章には「折れた槍（spear）を振る（shake）獅子」の図案が描かれていたこと、1578年にゲイブリエル・ハーヴィー（Gabriel Harvey, c.1522/3-1631）がオックスフォード伯爵を讃えて「目には閃光が走り、その顔つきには槍を揮う（shakes a spear）ばかりの厳めしさ」と述べたとされていること（河合 64-65）、戦争や軍事統率に関する知識も豊富であり、海外にも赴いた経験があること、鷹狩り、フェンシング、馬術、音楽、舞踏などを趣味としていたこと（ウェイレン 120-124）、作品に登場する人物や設定にオックスフォード伯の実人生が似ていること（ウェイレン 138-151; 河合 65-70; ソブラン 266-289）[10] などオックスフォード伯がシェイクスピアであったならば都合の良いことが多く存在した。ただし、オックスフォード伯説の最大の弱点は、オックスフォード伯が 1604 年に亡くなっていることである。シェイクスピアは 1604 年以降も執筆を続けているので、この事実は都合が悪いのだ。

　最後の候補者は、エリザベス女王である。先述の 2 名に比べると可能性は低いものの、興味深い説であるので是非ここに紹介しておきたい。コンピューターを使って顔の特徴を比較し、同一人物かを調べる仕事を専門とするリリアン・シュウォーツ（Lillian Schwartz）博士は、1588 年にジョージ・ガワー（George Gower, c.1540-1596）の描いたエリザベス女王の肖像画（Armada Portrait）と第 1・二つ折り本（First Folio, 1623）にあるシェイクスピアの肖像画とをコンピューターにかけてみたところ、一致したというのだ（Schwartz, 1995）（図5）。[11]

　シェイクスピアの劇は体制側を支持する内容が多く、エリザベスのプロパガンダとしての役割を果たしていたと考えられるし（Hackett 168-70）、エリザベス自身、詩作も行っていたため、シェイクスピアがエリザベス女王であった可能性を支持する者もいる。しかし、エリザベスは 1603 年に亡くなって

図5　左図：エリザベス女王1世の肖像画の一つである「アルマダ・ポートレート」を
　　　拡大したもの。右図：ドルーシャウトの肖像画

Pointon, A.J. *The Man Who Was Never Shakespeare: The Theft of William Shakespeare's Identity* (Kent: Parapress, 2011) 100. 両図をコンピューター・グラフィックスで照合してみると、一致したという。詳細は、Schwartz, Lillian. "The Art Historian's Computer" *Scientific American,* April (1995): 80-85 参照。

いるので、シェイクスピアがエリザベスであった可能性は低い。コンピューター・グラフィックスによるシュウォーツの主張に対しては、その後テリー・ロス（Terry Ross）が顔の各パーツの画像を部分的に切り取り、エリザベスとシェイクスピアのものとを入れ換えて、それらが符号しないことを証明し、反論してみせた（Ross）。

3. シェイクスピアの肖像画

　シェイクスピアが誰であったのかを探る手がかりとして、肖像画に着目した学者もいる。確実にシェイクスピアを描いたとされているのは、ドルーシャウトの肖像画（Droeshout Portrait, 1623 年に出版されたシェイクスピアの全集本である第1・二つ折り本のタイトルページにある画、図5右図）とホー

リー・トリニティー教会にある記念碑の胸像（図4）である（Brown, 2015）。ところが、このドルーシャウトの肖像画でさえ、彼の別人説を擁護する何よりの証拠として挙げられてしまうことがある。肖像画の左顎の下あたりにある二重のラインに着目した人たちは、これこそ、シェイクスピアがマスク（仮面）をかぶっている何よりの証拠ではないかと考えたのだ（Durning-Lawrence 23, 79-80）。またこの肖像画のシェイクスピアの襟の部分にフランシス・ベーコンの兄であるアンソニー・ベーコン（Anthony Bacon, 1558-1601）のイニシャルが刻まれていると指摘し、アンソニー・ベーコンがシェイクスピアであったと主張する者も出た（ノーレン 162）。胸像についても、最初は今のようなペンと紙を持った姿ではなかったようだ。1656年のウィリアム・ダグデイル（William Dugdale, 1605-86）の『ウォリックシャーの故事』（*Antiquities of Warwickshire,* 1656）に紹介されている記念碑の像は、クッションあるいは羊毛か穀物の袋のようなものを持っており、商人のようには見えても劇作家シェイクスピアの印象は与えない（Price 154-167; 河合 96）。

図6　チャンドス・ポートレート

Schoenbaum, Samuel. *Shakespeare's Lives.*
New Edition. (Oxforod: Clarendon Press, 1991)
pl. 13, 300-01.

ドルーシャウトの肖像画も胸像も、シェイクスピアの死後に制作されたものであったため、シェイクスピアの実像に近づくべく、生前に描かれた作品を探し出す試みがなされた。チャンドス・ポートレート（Chandos Portrait、図6）とコブ・ポートレート（Cobbe Portrait）と呼ばれる肖像画は、生前の作である可能性が高いとされている。

ただ、チャンドス・ポートレートについても、左耳にイアリングをしていて、シャツ紐が緩くたれているところは、当時の詩人、ペンブルック伯（William Herbert, Earl of Pembroke, 1580-1630）の装いと似ていると認めら

れつつも（Cooper 54-61; Higgins, 2006）、一方で、唇や目の感じがユダヤ系の顔つきである（Marder 203）、あるいは、ひげがアラブ系だ（Ghazoul 9）、などと民族的なルーツについて面白い仮説を生むことにもなった。コブ・ポートレートは、当初シェイクスピアのパトロンであった第3代サウサンプトン伯ヘンリー・リズリー（Henry Wriothesley, the 3rd Earl of Southampton, 1573-1624）が所有していたものが、コブ一族の手に渡ったようであり、かつてシェイクスピアの肖像画として認められていたヤンセン・ポートレート（Janssen Portrait）のもとになった絵であると考えられている。しかし、ヤンセン・ポートレートが16世紀のトマス・オーヴァーベリー（Thomas Overbury, 1581-1613）を描いたものだと指摘されたこと、またX線写真で左上に書かれた制作年が書き変えられていたことが分かり、本物である可能性は低くなると（Potter 436; ノーレン 54）、コブ・ポートレートについても、本物であるのかが疑わしくなった。

　フラワー・ポートレート（Flower Portrait）についても、ヒルデガルド・ハンマーシュミット・ヒュンメル（Hildegard Hammerschmidt-Hummel）は生前に描かれた可能性を主張したが、後に偽物であると指摘されることになった。ハンマーシュミット・ヒュンメルは、この絵にX線を照射して絵の下に聖母マリアとキリストが描かれていることを見つけ、その画風からそれが15-16世紀ごろ（1540-60の説もある）のものだと考えられると、その上に描かれたシェイクスピアの肖像画は肖像画に書かれた年号どおり1609年に描かれたものだと考えた。これにより、フラワー・ポートレートはシェイクスピアの生前に描かれたものであると考えられたのである（Hammerschmidt-Hummel 8）。ところが2006年にターニャ・クーパー（Tarnya Cooper）博士が、この絵に使用されている絵の具（chrome yellow＝黄鉛）は19世紀以降にしか手に入らないものであることを突きとめ、偽物であると主張した（Hammerschmidt-Hummel 7, Cooper 72）。

　サンダース・ポートレート（Sanders Portrait）も、シェイクスピアの生前に書かれた可能性が高いとされた作品である。絵の右上には1603年と記されており、その後、額の木の年代を年輪年代学を用いて調べたり、絵のX線撮影や紫外線ならびに赤外線照射の写真撮影を行って絵の下に別の絵が隠されていないか、時期の異なる加筆（描き直し）などがないかを調べたりした。いずれも分析の結果、記された年代に矛盾しない結果が得られたのだが、

図7 ヒリヤードによる肖像画（Nicholas Hilliard "Man Clasping Hand from a Cloud"）

Hotson, Leslie. *Shakespeare by Hilliard* (Berkeley: U of California P, 1977) pl. 3, 54-55.

ラベルの信憑性と描かれたシェイクスピアの顔が当時の年齢（39歳）にしては若すぎることが、確信を持つに至れない点となった（ノーレン 187-204, 232, 238, 255-61, 274）。

　ヒリヤードによる肖像画（"Nicholas Hilliard, Man Clasping Hand from a Cloud"、図7）では、左上から（シェイクスピアと思われている）男性に向けて差しのべられている手は誰のものかということが問題となった。神の手であるならば、（それを握る男性の手は右手であるので）右手が差し伸べられるべきところであるが、描かれているのは左手である。また、差し伸べている手には洋服の袖が見られるため、神の手とは思い難い。男性が（差し伸べられた手の）小指を握っているようなポーズであることから、恋人同士が手を握っているように考えられた。もしそうであるならば、その恋人は誰なのか。この差し伸べられた手のポーズと洋服の袖の形が類似する他の絵を調べたところ、この手はアポロのものではないかと考えられた。異教の神は洋服を着て描かれることがあるようなのだ。また、つながれた手が「白い」ことも重要で、これは「真実の愛」を表していると思われた。レズリー・ホットソン（Leslie Hotson）は、エンブレム・ブックに描かれるアポロと詩人の絵、ギリシャ神話におけるアポロとマーキュリーの関係性、マーキュリー＝

詩人＝シェイクスピアという連想から、この絵がシェイクスピアと彼が恋慕うとされたサウサンプトン伯の関係を暗示したものではないかと考えている（Hotson 36-42, 83, 111）。

　肖像画についても、最新の科学を用いて調査・分析が行われたが、いずれの場合も、シェイクスピアについて確実なことをあぶり出すほどの成果は出ていない。

4. シェイクスピアの作品が出来るまで

　次は、シェイクスピアの作品ができるまでの工程について、述べたいと思う。作家について曖昧であっても、作品が大事なのだから、と思われている方には、今度は「作品さえも不確かな要素が多いのである」ということを明らかにしなければならない。

　まず、当時の印刷事情についてだが、当時は植字工が一字一字、字を選んで、片手におさまるほどのスティックに並べていき、数行完成したら、組み版に並べて印刷するという作業を行っていた。植字工が原稿を読み間違えて違う字を並べてしまったり、版に並べるときにうっかり字を落としてしまったり、飛ばしてしまったり、誤植につながる危険性はいろいろなところに潜んでいた。

　また、原稿についても、シェイクスピアの時代においては、劇作家は劇場で上演されるために劇を書いており、出版して読まれるために書いていたわけではないため、シェイクスピアが書いたものがそのまま本の形で残っているということがない。劇作家は、原稿を劇団に売り、その作品は宮廷祝典局長の検閲を受け、上演が認められると、劇団は上演権を獲得することになる。他の劇団に上演されることを防ぐ意味もあり、なかなか出版をするということにはならなかったようだ（高橋 53-54; 河合『架け橋』99）。しかし、海賊版の出版を防ぐという目的で、もし出版するということになった場合は、出版権を獲得するために、書籍出版業組合で記録簿に登録されることが必要となった（高橋 348-49）。したがって、作品が出版されることになった場合は、その原稿は、シェイクスピアが書いた手書き原稿（foul papers）を清書したもの（fair copy）、または劇団に一冊だけ存在した上演台本（prompt book）をもとに、あるいは、役者たちの記憶を頼りに再構築された内容の怪しいもの（memorial reconstruction）をもとに作られることとなった。出処が信用に値するものによって作られたクォート版は "good Quarto"、反対に、出処の怪しい信用できないものによって作られたクォート版は "bad Quarto" と呼ばれている。シェイクスピアが書いたままではない、複雑な過程を辿り少しずつ変わってしまった原稿をもとに、各作品の単行本であるクォート版（全紙を4等分に折って出来た大きさの本）や、シェイクスピアの死後に出来た全集本であるフォリオ版（全紙を半分に折って出来た大きさ、主に装飾本や全集本など大型本に用いるサイズの本）が作られた。現在、書店にあるシェイクスピアの本は、それぞれの編者によりクォート版とフォリオ版を折衷して編まれた、さらに変化したテキストと言える。[10] 1709年のニコラス・ロウによる全集本から、1725年のアレグザンダー・ポープ（Alexander Pope, 1688-1744）全集、1747年のウィリアム・ウォーバートン（William Warburton, 1698-1779）全集、1765年のサミュエル・ジョンソン（Samuel Johnson, 1709-84）全集、1773年のジョージ・スティーブンズ（George Steevens, 1736-1800）全集、1790年のエドワード・マローン全集、1936年のジョージ・ライマン・キトリッジ（George Lyman Kittredge, 1860-1941）全集、1951年のピーター・アレグザンダー（Peter Alexander, 1894-1969）全集など、それぞれの編者がクォート版とフォリオ版の折衷版のテキストを作ってきた。現在、書店にあり、オーソライズド・エディションとされているのは、アーデン版（最初のシリーズは1899-1924年、第二シリーズ1951-81年、第三シリーズが1995年から出版されている）、オックスフォード版（1982年～）、ニュー・ケンブリッジ版（その前のケンブリッジ版は1863-66年、最初のJ・ドーヴァー・ウィルソン（J. Dover Wilson）によるニュー・ケンブリッジ版は1921-66年、新しいニュー・ケンブリッジ版が1984年から出版されている）（河合『架け橋』98）の3つであるが、それぞれ、頁の真ん中には異文注記（critical apparatus）があり、他の版との比較が可能である。例えば、その版ではセリフのこの箇所はフォリオ版の単語を採択したが、クォート版や18世紀以降の他の編者による版では別の単語が記されている、などテキスト分析から解釈の可能性を広げるための有用な情報が載せられている。

　これまでのところ、作家の人生についても、作品についても、シェイクス

ピアには謎が多く不確かなことが多いということが分かった。しかし、確実に分かっていることが少ないこの「不確かさ」は、はたして否定的に映る要素だけなのであろうか。この曖昧さが可能にした肯定的な要素はないのだろうか。

　今回、『書斎の外のシェイクスピア』というテーマのもとに、書斎の「中」で行われるシェイクスピア研究（作品の精読）とは異なる視点から、シェイクスピアの生涯と作品にまつわる謎について見てきたわけだが、書斎の「外」のシェイクスピアに目を向けることは、逆説的ではあるが、書斎の「中」で行っていたことに新たな光を与えることにつながるのではないかと考えられる。そこで、これまで述べたことがシェイクスピアの作品解釈にどのような影響を与えるのかを考えてみたい。アプローチの選択肢としては、二つあると思われる。一つは、シェイクスピアの生涯のエピソードが作品世界にどのように反映されているかを検証することである。しかし、これはすでにたくさんのシェイクスピア関連書籍で詳しく述べられているので、ここではもう一つの選択肢を選んでみようと思う。それは、テキストの不確かさ、いくつもの変化を遂げて編まれたテキストによってもたらされる解釈の多様性の問題である。『オセロー』（*Othello,* 1603-04）の5幕2場冒頭の部分を例に検討してみることにする。

5.「不確かさ」が与えた可能性──『オセロー』5幕2場を例に

　シェイクスピアの四大悲劇の一つである『オセロー』は、以下のような話である。ムーア人武将のオセローは、悪党イアーゴーの巧みな手口により、妻であるデスデモーナが副官キャシオと浮気をしているのではないかと疑いを抱くにいたる。イアーゴーによってお膳立てされた状況証拠に加えて、オセローの中のコンプレックスや嫉妬心が疑念を生み、やがては妻が不貞を働いたとの確信へと変わり、ついには最愛の妻デスデモーナを殺してしまう。殺害後に妻の無実が分かり、後悔のうちに、オセローも自害する。

　さて、今回取り上げるのは5幕2場冒頭で、オセローが嫉妬に狂い、デスデモーナを愛しながらも、彼女を殺害することを決心し、寝室に入り、彼女の眠るベッドへと向かうときの独白部分である。まず、フォリオ版（ここで

は 1623 年の第 1・二つ折り本を指すものとし、以下、F と記す）とクォート版（ここでは 1622 年の第 1・四つ折り本を指すものとし、以下、Q と記す）を比べた場合に単語レベルでの違いがいくつかあるが、その中で 1 箇所、17 行目の F では "one more"、Q では "once more" となっている部分を取り上げてみたい（F では、"One more, one more: / Be thus when thou art dead, and I will kill thee, / And love thee after. One more, and that's the last."、Q では "once more, / Be thus, when thou art dead, and I will kill thee, / And love thee after: once more, and this the last." 小田島訳では、「もう一度、もう一度。／死んでもこのままであってくれ、おまえを殺しても／おれの愛が変わらぬように。もう一度、最後のキスを。」となっている箇所である。ちなみに、興味深いので是非比較していただきたいのだが、松岡訳では「もう一度、もう一度。／死んでもこのままでいてくれ、そうすれば殺したあとで／愛してやる。もう一度、これが最後だ。（キスをする）」となっている）。もう一つは、ト書きの違いということで Q のみに記された *He kisses her.* のト書きについて検討してみたいと思う。

　最初の one more/once more の問題については、one と once のそれぞれがどのような印象を与える言葉かを考えるところから始めてみたい。one が何らかの「物」を「1 つ、1 個」と表しているような印象を与えるのに対し、once は何らかの「行為」を「1 度、1 回」と表しているように感じられる。そして具体的にこの「物」や「行為」にあたるものが何かを考えてみると、直前でデスデモーナの息のかぐわしさを讃えて嗅いでいたことから、(1)「においを嗅ぐ行為」を指しているともとれるし、その 2 行先　"Once more, and that's the last." のセリフの後にト書き *He kisses her.* があることから、よりロマンティックに (2)「キスをする行為」と解釈することも可能であろう。さて、この Q と F の違いをふまえ、現代のアーデン版、オックスフォード版、ニュー・ケンブリッジ版では、どのようなテキストが作られたのであろうか。アーデン版では once more を、オックスフォード版とニュー・ケンブリッジ版では one more を選んでいる。そして 2 つ目の問題として取り上げたいト書きについても、各版が独自の編集をしているので、以下に 3 つの版を並べ、比較検討していくことにする（以下、引用における下線および囲みは筆者による）。

<アーデン版>

Othello:　　　　　… when I have plucked the rose
I cannot give it vital growth again,
It needs must wither. I'll smell thee on the tree;
O balmy breath, that doth almost persuade
Justice to break her sword! Once more, once more:
Be thus when thou art dead and I will kill thee
And love thee after. Once more, and that's the last.

He [smells, then] kisses her.

(V.ii. 13-19)

このおれには、
バラを手折れば、生き返らせるすべはない、
枯れしぼむのみだ。枝にあるうちにおまえの香りを。
ああ、この息のかぐわしさ、正義の神もその剣を
折りたくなろう。もう一度、もう一度。
死んでもこのままであってくれ、おまえを殺しても
おれの愛が変わらぬように。もう一度、最後のキスを。

（小田島訳）

アーデン版においては、once more が選ばれ、ト書きは Q にある内容が Q と同じ箇所に記されているが、新たに Q にも F にも存在しないト書き、"*smells, then*" が付け加えられている。周辺の語句にも目を向けてみると、Q/F の選択について興味深い点がある。13 行目では Q の読み "the rose"（F では "thy rose"）を選択し、15 行目では F の読み "thee"（Q では "it"）を選択しているのである。ここから読み取れるオセロー像は、どのようなものであろうか。「バラの花を摘み取ってしまえば」と一般論として花の話を "the rose" という言葉でやや距離感のある形で述べてから、それをデスデモーナに関連づけて、「枝にあるうちに（彼女の）香りを嗅いでおこう」と "thee" を用いて彼女への距離が縮まり、最後に once more へと続いている。単音節の "one" に比べて、"once" という言葉は 2 音節から成るため、語られるのに少し時間を要することから、ゆったりとしたテンポで語ることが可能である。全体的に

思考がゆっくりで、彼女への深い愛情とやむを得ず殺すことからくる悲しみ
を噛みしめながら別れを惜しんでいるオセローの姿が静かに痛々しく映し出
される。

<オックスフォード版>
Othello:　　　　　　When I have plucked thy rose ,
　　　　　　I cannot give it vital growth again,
　　　　　　It needs must wither: I smell thee on the tree—
　　　　　　　He kisses her
　　　　　　O balmy breath, that dost almost persuade
　　　　　　Justice to break her sword—one more, one more!
　　　　　　　[*He kisses her*]
　　　　　　Be thus when thou art dead, and I will kill thee
　　　　　　And love thee after—one more, and that's the last.
　　　　　　　He kisses her

(V.ii. 13-19)

オックスフォード版では、one more が選ばれ、ト書きについてはかなり特
徴的で、もともと Q にあったものに加えて、新しく 15 行目の後、そして 17
行目の後に *He kisses her* が加えられている。前者は、1630 年に出た Q2（第 2・
四つ折り本のこと。今回 Q として扱っているのは、1622 年の Q1［第 1・四
つ折り本］である）によるものと注にあるが、後者の方はオックスフォード
版の編者マイケル・ニール（Michael Neill）が独自に付けたものである。周
辺の語句の選択も、"thy rose"（13）は F の読みであり、"thee"（15）でも F
を選択しており、全体的に F の読みを尊重している。F を重要視するのはオッ
クスフォード版の特徴と言えるが、これはこの版のジェネラル・エディター
のスタンリー・ウェルズ（Stanley Wells）が当時どのように上演されたか
を非常に大事にする立場をとるからである。フォリオ版は上演台本をもとに
作られたことも多く、当時の（実際の）舞台上演で語られたセリフを反映し
ていると一般的に考えられている。それゆえ、オックスフォード版がフォリ
オの解釈を優先させて one を選んでいるのは、納得がいく。ここから見え
てくるオセロー像は、先程よりももっとデスデモーナに感情移入したエモー

ショナルなオセローである。最初のバラのたとえの段階で早くも "thy rose" と述べていることから、もはや一般論を語っているような客観的な態度は見られず、ここですでにバラの話をしながらそのイメージは強くデスデモーナに重なっている。続く、"thee" ではデスデモーナを思いながら香りを嗅ぎ、最後 "one more, one more" と短い単語の one を用いることで畳みかけるように、勢いの増した感じでセリフを言うことで、感情の高まりを表すことが可能である。そして、追加されたト書きにより、キスの回数も増え、アクションの面でも、視覚的にデスデモーナへの強い思いに溢れている。

＜ニュー・ケンブリッジ版＞

Othello:　　　　　When I have plucked | thy rose |,

I cannot give it vital growth again;

It needs must wither. I'll smell | it | on the tree.

　　　　　He kisses her.

O balmy breath, that dost almost persuade

Justice to break her sword! <u>One</u> more, <u>one</u> more!

Be thus when thou art dead, and I will kill thee

And love thee after. <u>One</u> more, and this the last.

(V.ii. 13-19)

ニュー・ケンブリッジ版では、one more が選ばれ、ト書きについては 15 行目の後に移されているが、これは Q2 に拠っているようだ。周辺の単語は、"thy rose"（13）で F を選択、"it"（15）では Q を選択している。これはまた新しい流れであり、面白い。この版におけるオセローは、最初の花のたとえでは "thy rose" と述べ、デスデモーナへの距離が近いにもかかわらず、続く匂いを嗅ぐところは "thee" ではなく "it" と逆に客観的な響きのある単語が用いられている。これはどのような解釈が可能なのか。デスデモーナではなく、もはや「匂い」と化して、それを求めているといった感じであろうか。先程の one more が感情の激化を表しているのに効果的であったのに対し、この場合に後に one more と続くと、作品中に度々用いられていたオセローの動物的なイメージと重なるかもしれない。

　このように単語の選択によって、現れてくるオセロー像、オセローの感情

の変化にも違いが見られるのである。

　各版の注において、この箇所に触れているのはアーデン版だけである。アーデン版の編者 A.J. ホニグマン（A.J. Honigmann）は、one と once の違いを "minim error" のように見られるかもしれない、と断りつつも、それぞれの持つ意味合いについて比較している。ホニグマンによれば、"once more" と言っている場合、2 つの動作が必要であると考えられる。1 つ目の動作を行い、2 つ目の動作を行い、そして「もう一度」と言って 1 つ目の動作に戻ることが理屈に合うと言うのだ。キスをすることはテキスト内に明示されていないとしつつも、このセリフの直前に別の行為（キス）をしていて、そこから「もう一度」と言って、その前に行っていた行為（においを嗅ぐ）に戻ることを意味しているのではないかと解釈している。一方、"one" を選んだ場合は、それは "one more kiss" を意味していると考える方が "one more smell [sniff]" と解釈するより自然であるとしている。そして、ホニグマン自身は、"once" の方を好むとコメントしている。ここで改めて、one, once が何を指示しているのか、各版の見解を整理しておく。アーデン版では、「においを嗅ぐ（または、キス）」、最後だけキスの可能性もあり、としている。オックスフォード版では、「キス」、ニュー・ケンブリッジ版では明示されていない。

　以前、授業でこの場面を扱った際に、「キス派」か「においを嗅ぐ派」か、学生にどちらを支持するかで分かれてもらい、その理由も考えてもらったことがある。これまでの統計でいうと、意外なことに「においを嗅ぐ派」が多数であった。またそれぞれの理由も大変自由でユニークなものであった。「キス派」の理由は、1）ロマンティックだから、2）オセローはデスデモーナに触れたいと思ったから、3）キスの方が相互的行為だから（においを嗅ぐのは一方的な行為である）、4）オセローが決別を認識するための別れの儀式だったから、キスの方がふさわしい、などである。一方、「においを嗅ぐ派」の理由としては、1）これから殺害するので、デスデモーナを起こしてしまわないように（キスをしてしまうと彼女が起きてしまう！）、2）野性的なオセローのイメージには嗅覚に訴える行為の方が合っている、3）においを嗅ぐ方が記憶に、心に残る、4）近いようで、近くない、あるいは、触れていないことが、かえってロマンティックである、5）キスをしてから殺すのは、あまりに辛すぎる、6）キスをしてしまうと、愛していることが隠せなくなり、殺害する決心が鈍ってしまう、ということを挙げていた。[1 2]

テキストがこのように編者の判断によって、クォート版とフォリオ版のいずれかの読みを採択し、（そして、時には編者自身の判断で加筆されながら）折衷版が作られていくことで、さまざまに変化したテキストが生まれる。それはシェイクスピアが最初に書いた通りのものではないのかもしれない。

　シェイクスピアの作品について、特にテキストについて「不確かなこと」を、「本当にシェイクスピアがそのように書いたかどうか分からないなんて、なんといい加減なテキストなのだろう」と否定的に捉えるのではなく、いろいろな読みの可能性を広げてくれる自由への扉であると肯定的に捉えることはできないだろうか。上演は、そもそもライブであり、その時々で毎回変わって良いものであり、リハーサルの段階で修正が行われたりすることもまれではない。躍動的に生き続けるシェイクスピアのテキストが「自由」であることは、演劇の本質と言えると思われる。

＊

　これまで見てきたように、作家の人生についても、作品についても、シェイクスピアは謎が多い。残されている資料もわずかであり、その数少ない資料から、一方でストラットフォード生まれのシェイクスピアも存在していたこと、他方で、ロンドンで演劇人として活躍したシェイクスピアの存在も認めることができるだろう。ロンドンのシェイクスピアが演劇に携わっていたという証拠は、少ないながらも存在しているのだ。しかし、ストラットフォードのシェイクスピアがロンドンで活躍していたシェイクスピアと同一人物なのかという問題を証明できなければ、別人説が有力視されることになるだろう。

　現在のところは（従来通り）、ストラットフォードのシェイクスピア＝劇作家シェイクスピアとしてよいと考えられている。ストラットフォード派（と彼らは自身を呼ぶことはないが）がそのように主張する根拠はいくつかある。1）ストラットフォードのシェイクスピアの遺書には、妻アンや娘スザンナ（Susanna Hall, 1583-1649）やジュディス（Judith Quiney, 1585-1662）についての記述とともに、ロンドンでの劇団仲間であるバーベッジ、ジョン・ヘミングズ（John Heminges, 1566-1630）やヘンリー・コンデル（Henry Condell, 1576-1627）に記念の指輪を買うように現金を遺贈する内容も記さ

れている。さらに、スザンナにはストラットフォードのニュー・プレイスや
ヘンリー・ストリートの家に加えて、ロンドンで購入したブラックフライアー
ズの家も遺贈している（Wilson 389-392; Martin48-51）。2) 劇作家シェイク
スピアの作品をまとめた全集本である第1・二つ折り本に賞賛詩を書いてい
るレナード・ディッグズ（Leonard Digges, 1588-1635）は、シェイクスピア
のストラットフォード時代からの友人である（Martin 60-64）。3) ストラッ
トフォードのシェイクスピアは父ジョンが果たせなかった紋章申請を引き続
き行い、1596 年に紋章が認可されることになったが、このときヨーク紋章
官ラルフ・ブルック（Ralph Brooke, 1553-1625）が政敵のウィリアム・デシッ
ク（William Dethick, c. 1542-1612）が無資格者に紋章を与えていると非難し
た内容の文書が残っている。その無資格者の中に「役者シェイクスピア」の
記載があり、ストラットフォードのシェイクスピアが役者シェイクスピア
であったことが分かる。（Schoenbaum 231-32; Pointon 71-72; 高橋 772）。4)
ストラットフォードのシェイクスピア一家の古くからの隣人であるクィニー
家のリチャード・クィニー（Richard Quiney, 1557-1602）が、ロンドンに上
京した 1598 年にロンドンのシェイクスピアに宛ててお金を貸してほしいと
いう内容の手紙を書いている（Wilson 234-46）。これらはすべてストラット
フォードのシェイクスピアとロンドンで活躍した劇作家・役者のシェイクス
ピアを同一人物と考えて良い理由と言える。

　とはいうものの、確実に分かっていることの少ない作家・作品の魅力は何
なのであろうか。言語の豊かさ、解釈の多様性、上演の可能性が考えられる
と思うが、その点については、本書のシェイクスピア作品の上演史・映画史・
日本での受容史などを振り返ることで確認していただきたい。

注

1　BBC のニュースについては、Tim Masters, "'True face of Shakespeare' Appears
　　in Botany Book," *BBC* 19 May 2016 を参照。より詳しい説明としては、関連記
　　事の Mark Brown, "Shakespeare: Writer Claims Discovery of Only Portrait Made
　　During His Lifetime," *The Guardian* 19 May 2015 や Ros Barber, "Why the 'New

Shakespeare Portrait' Is NOT Shakespeare," *Huffpost Arts & Culture* 26 May 2015 を参照のこと。

2 今回調べた文献においては、この内容でおおむね一致している。ただし、後に述べる通り、細かい点について研究者の間で見解が異なっている。A.J. ポイントン（A.J. Pointon）はシェイクスピアが通ったとされるグラマー・スクールについて、当時は義務教育ではなかったため、確実ではないとしており（28-29）、リチャード・ウェイレン（Richard F. Whalen）はシェイクスピアが役者をしていた記録はないと指摘している（15）。

　　以下、本論で扱う内容は、このように研究者によって意見が異なることが少なくないため、論拠には複数の出典を挙げることとする。

3 幼児洗礼の日と誕生日の関係について最初に言及したのは、ハリウェル＝フィリップスであるが、彼は受洗が行われるまでに誕生日から3日経過してしまうこともある（"three days often elapsed between birth and baptism" 32）と述べているに過ぎない。ところが、それに続く、シドニー・リー（Sidney Lee, 1859-1926）の記述では誕生してから3日後の受洗が慣例であった（"it was common practice at the time to baptize a child three days after birth." 8）ことになってしまっている。リーの段階で、より積極的な主張となっていることを E.K. チェインバーズもサミュエル・シェーンボーム（Samuel Schoenbaum）も指摘している（Chambers ii 2; Schoenbaum 24-25）。（注：今回調べた結果、このリーの記述の出典が曖昧であることも分かった。）シェーンボームは、誕生と受洗の間を三日あける慣習について定かではない以上、むしろ祈祷書に、誕生日の次に来る教会祝祭日、あるいは次の日曜日よりも後まで洗礼を遅延しないように、とあることを重要視した方が良いのではないかと考えた。

　　トマス・ド・クィンシー（Thomas De Quincey）は、シェイクスピアの孫娘エリザベス・ホール（Elizabeth Hall, 1608-1670）が4月22日に結婚したことが、シェイクスピアの誕生日に合わせて決められたのではないかと考えた（Chambers ii 2; Halliwell-Phillipps 56）。

　　また記念碑下の銘板に「享年53歳」と記されていることに着目して、亡くなった1616年4月23日から逆算して、誕生日は4月22日以前でなければおかしいとも考えられている（結城 10-11）。シェーンボームは「享年53歳」の表記より、1563年4月24日より前ではなく、1564年4月23日より後ではないことを導き出し、最終的には他の要素と併せて、1564年の4月21日、22日、23日のいずれか

に生まれたであろうとしている（Schoenbaum 25-6）。「享年（anno *aetatis*）」の解釈の違いが多様な説を生んでいると、チェインバーズも指摘している（Chambers ii 1-2）。

4　多くの本はチェインバーズの著書を論拠としているが、チェインバーズの記述は、ニコラス・ロウを拠り所にしているようである（Chambers i 16-17）。ロウは、ジョン・シェイクスピアが息子ウィリアムを授業料のいらない学校に通わせた（"for some time at a Free-School, where 'tis probable he acquir'd that little Latin he was Master of." Schoenbaum 62）と述べている。ここでの "Free-School" がグラマー・スクールと考えられているが、無償であったかどうかは研究者により意見が異なる（Callaghan 39; Pointon 29, 31）。グラマー・スクールの前段階の幼児学校（petty school）に入った後、グラマー・スクールに通ったようである。学籍簿はないものの、このグラマー・スクールに通っていたとすれば、シェイクスピアを教えた教師は、サイモン・ハントとトマス・ジェンキンズ（Thomas Jenkins, 1566-79 活躍）であると推測されている。ハントは、15世紀のグラマー・スクールで教師をしていたウィリアム・リリー（William Lily, ?1468-1522）による『ラテン語小文典』という文法書を用いて、シェイクスピアにラテン語を教えたようであり、一方ジェンキンズは、修辞学、オヴィディウス、キケロを教えたとされる。ジェンキンズは、ウェールズ人であったようで、シェイクスピア作品中のウェールズ人訛りの登場人物に反映されている（Wilson 40-42; Schoenbaum 62-70; 結城 15-22）。

5　アン・ウェイトリーの記載について、チェインバーズは書記の書き間違いであると指摘している（i 17-18）が、シェーンボームの著書にはそうではない可能性を探るアントニー・バージェスによる説やシドニー・リーによる説も紹介されている（83-86）。

6　「失われた年月」の期間については、1585年から1593年までの8年間とする河合氏による新しい説もある（河合 26, 166-214）。

7　はじめは、ストレインジ卿一座、レスター伯一座と行動を共にし、ロンドンにたどり着いたのではないかという説、父ジョンの金貸し業の要件でロンドンを訪れ、その仕事（金銭面での取り引き）を通じて劇場関係者とも顔なじみとなり、その縁でたまたま代役で端役を演じたことから劇場と関わるようになったなどという説もある（Wilson 65-76; Pointon 45; 結城 58-63）。

8　信頼できる資料の中にも、その解釈をめぐって意見が分かれる場合もある。父ジョン・シェイクスピアが署名の代わりに×印を用いたことを論拠に、彼は字もまと

もに書けず、学がなく、貧しかった、と結論づける説もあれば、別の町長エイド
リアン・クイニー（Adrian Quiney, 1531-1607）も同じように署名の際に印を用い
ていたことが分かり、この人物は手紙が残っていることから読み書きができたこ
とが明らかとなっているので、ジョン・シェイクスピアについても、署名に印を
用いたからといって読み書きができなかったことにはならないという意見もある
（Callaghan 34, 河合 101）。どちらの説をとるかで、シェイクスピアの生まれ育っ
た環境への理解が全く異なってくるのである。

　また、ジョン・シェイクスピアの職業についても、従来は素朴な手袋製造業者
であり、たまたま町の行政にも関心があった人物とされていたが、現在では、彼
が羊毛の取引も行っていたこと、金貸し業も行っていたこと、など相当の規模で
利益をあげる事業を行っていたと考えられている（Wilson 52; Pointon 26-27; 結城
4-6）。ジョン・シェイクスピアが裕福であったか否かの問題は、さまざまな議論の
論拠に用いられてきた点であるため、重要である。

9　実際には、単純な文字の変換以上の操作を行ってこの文を導き出しているので、
　純粋な暗号文とは言えない。

10　オックスフォード伯の実人生がシェイクスピアの作品中の人物や設定によく似て
　いるという指摘がされるが、例として一番挙げられるのは『ハムレット』（*Hamlet*,
　1600-01）との類似である。オックスフォード伯は、ハムレット同様、若くして（12
　歳のとき）父親をなくし、母親が再婚し、後見人となったバーリー卿（William
　Cecil, Lord Burghley, 1520-98）の娘と結婚したからである。

11　もともとシュウォーツ博士は、オックスフォード伯説を強く支持するレズリー・
　ドレスラー（Leslie Dressler）博士から、シェイクスピアとオックスフォード伯の
　肖像画をコンピューターにかけて二人が同一人物であるか調べてほしいという依
　頼を受けていたようだ。このときは、一致する結果とはならなかったのだが、そ
　の後、シュウォーツ博士がロンドンの国立肖像画美術館を訪れ、エリザベス女王
　の肖像画を目にしたときに、エリザベス女王とシェイクスピアの顔が似ているこ
　とが気になり、調べるに至ったようである。

12　これまで英文科の演習や英文学概説の授業でご一緒した学生の皆様の意見をここ
　にまとめさせていただいた。私の想像以上の斬新で自由な解釈を披露して下さり、
　刺激的な授業を共に作って下さった皆様に心から感謝の意を表したい。

引証文献

Barber, Ros. "Why the 'New Shakespeare Portrait' Is NOT Shakespeare." *Huffpost Arts & Culture* 26 May 2015, www.huffingtonpost.com/ros-barber/why-the-new-shakespeare-portrait_b_7349336.html. Accessed 11 Mar. 2016.

Bergeron, David M., and Geraldo U. De Sousa. *Shakespeare: A Study and Research Guide.* Third Edition, revised. Lawrence: UP of Kansas, 1995.

Brown, Mark. "Shakespeare: Writer Claims Discovery of Only Portrait Made During His Lifetime." *The Guardian* 19 May 2015, www.theguardian.com/culture/2015/may/19/shakespeare-writer-claims-discovery-of-only-portrait-made-during-his-lifetime. Accessed 9 Jan. 2016.

Callaghan, Dympna. *Who Was William Shakespeare?: An Introduction to the Life and Works.* Chichester: Wiley-Blackwell, 2013.

Chambers, E.K. *William Shakespeare: A Study of Facts and Problems.* 2 vols. Oxford: Oxford UP, 1930.

Cooper, Tarnya. ed. *Searching for Shakespeare.* New Haven: Yale UP, 2006.

Durning-Lawrence, Edwin. *Bacon Is Shake-Speare.* London: Gay & Hancock, 1910.

Friedman, William and Elizabeth S. Friedman. *The Shakespearean Ciphers Examined: An Analysis of Cryptographic Systems Used as Evidence that Some Author Other Than William Shakespeare Wrote the Plays Commonly Attributed to Him.* Cambridge: Cambridge UP, 1958.

Ghazoul, Ferial J. "The Arabization of Othello." *Comparative Literature,* 50. 1 (1998): 1-31.

Halliwell-Phillipps, J.O. *Outline of the Life of Shakespeare.* London: Longmans, 1885.

Hammerschmidt-Hummel, Hildegard. *And the Flower Portrait of William Shakespeare is Genuine After All: Latest Investigations Again Prove its Authenticity.* Trans. Alan Bance. Hildesheim: G.Olms, 2010.

Higgins, Charlotte. "The only true painting of Shakespeare—probably". *The Guardian,* 2 March 2006, www.theguardian.com/uk/2006/mar/02/arts.books. Accessed 9 Jan. 2016.

Honan, Park. *Shakespeare: A Life.* Oxford: Oxford UP, 1998.

Honigmann, E.A.J. *Shakespeare: the "lost years."* Manchester: Manchester UP, 1985.

Hotson, Leslie. *Shakespeare by Hilliard.* Berkeley: U of California P, 1977.

Huntley, John. "Shakespeare, Bacon Enigma" (1996). Online posting. 3 June 2014, www.youtube.com/watch?v=RZdqd5El5Y4. Accessed 11 Jan. 2016.

Marder, Louis. *His Exits and His Entrances: The Story of Shakespeare's Reputation.* Philadelphia: Lippincott, 1963.

Martin, Milward W. *Was Shakespeare Shakespeare?: A Lawyer Reviews the Evidence.* New York: Cooper Square Publishers, 1965.

Masters, Tim. "'True face of Shakespeare' Appears in Botany Book." *BBC.* 19 May 2016, www.bbc.com/news/entertainment-arts-32782267. Accessed 9 Jan. 2016.

Pointon, A.J. *The Man Who Was Never Shakespeare: The Theft of William Shakespeare's Identity.* Kent: Parapress, 2011.

Potter, Lois. *The Life of William Shakespeare: A Critical Biography.* Chichester: Wiley-Blackwell, 2012.

Price, Diana. *Shakespeare's Unorthodox Biography: New Evidence of an Authorship Problem.* Westport: Greenwood Press, 2001.

Ross, Terry. "The Droeshout Engraving of Shakespeare: Why It's NOT Queen Elizabeth." shakespeareauthorship.com/elizwill.html. Accessed 20 Feb. 2016.

Schoenbaum, Samuel. Shakespeare: A Documentary Life. London: Oxford UP, 1975.（邦訳：S・ショーンボーム『シェイクスピアの生涯——記録を中心とする』小津次郎他訳、紀伊国屋書店、1982年。）

——. *Shakespeare's Lives.* New Edition. Oxford: Clarendon Press, 1991.

Schwartz, Lillian. "The Art Historian's Computer" *Scientific American,* April (1995): 80-85.

Shakespeare, William. *Othello.* Ed. E.A.J. Honigmann. The Arden Shakespeare. Surrey: Thomas Nelson & Sons, 1997.

——. *Othello.* Ed. Michael Neill. The Oxford Shakespeare. Oxford: Oxford UP, 2006.

——. *Othello.* Ed. Norman Sanders. The New Cambridge Shakespeare. Cambridge: Cambridge UP, 2003.

——. *Othello: The First Quarto,* 1622. A Facsimile Series of Shakespeare's Quartos. No. 31. Tokyo: Nan'un-do, 1975.

——. *Mr. William Shakespeare's Comedies, Histories and Tragedies.* Vo. 1 (1623 edition).

London: Routledge, 1997.

———.『オセロー』小田島雄志訳、白水社、1983 年。

———.『オセロー』松岡和子訳、筑摩書房、2006 年。

Sisson, Charles J. "Studies in the Life and Environment of Shakespeare Since 1900" *Shakespeare Survey* 3 (1950): 1-12.

Wilson, Ian. *Shakespeare: The Evidence: Unlocking the Mysteries of the Man and His Work.* London: Headline Book, 1993.（邦訳：イアン・ウィルソン『シェイクスピアの謎を解く』安西徹雄訳、河出書房、2000 年。）

ウェイレン、リチャード・F『シェイクスピアは誰だったか』磯山甚一、坂口明徳、大島由紀夫訳、法政大学出版局、1998 年。

上野美子「シェイクスピアの生涯」日本シェイクスピア協会編『新編シェイクスピア案内』研究社、2007 年、1-17 頁。

河合祥一郎『謎ときシェイクスピア』新潮社、2008 年。

———.「本当にシェイクスピアが書いた通り？――テクスト校訂とシェイクスピア外典」『シェイクスピアへの架け橋』髙田康成他編　東京大学出版会、1998 年、97-118 頁。（本書からの引用は、『架け橋』と記す。）

小室金之助『法律家のみたシェイクスピア』三修社、2001 年。

ソブラン、ジョーゼフ『シェイクスピア・ミステリー』小田島恒志、小田島則子訳、朝日出版社、2000 年。

高橋康成・大場建治・喜志哲雄・村上淑郎編『研究社シェイクスピア辞典』研究社、2000 年。

ノーレン、ステファニー他『シェイクスピアの顔――サンダーズ・ポートレイトの謎』長井芳子監訳、バベルプレス、2009 年。

ミルワード、ピーター『シェイクスピア研究入門』安西徹雄訳、中央出版、1972 年。

結城雅秀『シェイクスピアの生涯』勉誠出版、2009 年。

第 2 章

シェイクスピア上演史 I

エリザベス時代からヴィクトリア時代まで

杉木　良明

　本章では、シェイクスピアの存命中から 19 世紀までの受容を主に上演に焦点を当てて辿る。[1] 概ね受け入れられている区分を紹介すれば、ほぼ次の通りだ。まずはシェイクスピア時代の上演。次に清教徒革命時の中断を経た後、王政復古期から 18 世紀前半まで。世紀半ばから後半にかけて活躍したギャリック（David Garrick, 1717-79）を経て、ロマン派の時代。そして、ヴィクトリア時代の上演となる。それぞれの時代には特徴があって、シェイクスピア時代の前半は、屋外劇場での猥雑でありながら活気溢れる上演、一方、後半の屋内劇場における、上層向けの趣味。王政復古後は、古典主義のきまりに沿った改作と女優の登場。サミュエル・ジョンソンとギャリックの時代が転換点で、ロマン派時代のシェイクスピア礼賛とヴィクトリア時代のスペクタクルな上演、と言った具合だ。

　ただ、振り返って眺めてみれば、それぞれの時代に特徴的な上演手法が開発されたのも、その時代に生きた演劇人の、面白い舞台、お客が喜ぶ舞台を作りたいという情熱のなせるわざだったように思えてならない。必ずしもお客の好みと一致せず、興行が打ち切りになったことも少なからずあるだろうが、しかし、少なくとも作り手は、これは必ず良いものだ、面白かろうと思ったものを提供し続けてきたに違いない。その良さ、面白さがどこにあるかは別にしても、である。お客あってこその演劇という点は、みずから演出家でもあった安西徹雄の次の言葉に集約されているだろう：演劇は「観客を抜きにしては成立しえない」（安西 38）。

1. シェイクスピアの劇場

　イングランドで初めて本格的に稼働した常設劇場は、ショアディッチに
ジェイムズ・バーベッジ（James Burba[d]ge, c.1530-97）が建てた「シアター
座」（The Theatre）だ。1576 年のことだった。[2] あらゆる娯楽を否定してい
た清教徒の多いロンドン市内に劇場を建てることができなかったため、市の
管轄外であったショアディッチに建てられたのである。

　フィクションであること、娯楽映画であることなどは、割り引いて考え
なければならないが、『恋におちたシェイクスピア』（*Shakespeare in Love,*
1998）は当時の上演風景を上手く描いていると言えるだろう。さて、この映
画で、小さなエピソードなのだが、次のようなものがある。ピューリタンと
思しき牧師が、最初は、演劇を痛烈に批判しているのだが、群衆に飲み込ま
れるようにして劇場内に引きずり込まれてしまい（Norman and Stoppard
130; Madden）、はからずも『ロミオとジュリエット』（*Romeo and Juliet,*
1595）の上演を観て、最後は感激の喝采をあげる、[3] というものだ。当時の
ピューリタンに対する、現代からの風刺と言えるだろう。

　もちろん、演劇を敵対視するピューリタンは、当時の劇場人からすれば煩
わしい存在で、シェイクスピアも風刺の対象としている。『十二夜』（*Twelfth
Night,* 1601）のマルヴォーリオや『尺には尺を』（*Measure for Measure,*
1603-04）のアンジェロ卿の偽善性など、その代表的なものだろう（Milward
150-163）。

　ところで、役者でもあったシェイクスピアが「シアター座」の舞台に立っ
たのはほぼ間違いないと考えられるが、地主との賃借契約の延長交渉がまと
まらなかったため（Wilson 249-251）、ジェイムズ・バーベッジの息子リチャー
ドを看板役者に据え、シェイクスピアも所属した「宮内大臣一座」（Lord
Chamberlain's Men）は、ショアディッチを去らざるを得なかった。

　新たにテムズ河南岸の地サザックに土地を借りた一座は、「シアター座」
を解体し、その木材を使って、「グローブ座」（The Globe）を建てた。柿落
しは 1599 年。サザックもロンドン市の管轄外で、極めて猥雑な歓楽街だっ
たと考えられている。江戸時代の歌舞伎小屋の立地と似たようなところがあ
るかもしれない（服部 34-51；杉木「川向う」11-16）。すなわち、川を隔て

た向こう側には、いつもの生活とはかけ離れた「非日常」の空間があるというものだ。

　ここで、ひとこと「宮内大臣一座」について触れておこう。当時、役者たちは、ウェルズ（Stanley Wells）の述べる通り、「よく組織された劇団を編成し、しかも貴族のパトロンを得て」（Wells *William Shakespeare* 21）、はじめて「リスペクタブルな社会の一員」（Wells *William Shakespeare* 21）と認められ得たのだが、シェイクスピアの劇団は、当時宮内大臣を務めていたハンズドン卿ヘンリー・ケアリー（Henry Carey, Lord Hunsdon, c.1524-96）をパトロンとした劇団で、結成はおそらく1594年のことだった。それ以前、シェイクスピアの劇団は、ストレインジ卿（第5代ダービー伯爵）ファーディナンドー・スタンリー（Ferdinando Stanley, Lord Strange, 1559-94）をパトロンとしていたと思われるが、このファーディナンドが謎の死を遂げてしまい（Wilson 171-174）、パトロネージがケアリーに移ったと考えられる。[4]

　疫病により、長らく閉鎖されていた劇場が再開したのが、1594年のことだった。エリザベス時代の劇団は、バーベッジを中心に人気作家シェイクスピアを抱えた「宮内大臣一座」と、稀代の興行主ヘンズロウ（Philip Henslowe, c.1555-1616）が経営する「ローズ座」（The Rose）を拠点に、名優エドワード・アレン（Edward Alleyn, 1566-1626）が率いた「海軍大臣一座」（Admiral's Men）のふたつが印象に強いが、実は、いくつかの離合集散があったようで、「宮内大臣一座と海軍大臣一座の二大劇団に整理された」（前沢）のは1594年以降のことだという（前沢）。ここで強調したいのは、人気劇団がふたつあったということだ。「何かがふたつあること」は、政治の二大政党制を見てもうかがわれるが、イギリス人の気質にあっているのかもしれない。ふたつあれば、しのぎを削る。よりお客を集めようと様々に工夫をする。そして面白いものができあがるという理屈だ。

　当時の劇場については、様々な資料から、だいたいその様子は分かっている。ヴェンツェスラウス・ホラー（Wenceslaus Hollar, 1607-77）作成のロンドン図に描かれた風景、ヨハネス・デ・ウィット（Johannes de Witt, c.1566-1622）が残した「スワン座」（The Swan）内部のスケッチなどだ。「彼［デ・ウィット］は、1596年にロンドンにいた」（Hoenselaars）らしい。また、オフィス・ビル建設に伴って発掘された「ローズ座」の遺構で、劇場の基礎部分の構造が明らかになった。

図1　スワン座

イアン・ウィルソン『シェイクスピアの謎を解く』安西徹雄訳（東京：河出書房新社、2000）313。[ユトレヒト大学図書館]

今では、ロンドンに行けば、当時の劇場を忠実に復元した「シェイクスピア・グローブ座」(The Shakespeare's Globe) で芝居を楽しむことができるが、額縁式の舞台に慣れた目からすれば、このような屋外劇場は、逆に新鮮な感じがするのではなかろうか。

ではなぜこのような円形劇場で張り出し舞台という構造になったのか。演劇専用の劇場ができる前、劇は旅籠の中庭に仮設の舞台を組んで上演されていたと思われる。中庭の周りをぐるりと建物が取り囲んでいたわけだが、中庭が平土間、建物がギャラリー席に進化したわけだ (Thomson "English Renaissance" 180; Hodges 7)。旅籠の中庭が原型だから、平土間の立見席には屋根がなかった。

　舞台装置は極めて簡素であったと思われるが、一方で、衣裳はとても豪華だったようである。ウェルズは簡潔にこうのべる：「現代的な意味での舞台背景はなかったが、衣裳と小道具は、入念に作られ手の込んだものだった」(Wells *William Shakespeare* 25)。

　屋外劇場であり、舞台背景もなかったことから、場面設定について頼りになるのは、台詞そのものとお客の想像力だった。ケンブリッジ・スクール・シェイクスピアの『ロミオとジュリエット』に興味深い「練習問題」がある。5幕3場の冒頭、パリスがキャピュレット廟を訪れる場面だ。昼に上演されていたため(Chambers 543)、[5] 夜であることは台詞で示さなければならない。

図2　シェイクスピア・グローブ座

高橋康也他編『研究社シェイクスピア辞典』（東京：研究社出版、2000）296。[Shakespeare's Globe]

「時や場所、それに状況を思い浮かべさせるため、シェイクスピアは言葉を
用いた」（Rob Smith 178）としたうえで、「夜であること、墓場であること
という印象を作り出すうえで役に立つ言葉やフレーズにしるしをしましょう
（例えば、最初にしるしをすべき言葉は『松明』です）」（Rob Smith 178）と
いうものだ。

　お客の想像力がいかに大切だったかをシェイクスピア自身がいかに痛切に
意識していたかは、『ヘンリー五世』（*Henry V,* 1598-99）冒頭のプロローグ
に示されているが、このことはあまりに有名なので、詳細は省くとしよう。

　このような屋外劇場で、どのように上演されたかは、『絵で見るシェイク
スピアの舞台』（*Enter the Whole Army*）で、C・ウォルター・ホッジズ（C.
Walter Hodges）が、詳しく復元している。お客を楽しませたいというのは、
演劇人の本能のようなものらしく、迫にも使われた「トラップ・ドア」（切り穴）
や、我が国とはいささか趣きが異なるものの「宙乗り」に類した仕掛けがあっ
たことが分かっている（Hodges 115-139）。

　「デウス・エクス・マキーナ」（deus ex machina）は、「『機械から現れる神』
のことで、エウリピデスのいくつかの作品では、もつれたプロットを解きほ
ぐすため、機械仕掛けで舞台に降りてくる」（Baldick）とある通り、古来あ

る仕掛けだが、エリザベス時代も盛んに使われたようで、ホッジズも『ペリクリーズ』（*Pericles,* 1607）を例に挙げているが（Hodges 127-131）、歌舞伎の上演の際、「外連」を嫌う向きがあるのと同様、シェイクスピア時代もこの仕掛けに批判的な人はいて、ベン・ジョンソン（Ben[jamin] Jonson, 1572-1637）もそのひとりだったようだ（Hodges 126）。

　トラップ・ドアを外連とまでは呼べないかもしれないが、上演に際して様々な工夫を可能にする舞台機構であることに変わりはない。迫は、奈落から上がってくるわけだが、興味深いのは、日本語の「奈落」同様、英語でも舞台の下は、"hell" とも呼ばれ、ここが、「舞台の下の空間で、しばしば冥界を表すために使われる。悪魔的な登場人物は、トラップ・ドアを通って登場することもできた」（Egan）と説明されることだ。『マクベス』（*Macbeth,* 1606）の「門番の場面」は、中世宗教劇の「地獄の門」と関連付けられることがあるが（Brooke 79-81）、魔女の大きな存在感やバンクォーの亡霊など、異界との繋がりが顕著な作品だ。ホッジズは、「トラップ・ドア」の使用例として『マクベス』を挙げ、魔女と関連させて述べている（Hodges 121-124）。「奈落」と "hell" の共通性に加え、ここにも面白い点がある。実は、歌舞伎の花道には、「すっぽん」と呼ばれる特別の迫があって、これを使って登退場するのは、やはり、この世ならぬ存在ときまっているのだ。

　さて、劇場内は飲食自由のようだった。シェイクスピアの劇作家人生の晩年、「グローブ座」は焼け落ちる。その火事の際、「ズボンに火のついた男があって、……持っていたビールを注いで消しとめ」（ウィルソン 527；Wilson 377）た、という同時代の証言をウィルソン（Ian Wilson）は紹介している。また、ローズ座発掘の際、床面から「多量の割られたヘイゼルナッツの殻」（Gurr 41）が出土したが、このことについてはアンドルー・ガー（Andrew Gurr）が興味深い報告をしている。科学的にはこの殻は、石鹸を作る際に出た「産業廃棄物」（Gurr 41）で、「道路の表面材に広く使われていた」（Gurr 41）らしいのだが、グローブ座復元に情熱を注いだサム・ワナメイカー（Sam Wanamaker, 1919-93）は、あくまでお客の散らかしたカスで、「エリザベス時代のポップコーン」（Gurr 41）だと主張したという。だがガーは、チェリーやプラムの種も見つかっていることから、「エリザベス時代のポップコーンがそこにはあった」（Gurr 41）と述べている。

　ところで、シェイクスピアは、劇団の幹部であり、また劇場の株主でも

あったと考えられている（河合 30；Wilson 252-253）。著作権がなかった当時、劇作だけで高収入を得るのは難しかった。しかし、株主としてのシェイクスピアは大いに蓄財に励めたようで、「諸経費を差し引いても年収百五十から二百ポンドぐらい」（河合 30-31）と推定されており、1597 年、故郷に買った邸宅「ニュー・プレイス」は 60 ポンドだったという（河合 30）。

　さて、シェイクスピアの劇団には、「グローブ座」の他にもうひとつ劇場があった。「ブラックフライアーズ座」（The Blackfriars）だ。修道院跡を利用したこの劇場は、もともとしばらく少年劇団が使用していたのを（井出）、1596 年にジェイムズ・バーベッジが手に入れたのだが（Wilson 460）、シェイクスピアの劇団が本格使用を始めるのは、おそらく 1609 年以降のことである（Wilson 332-334）。すでにジェームズ 1 世の御世になり、その名も「宮内大臣一座」から「国王一座」（King's Men）に変わっていた。「グローブ座」とは対照的に屋内劇場で、蝋燭などを使用した照明効果も期待できただろう（Wilson, 335）。場所は、市壁の内側だったが、市壁の外のショアディッチやテムズの向こう岸に位置するサザック同様、「特別管区」だったので、演劇の上演が可能だったのである（青山、井出）。

　シェイクスピアはエリザベス女王の時代から御前上演を繰り返していたから、貴顕紳士淑女の趣味にあったパフォーマンスも得意だったはずだ。「ブラックフライアーズ座」は、料金も高めで、こうした紳士淑女をターゲットにしていたのである。『あらし』（The Tempest, 1610-11）は、宮廷仮面劇との関連で論じられることも多い劇で（Vaughan and Vaughan 67-73）、上演場所についてオーゲル（Stephen Orgel）はこう述べる：「我々がそれなりの自信をもって言えるのは、劇場が［1642 年に］閉鎖される前、『あらし』が『ブラックフライアーズ座』でも宮廷でも上演されたということだ」（Orgel 64）。

　「シェイクスピア・グローブ座」がオープンしたのは 1997 年のことだった。それから十数年後、「グローブ座」に併設されるかたちで、「サム・ワナメイカー劇場」（Sam Wanamaker Playhouse）がオープンした。2013 年 12 月 20 付『フィナンシャル・タイムズ』（Financial Times）の記事を引用しよう「ジェームズ 1 世時代の屋内劇場を正確に再現したもので、1 月に『モルフィ公爵夫人』［The Duchess of Malfi, 1614 頃初演］で柿落しになれば、上演を通じて照明は蝋燭だけとなるだろう、ちょうど 400 年前のように」（Hemming）。演目は、ジェームズ 1 世時代に書かれたウェブスター（John Webster, c.1580-1634）

の代表作だ。

2. 王政復古から古典主義

　1642 年、ピューリタン革命が勃発、ロンドンが革命勢力の支配下に入ると、劇の上演は不可能となり、劇場もことごとく解体された。清教徒たちが、劇場を悪徳の源と見なしていたからである。1649 年、チャールズ 1 世（Charles I, 1600-49, 在位 1625-49）は処刑されてしまうが、共和制の時代は長く続かず、1660 年には王政復古となる。

　王位についたチャールズ 2 世（Charles II, 1630-85, 在位 1660-85）は、派手好みの趣味人で、演劇をこよなく愛した。ドブソン（Michael Dobson）曰く：チャールズ 2 世は、「本当に演劇を愛する気質を父から受け継いだ」（Dobson "Improving" 46）という。愛人のネル・グィン（Eleanor [Nell] Gwyn, ?1651-87）は、役者だった。ただ、エリザベスとは違ってチャールズは、「グローブ座」の類で上演されるような大衆好みの芝居を認めようとしなかった。こうして劇団 / 劇場の運営は、トマス・キリグルー（Thomas Killigrew, 1612-83）とウィリアム・ダヴェナント（William Davenant, 1606-68）だけに任され、劇を上演できる劇団が、キリグルーの「国王一座」（King's Company）とダヴェナントの「公爵一座」（Duke's Company）のふたつに限られることになったのである（Dobson "Improving" 45-46）。この二人が、「企業家ではなく宮廷人」（Dobson "Improving" 46）だったということが重要な点で、どのような趣味の演劇になったかは推して知るべしだろう。劇場も屋内の額縁舞台となり（Dobson "Improving" 46）、劇場の立地も今や、猥雑なサザックを離れ、「ウェスト・エンド」へ移ったのだ（Dobson "Improving" 48）。

　キリグルーは「ドルーリー・レイン劇場」（Drury Lane Theatre）を建設した。1662 年に完成し、オープンは翌年のことだった（渡辺「ドルーリー」）。一方のダヴェナントが拠点にしたのは、リンカーンズ・イン・フィールズであったが（渡辺「勅許劇場」）、彼の死後（1668 年）「公爵一座」は、1671 年から「ドーセット・ガーデン劇場」（Dorset Garden Theatre）を拠点とした（田中「ドーセット」）。ダヴェナントの後を継いだベタートン（Thomas Betterton, ?1635-1710）の時代、1682 年に「国王一座」を吸収合併すると、

やがて彼は最終的に拠点を「ドルーリー・レイン劇場」とした（渡辺「公爵一座」; Alexander "Betterton"）。リンカーンズ・イン・フィールズに「1714年、新たに開場した劇場が、ロンドンにあるふたつの勅許劇場のひとつなるが」（Alexander "Lincoln's"）、「勅許劇場」としてのステイタスは、「1732年、コヴェント・ガーデンの新劇場に引き継がれ」（渡辺「勅許劇場」）、「ドルーリー・レイン劇場」と併せて勅許劇場がふたつという時代は、「1843年に独占を廃止され」（渡辺「勅許劇場」）るまで続いたのである。

　シェイクスピアの時代「宮内大臣一座」と「海軍大臣一座」がしのぎを削った点についてはすでに触れたが、ここでも、官許されたのがひとつではなく、ふたつだったという点が重要だったのではあるまいか。

　王政復古後、シェイクスピア時代とは大きく変化した点のひとつは、女優の登場である。実は、女優の登場は、フランスの方が早かったらしく、16世紀末から17世紀初頭にかけて、「パリの演劇界で知りうる限り最初の女優の存在」（Howarth 225）が確認できるという。共和制の時代、チャールズはフランスに亡命していたわけだが、その際に女優が演じる姿を目の当たりにしたと思われる。「チャールズ2世とその宮廷は、パリで亡命生活を送っていたが、その際、劇場に赴く楽しみの当たり前の一部として、美しい女性の演技者を目にすることに慣れ親しんでいった」（Dobson "Improving" 48）というのである。

　シェイクスピアに戻ろう。スタンリー・ウェルズは、初期のシェイクスピア女優の例として、メアリー・ソーンダーソン（Mary Betterton [née Saunderson], c.1637-1712）を挙げ、彼女が1662年に「女優として最初のジュリエット」（Wells *Actors* 49）を演じた可能性を指摘している。のちにベタートンの妻になるのだが、ベタートンの「師匠がダヴェナント」（Wells *Actors* 30）だった。先に触れたように、チャールズ2世から演劇興行の勅許を貰ったふたりのうちのひとりだ。ソーンダーソンがジュリエットを演じた『ロミオとジュリエット』で、「マキューシオを演じたのがベタートンだ」（Wells *Actors* 48）という。『国民伝記辞典』（*Oxford Dictionary of National Biography*）には、「メアリー・ソーンダーソンは、サー・ウィリアム・ダヴェナントが、1661年、『公爵一座』のために最初に雇った女優のひとりだ」（Milhous）と記してあるが、これは、ジョン・ダウンズ（John Downes, d.?1712）の言葉を典拠としている。ダウンズは、ソーンダーソンと同時代の演劇人だ

（Kewes）。

　さて、この時代、有名という点で、ひょっとして群を抜いているのは、ネル・グィンかもしれない。国王の愛人にまでなったからだ。彼女は、もともと劇場のオレンジ売りだった（Thomson "English Renaissance" 208; Wynne）。すぐに役者に転じたネルは、人気者だったらしく、サミュエル・ピープス（Samuel Pepys, 1633-1703）の日記にもしばしば登場する（Wynne）。例えば、1667年1月23日、ピープスは、ジョン・フレッチャー（John Fletcher, 1579-1625）の作品を観劇し、日記に「［ネルは、］今日大役シーリアを演じたが、かなりうまくやっていた」（ピープス 42：Pepys 27）と記している。

　この時代、文芸そのものの潮流も変わった。17世紀後半からロマン派の時代までの事情については、『サミュエル・ジョンソン——その多様なる世界』に寄せた「ジョンソンとシェイクスピア」ですでに論じたので、重複する部分もあるが（杉木「ジョンソン」119-132）、ご容赦願いたい。[6]

　文学史上、17世紀後半から、18世紀前半は、古典主義の時代と言われる。演劇の趣味も17世紀後半は、シェイクスピアの頃と比べてがらりと変わり、「三一致の法則」を守ることによって、調和のある劇構造を目指そうとした。場所の一致（劇中の場所は一か所に限られる）、時の一致（劇中で流れる時間は24時間以内）、筋の一致（本筋に関わらない余計なエピソードを混入させない）といったものである。この法則は、シェイクスピアの時代にもすでに存在はしていたが、彼はことごとくこの法則を無視する。守っているのは、『間違いの喜劇』（The Comedy of Errors, 1594）と『あらし』くらいだろう（荒木）。シェイクスピアはまた猥雑なジョークも好んだが、こうしたシェイクスピアの劇は、古典主義の時代には、「野蛮で洗練を欠く」（安西 61）ものと考えられたのである。

　そこで、古典主義の時代、例えば詩人ドライデン（John Dryden, 1631-1700）は、シェイクスピアの劇を、「三一致の法則」にあわせて改作した。また、王政復古後の心性では、善人の不幸で劇の幕を閉じることは許せなかった。「『詩的正義』に反する」（安西 63）からである。そこで、ネイハム・テイト（Nahum Tate, 1652-1715）は、『リア王』（King Lear, 1605-06）を、コーディリアが死ぬことのないハッピー・エンドに作り替えたのである。1681年のことだった。『研究社シェイクスピア辞典』に、簡潔に記されているところによれば、「リア王の王座への復帰、コーディリアとエドガーを恋人同士に

して結婚させるという幸福な結末」（新谷）というわけだ。安西徹雄が『シェイクスピア劇四〇〇年』で引用しているリアの最後の台詞には、「コーディリアとエドガーというこの清らかな夫婦が、／めでたく国を治めるのを見て喜ぼう」（安西 58; Tate 96）とある。このテイト版は、なかなか「ダイ・ハード」で、「マクリーディ [William Charles Macready, 1793-1873] が原作に戻すまで唯一の『リア王』として上演が続けられた」（新谷）のである。現代の視点から考えれば、この間シェイクスピアのオリジナルが上演されなかったのは残念でならないが、だからと言って、テイトの行いをシェイクスピアに対する冒瀆といってはいけない。少なくとも「勅許劇場」に集まる層のお客の趣味がハッピー・エンドを望むのであったなら、これもまた、そのお客に喜んでもらいたいという気持ちの表れとも解されるからだ。ニュアンスは多少異なるかもしれないが、「彼らの改作の意図が、いかにしてシェイクスピアを新しい時代、異質の情況の中で生き返らせるかという、あくまで善意の熱意に発したものであった」（安西 72）のである。

　フランスでも古典主義が主流で、悲劇ではラシーヌ（Jean[-Baptiste] Racine, 1639-99）、喜劇ではモリエール（Molière, 1622-73）が、「三一致の法則」に従って、均整のとれた劇を書いた。あるシンポジウムで、フランス文学の西川葉澄が、ロマン派より前の状況について、「シェイクスピアの演劇は破格であり、その天才は認めるが、良き趣味ではない、またグロテスクだというように言われ、フランスでは認められませんでした」（岩﨑・杉木・堤・西川 159）と述べた直後に、「天才的野蠻人」（小林 91）、という小林正の表現を紹介したのは興味深いことだった（岩﨑・杉木・堤・西川 159）。

　18世紀は、本格的なシェイクスピア学が始まった時代である。校訂全集が相次いで出版された。ニコラス・ロウ版（1709, 1714）、アレグザンダー・ポープ版（1725）、ルイス・ティボルド（Lewis Theobald, 1688-1744）版（1733）、そしてウォーバートン版（1747）などである。

　ただ、当時の「校訂」には、時代の制約があった。シェイクスピアの劇は構造も奔放で、エリザベス時代の英語は、文法も自在だったのだが、18世紀、いわゆる規範文法が成立していく時代、英語も整然とした規則に従うべきという風潮となる。スミス（David Nichol Smith）はポープの校訂について、次のように指摘する：「［ポープは］間違っていると判断した語を変えたりもしました。彼はエリザベス朝の英語に精通していたわけではなかった

ので、比較級や最上級を二重に使う用法が当時は誤りではなかったことを知りませんでした。そのため、例えば、"more fitter" を "more fitting"、"more corrupter" を "far corrupter" に修正し、"This was the most unkindest" を "This, this was the unkindest" に修正したのです」（スミス 38-39；David Nichol Smith 35）。

3. 転換点——ジョンソン博士とギャリック

　18 世紀、イングランド文学史上の知の巨人として、名前を挙げないわけにいかない人物がひとりいる。サミュエル・ジョンソンだ。本格的な英語辞書を初めて（単語帳のようなものはすでにあったが）、しかも独力で創り上げたのがジョンソンである。

　ポープの態度とは反対に、ジョンソンの姿勢は、シェイクスピアの原文に対して敬意を払う格好となった。ジョンソンの編集したシェイクスピア全集は 1765 年の出版だが、これに寄せた「序文」（"Preface to Shakespeare", 1765）は評価が高く、「ジョンソンのシェイクスピアに関する最大の功績」（金城）だとされる。この「序文」などをまとめた本に「序に代えて」を付したローリー（Walter Raleigh）が指摘するように（Raleigh xxiv-xxv）、ジョンソン版全集の編集方針には、「推測による字句の修正は、それが避けられないこともあるが、なるべく控え目にしか行わないことにした。すなわち古版本の読み方がおそらく正しいのであって、単に優雅さを増すとか、文章を分り易くするとか、それにより価値がある意味を与えるとかの理由からこの読み方を変えてはならない」（ジョンソン『シェイクスピア論』75；Johnson *on Shakespeare* [Yale] 106）というものがあって、さらにこう述べている：「私は推測による字句の修正の経験を積むに従ってすべてこの種類の修正が有する価値をますます信用しなくなり、私が校訂したシェイクスピアの作品を何篇か印刷した後は、私自身が案出した読み方は本文にはいっさい挿入しないことに決めた」（ジョンソン『シェイクスピア論』77；Johnson *on Shakespeare* [Yale] 108）。つまり、根拠もなく独善的に校訂してはいけないのである。

　三一致の法則についてもジョンソンは批判する。筋の一致は認めるものの、時と場所の一致は否定したのだ：「物語の進展にとっては行動の統一だけが

必要なのであるから、また時間と場所の統一はそれが立脚している仮定が明白に誤っていて、劇の範囲を狭めることによってその多様さを減じるものである故に、私は彼 [シェイクスピア] がそういう法則を知らなかったかあるいは無視したことを悲しむべきことには思わない」（ジョンソン『シェイクスピア論』40；Johnson *on Shakespeare* [Yale] 79）。

18世紀の「前半50年間はその [Classicism の] 全盛期であるが、後半はその衰頽期で、新しい傾向即ち Romanticism の黎明がきざしかけた時である」（齋藤 262）ならば、1709年生まれのジョンソンが育ったのが古典主義時代だったにせよ、「その胸底には、法則に束縛されずに想像の翼を自由に延ばそうとする人性本来の要求があった」（齋藤 263）としてもおかしくはない。ジョンソンは、パーシー主教（Thomas Percy, 1729-1811）と親交があって、伝記作者ボズウェル（James Boswell, 1740-95）が、出所を主教だとして、次のように報告しているのは、ヘンソン（Eithne Henson）が指摘している通りだ（Henson 19）：[7]「子供の時分に彼は異常な興味で騎士物語に読み耽ったが、この種の読物への彼の愛着は一生涯変らなかった」（ボズウェル 20；Boswell 36）。中世騎士物語は、ロマン派の趣味と相性が良いし、パーシー主教の『イギリス古詩拾遺』（*Reliques of Ancient English Poetry,* 1765）もロマン派への方向を示していると言えるだろう。

リッチフィールド時代、ジョンソンが開いていた私塾で習っていたギャリックは（Thomson "Garrick"；田中「ギャリック」）、ジョンソンの周りにあったサークルのメンバーで、同じサークルにいたエドマンド・バーク（Edmund Burke, 1729-97）の『崇高と美の起源』（*A Philosophical Enquiry into the Origin of our Ideas of the Sublime and Beautiful,* 1757）は、後のロマン派を予感させる著作となっている。[8]

ジョンソンが、古典派からロマン派への転換点にいた人物であったのと同様、ギャリックも上演史上の転換点にいたのかもしれない。リア王はギャリックにとって「生涯最大の当り役の一つ」（安西 76）だった。「早くも1742年に取り組んだリア王役は、大成功だったが、そのとき彼は25歳に過ぎなかった」（Wells *Actors* 47）というから、その力量の程が窺える。実は、1740年代には、「高まりつつあったナショナリズムに駆り立てられて、シェイクスピア崇拝は、ボックス・オフィスで大きな商売になっていた」（Dobson "Improving" 64）。つまりシェイクスピア劇は儲かるコンテンツになったの

である。けれども、時はまだ18世紀半ば、「彼［ギャリック］が採用した台本は、ほぼテイト版だった」(Wells *Actors* 47)。ただ、1756年のギャリックの上演について、安西によれば、「両者［シェイクスピアとテイト］を混ぜ合わせた折衷版で、プロットはほぼテイト版を踏襲しながら、その枠の中で、シェイクスピアのセリフをできるだけ復活させたもの」(安西 77) だったという。

　さて、ギャリックは、ストラットフォードで、シェイクスピア・ジュビリーなるものを開催した。1769年のことである。ドブソンは、シェイクスピアが「国民詩人」化していく様子を詳述しているが、その著作を、この「最初の国民的シェイクスピア祭り」(Dobson *Making* 2) で締めくくっている (Dobson *Making* 214-222)。ロマン派に見られるシェイクスピア礼賛の基盤は、すでにここに見られると言って良いのではなかろうか。

　18世紀後半のシェイクスピア熱について、もうひとつ付言しておこう。ウェストミンスター寺院にあるシェイクスピアの記念像だ。観光名所のひとつでもあるこの教会の一角に「ポーエッツ・コーナー」(Poets' Corner) があって、チョーサー (Geoffrey Chaucer, c.1343-1400) の墓の周りに、文人たち

図3　リア王を演じるギャリック（ベンジャミン・ウィルソン原画による版画）

Jonathan Bate et al. eds. *Shakespeare: An Illustrated Stage History* (Oxford: Oxford University Press, 1996) 83. [The Honourable Christopher Lennox-Boyd]

の墓や記念像がひしめいているが、ベン・ジョンソン、ドライデン、ロバート・ブラウニング（Robert Browning, 1812-89）らの墓がある（"Westminster Abbey"）。シェイクスピアの墓は、もちろん、ストラットフォードのホーリー・トリニティ教会にあるのだが、実は18世紀に、ポーエッツ・コーナーに記念像が建立された。ちょうど、シェイクスピアが儲かるコンテンツになっていったころ、1741年のことであった（Dobson *Making* 134-164）。

4. ロマン派の時代

　ギャリックがジュビリーを開催する少し前、1764年にホラス・ウォルポール（Horace Walpole, 1717-97）は『オトラント城』（*The Castle of Otranto,* 1764）を書いた。その後もゴシック小説は、ラドクリフ（Ann Radcliffe, 1764-1823）の『ユードルフォの謎』（*The Mysteries of Udolpho,* 1794）、ルイス（Matthew Gregory Lewis, 1775-1818）の『マンク』（*The Monk,* 1796）と続く。一方、1798年になると、ワーズワース（William Wordsworth, 1770-1850）とコールリッジ（Samuel Taylor Coleridge, 1772-1834）が共著で『リリカル・バラッド』（*Lyrical Ballads,* 1798）を出版した。いよいよロマン派の時代である。ただ、ロマン派のシェイクスピア論に触れる前に、エドマンド・マローンの業績について一言述べておきたい。

　18世紀初頭からシェイクスピア全集が次々と出版されていった経緯についてはすでに述べたが、この世紀を締めくくるような形で、決定版ともいうべき全集を出版したのがマローンである。学問的な校訂はその後の版にも多大な影響を与えたが、完成したのは1790年のことだった。今日に至るまでのシェイクスピア学の決定的基礎を確立したのは、マローンであるといっても過言ではないだろう。この時期にマローンの全集が完成したことに、少なくとも、象徴的な意味合いがあるように思えて仕方がない。

　さて、ロマン派は、シェイクスピアを礼賛した。「無条件のシェイクスピア崇拝、ほとんどシェイクスピアの神格化とでも呼ぶべき現象」（安西 92）だったようである。もしロマン派が、古典主義に対するアンチテーゼだとすれば、規則にとらわれることなく自由奔放なシェイクスピアの劇に共感するのは、ごく当然のことと言えるのだろう。ロマン派の文人に対するシェイク

スピアの影響を詳しく『永遠のロマンチシズム』で分析した山川鴻三が簡潔に述べるとおり、「イギリス・ロマン主義の運動は、十八世紀の新古典主義の反動として、十九世紀の初頭に起こったが、そのさいロマン派の人びとが手本として選んだのは、ロマン主義の先駆者としてのシェイクスピアだったのである」（山川 150）。[9]

　ドイツでは、シュレーゲル（August Wilhelm von Schlegel, 1767-1845）がシェイクスピアを高く評価した（安西 98-106）。ドイツ文学の岩﨑大輔によれば、「18 世紀中ごろまで戯曲を執筆する際には三一致の法則が厳密に守られていました。しかしながらこうした不自然な規則に対して異を唱え出したのがシュトルム・ウント・ドラングの詩人たちです。彼らがそれに対する理想として持ち出したのがシェイクスピア」（岩﨑・杉木・堤、西川 159）だったのである。実は、「シェイクスピアを世界文学の最大の古典として『発見』し」（安西 97）、イギリスのロマン派に影響を与えたのは、シュレーゲルで、彼のシェイクスピア論は、まずは「コールリッジを通じてイギリスに逆輸入され」（安西 106）たというのだ。コールリッジは、古典主義の「法則／規則」を批判したが（安西 109）、フランスでも同様だった。先に触れたシンポジウムでフランス文学の西川葉澄やイタリア文学の堤康徳が指摘した点を挙げておく。すなわち、スタンダール（Stendhal, 1783-1842）は、シェイクスピアとラシーヌを対比し、シェイクスピアに軍配を上げたのである（岩﨑・杉木・堤・西川 159、183-184）。

　イギリスのロマン派は、シェイクスピアを崇拝するあまり、「上演不可能論」（安西 130）にまで至る（安西 130-136）。ラム（Charles Lamb, 1775-1834）やハズリット（William Hazlitt, 1778-1830）がその代表だが、一例を挙げれば、『夏の夜の夢』（*A Midsummer Night's Dream,* 1595）に関するハズリットの言葉だ。「いったん舞台で演じられると、心楽しい虚構の世界が退屈な道化芝居に一変」（安西 134-135；Hazlitt 274）するというのである。「戯曲で読めばボトムの頭は、魔術によって作り出されたすばらしい幻想であるというのに、舞台の上ではただのロバの頭にすぎ」（安西 135；Hazlitt 276）ない。ただ、興味深いのは、すでに 18 世紀の後半、ローリーが指摘するように（Raleigh xxvii）、ジョンソンが似たようなことを言っていることだ：「多くのシェークスピアの芝居は舞台に載せられて一層悪くなった。現に『マクベス』がそうだ」（ボズウェル 441；Boswell 416）。[10]

「上演不可能論」（安西 130）を唱えたハズリットだが、[11] エドマンド・キーン（Edmund Kean, ?1787-1833）の演技は別で（安西 135-136）、「［キーンが演じたシャイロックを］観て、演劇の新たな時代の夜明けだと思った」（Bate 108）のである。「ドルーリー・レイン劇場」初登場でシャイロックを演じた翌日の 1814 年 1 月 27 日、ハズリットは劇評でキーンを激賞している（大場『俳優物語』44-45）。

　ハズリットだけではなく、他のロマン派の詩人たちとも、キーンの演技は相性が良かったようだ（安西 136-137）。例えばコールリッジの「彼［キーン］が演じているのを見るのは、稲妻の光でシェイクスピアを読むようなものだ」（安西 137；Coleridge 160；Wells *Actors* 77；Bate 93）という言葉はあまりに有名で、あちこちで引用されている。[12] ベイト（Jonathan Bate）の解釈によれば、「劇中の目を見張るように印象的なある一瞬に光をあてる」（Bate 93）キーンの演技のことだという。ロマン派がキーンを好んだ理由は、ベイトが次のようにまとめているところにあるだろう：「キーンの激情的な様式は、革新的で、破壊的で、急進的であり、演劇的革命というに等しい」（Bate 111）。

5. ヴィクトリア時代

　では、19 世紀全般の上演はいかなるものだったのだろうか。

　1837 年のヴィクトリア女王（Victoria, 1819-1901）即位から遡ること 20 数年前、1811 年のことである。エドマンド・キーンが衝撃的な「ドルーリー・レイン劇場」デビューを果たす少し前、ジョン・フィリップ・ケンブル（John Philip Kemble, 1757-1823）が『ヘンリー八世』（*Henry VIII,* 1613）を演じたのだが、これが実に「絢爛豪華」な上演だったようで、19 世紀を通じて主だった役者は、「こぞって壮大、華麗なスペクタクルを競うことになった。その口火を切ったのが、……ケンブルの『ヘンリー八世』だったわけで、つまりはこれが、十九世紀のシェイクスピア上演スタイルを決定づけた舞台だった」（安西 117）。

　こうした派手な上演を可能にした大きな要因のひとつが大劇場の存在だったという（安西 120-123）。ともに火災の後、1808 年に 3100 席の「コヴェント・

ガーデン劇場」（Covent Garden Theatre）が、1812 年に 3600 席の「ドルーリー・レイン劇場」が、それぞれ建て直しを終えた（安西 121）。[13] もちろん席の大きさや前後の間隔など、考慮すべき点は多々あろうが、それでも、現在の歌舞伎座が 1808 席だということを考えると（「歌舞伎座」）、その大きさぶりがうかがい知れる。[14]

　スペクタキュラーな上演は、もともと勅許を得ていた劇場に限らない。「1843 年に独占を廃止された」（渡辺「勅許劇場」）ことは既に触れたが、こうなると、さまざまな劇場がストレート・プレイを上演するようになる。「プリンセス劇場」（Princess's Theatre）や「ライシーアム劇場」（Lyceum Theatre）などである。もちろん王政復古期に比べてロンドンの人口は増えていたし、[15] 産業革命によって中産階級の厚みも増していただろうから、確実に需要は増えていただろうが、より多くの劇場の存在が、上演に工夫を加えるモチベーションとなったことは確かだろう。視覚的に派手な上演も、お客に喜んでもらいたいという劇場人たちの思いの表れのひとつに違いない。

　さて、メンデルスゾーン（Felix Mendelssohn[-Bartholdy], 1809-47）は、プロシャで上演される『夏の夜の夢』のために音楽を作曲した（"A Midsummer Night's Dream"）。フォークス（R.A. Foakes）によれば、メンデルスゾーンの音楽は、上演の定番になったという：「1843 年にメンデルスゾーンが作曲した劇のための付随曲は、……1856 年のチャールズ・キーンの上演から、1954 年のオールド・ヴィック（Old Vic）の上演に至るまで、英語での上演で『慣例的に使われる』音楽だった」（Foakes 15）。エドマンド・キーンの息子であるチャールズ・キーン（Charles Kean, 1811-68）の上演は残された図像から、極めてスペクタキュラーだったことが分かる（Foakes 15）。ケンブリッジ版に掲載されている図像のキャプションには、「踊る妖精 90 名」（Faokes 15）とあり、その編者フォークスはこの手の上演を「華々しいミュージカルショー」（"a musical extravaganza", Foakes 15）と表現する。キーンがこのプロダクションを上演したのが、先にも触れた「プリンセス劇場」である（Foakes 15）。

　フル・オーケストラによる音響とスペクタキュラーな上演は親和性がある。例えばオペラだ。派手な演出のオペラ的様相はジャクソン（Russell Jackson）も指摘しているところだが（Jackson 117-118）、『シェイクスピア

——図説上演史』（*Shakespeare: An Illustrated Stage History*）で、1853年にチャールズ・キーンが上演した『マクベス』の水彩画（舞台上に無数のエキストラがひしめいている）を紹介し、「オペラもどきのフィナーレ」（Jackson 118）というキャプションを添えている。

　先ほど触れた「コヴェント・ガーデン劇場」は、その大きさからオペラ向きだったと見え、「1847年以降オペラ専用劇場となった」（田中「コヴェント・ガーデン劇場」）。後に、「ロイヤル・オペラ・ハウス」（Royal Opera House）となるこの劇場は、19世紀半ばから後半にかけて、「ロイヤル・イタリアン・オペラ・ハウス」（Royal Italian Opera House）と称していたようで（"Royal Opera House"）、当時のロンドンでの、イタリア・オペラの人気ぶりがうかがえる。

　19世紀の末にかけて重要な演劇人に、ヘンリー・アーヴィング（Henry Irving, 1838-1905）がいる。1878年からおよそ20年、「ライシーアム劇場」の経営者だったのだ（"Lyceum Theatre"）。20年以上、エレン・テリー（Ellen

図4　キーンの『夏の夜の夢』

R.A.Foakes ed. *A Midsummer Night's Dream,* The New Cambridge Shakespeare, updated edition (Cambridge: Cambridge University Press, 2003) 15. [The Shakespeare Centre Library, Stratford-upon-Avon]

Terry, 1847-1928) とコンビを組んだアーヴィングだが（Wells *Actors* 124）、その舞台の特徴は、やはりスペクタクルなものだった。ウェルズの表現を借りれば、「視覚的に手の込んだ上演」（Wells *Actors* 115）だったのである。時として、台本は二の次だった。「視覚性のために、テクストを犠牲にすることもしばしばだった」（Wells *Actors* 115）のである。

　舞台全体の視覚性が重視されたプロダクションではまた、個々の役者も静止画として見栄えのよいポーズを決めたという。すでに劇場の立地や奈落について、我が国との共通点を見てきたが、ここにも興味深いことがある。このようにポーズを決める役者をジャクソンが、「歌舞伎の見得」（Jackson 119）を例に挙げて説明していることだ（Jackson 119-120）。

　ここで、特に強調すべきは、チャールズ・キーンにしても、またヘンリー・アーヴィングにしても、単に主役を張ったスターだっただけではない、という点だ。ヴィクトリア時代はまた、「アクター・マネジャー」の時代でもあったのである（安西 116-117；Jackson 112-127）。この「マネジャー」（manager）という言葉、日本語では、「劇場経営者／劇場支配人」と訳されるようで、『シェイクスピア辞典』で、チャールズ・キーンは「イギリスの俳優兼劇場経営者」（大場「キーン」）、マクリーディは「イギリスの俳優、劇場経営者」（依田「マクリーディ」）、ヘンリー・アーヴィングも「イギリスの俳優で劇場支配人」（大井「アーヴィング」）と説明されている。したがって、「アクター・マネジャー」とは、すなわち、主役級の役者が劇場の経営者を兼ねるシステムの謂いであることが分かる。アーヴィングが、「ライシーアム劇場」の経営を1878年から20数年以上になってきたのは、先ほども見たとおりだ。[16]

　現代では、演出家の存在も役者に劣らず大きいが、現代的意味での「演出」という仕事の萌芽が、実は、ヴィクトリア時代の「アクター・マネジャー」に見られるようだ。主役であり、劇場経営者であるならば、舞台全体を仕切っていたことだろう。ここに「演出」が入り込む場所がある。スタンリー・ウェルズは、こう述べている。すなわち、エドマンド・キーンらまでは、彼らは、「第一に役者であった。ところが、19世紀も年月を経ていくと、主役を張る役者の果たすべき責任の中で、経営に関する職務ばかりでなく、演出という職務もますます重要な役割を果たすようになってきた」（Wells *Actors* 133）。これは「スペクタキュラーな上演の勃興と無縁ではない」（Wells *Actors* 133）とウェルズは続ける。すなわちこうして大掛かりで、「手の込

んだ上演には、強力に統制をとる監督者が必要」（Wells *Actors* 133）だからだ。

さて、19世紀には、別の流れもあった。シェイクスピアへの原点回帰である。例えば、古典主義の時代、喜劇に改作された『リア王』を例に見てみよう。先に触れたように、すでに1838年、マクリーディは、「大いに躊躇ったすえ、テイト版をまったくすてて、場面を再配置した短縮版ではあったが、シェイクスピアのテクストを復活させて、'道化' さえも登場させた」（Wells *Lear* 69）のである。テイト版では、「道化役をすべてカット」（安西 60）していたのである。すでに見たように、マクリーディも「俳優、劇場経営者」（依田「マクリーディ」）である。だが、ジャクソンによれば、彼はいくつかの点で「模範となった」（Jackson 114）というのだが、そのなかに「今日であれば『演出』と思われること」（Jackson 114）が含まれる。

図5　マクベス夫人を演じるエレン・テリー（ジョン・シンガー・サージェント画）

Jonathan Bate et al. eds. *Shakespeare: An Illustrated Stage History* (Oxford: Oxford University Press, 1996) 122. [Tate Britain]

マクリーディの「かつての同僚であった」（Jackson 114）サミュエル・フェルプス（Samuel Phelps, 1804-78）にも、原点回帰の側面があった（安西 137-138）。『研究社シェイクスピア辞典』によれば、フェルプスは、「王政復古期以来初めて、オリジナル版『ペリクリーズ』を含むほとんどのシェイクスピア劇を、あくまでテクスト中心に復活上演した」（依田「フェルプス」）のである。彼の『ペリクリーズ』は、1854年に上演されたが、「記録にある

限り、19 世紀で唯一の上演だった」（Gossett 88）という。

　フェルプスが拠点にしたのが、「サドラーズ・ウェルズ劇場」（Sadler's Wells Theatre）だ（依田「フェルプス」：Jackson 114）。劇場の歴史は、1683 年まで遡れるようだが（Jamieson）、「石造りの劇場が建てられたのは、1765 年、……俳優兼経営者のフェルプスが、シェイクスピア作品 31 本……を含む総計 116 本の劇を上演したのは、1844 年から 18 年間のことであった」（Jamieson）。フェルプスがこの劇場を拠点にシェイクスピア劇を上演できたのも、既に見たように、ふたつの「勅許劇場」が、「1843 年に独占を廃止された」（渡辺「勅許劇場」）からだ（Jackson 112）。

　原点回帰の決定打は、ポウエル（William Poel, 1852-1934）の活動である。ポウエルは、エリザベス時代に書かれた劇は、エリザベス時代に上演されていた通りに上演すべきだ、と考えたのである（安西 146）。こうして設立されたのが、「エリザベス朝舞台協会」（Elizabethan Stage Society）で、1894 年のことだった（安西 146）。

　再び「演出」という言葉にこだわってみよう。英語で「演出家」（あるいは「演出する」）を意味する director（あるいは direct）という語が、舞台・映画の演出家・監督という意味で使われた初出は、『オックスフォード英語辞書』（*Oxford English Dictionary*）によると、文献上、それぞれ 1911 年、1913 年なので（"director, n."、"direct, v."）、演出家がはっきりと独立した立場として認識されたのは、20 世紀に入ってからのようである。だが、『研究社シェイクスピア辞典』では、ポウエルは「イギリスの役者、演出家」（大井「ポール」）とあるし、安西徹雄は、「一八九九年、ポウル［原文のママ］の演出した『リチャード二世』」（安西 154）という表現をしている。つまり、現代から見れば、ポウエルが 19 世紀末にしていたことは、事実状、「演出」だったのではないだろうか。[17]

　19 世紀を席巻した視覚的に派手な上演にはっきりと背をむけたポウエルについて、ウェルズはこう述べる。「本当の革新は、エキセントリックなアマチュア、ウィリアム・ポウエルが舞台に登場した時に起こった。1881 年に彼が演出し主役を務めた第 1 クォート版の『ハムレット』は、ロンドンのセント・ジョージ・ホールでたった一回の上演だったが、舞台背景もなく、インターヴァルもなかった」（Wells *Actors* 135-136）。ウェルズはさらに、「ポウエルの熱意に油を注いだのは、1888 年にデ・ウィットの『スワン

座』の絵が発見されたことだ」（Wells Actors 136）と続けるが、重要なのは、ウェルズがここで、"direct" という言葉を使っていることだ。[18] 確認のため、『オックスフォード・シェイクスピア辞典』（The Oxford Companion to Shakespeare）も引いてみると、同世代のトゥリー（Sir Herbert Beerbohm Tree, 1853-1917）が "actor-manager"（Foulkes）であったのに対し、ポウエルは "actor and director"（Kennedy）であった。

　そして 20 世紀を迎える。再びウェルズに従えば、この世紀の「初期に見られたのは、現代的な意味での演出家……の勃興である」（Wells Actors 136）。そして演出家安西徹雄も、20 世紀を「演出家の時代」（安西 117）と位置付けている。

＊

　以上、シェイクスピアの時代から 19 世紀まで、大急ぎで振り返ってみた。紙幅の都合で触れることができなかった点が多くあることは、ご寛恕願いたい。[19] それにしても、それぞれの時代に特徴的な上演のありようがあったことが分かる一方で、ひとつの時代に複数の上演手法があったことを忘れてはならない。シェイクスピアの劇団も、「グローブ座」と「ブラックフライアーズ座」の両方を使っていたのである。また、19 世紀の終わりに近づいたころ、アーヴィングとポウエルは同時代を生きたのだ。

　我々が現在、多様な上演を楽しむことができるのも、長い歴史の積み重ねに負うところが大きいのかもしれない。

　一方で、こうも思う。上演史を振り返るということは、すなわち、途切れることない、演劇人たちの、面白いものを提供するという努力を跡づけることに他ならないのではないか。トラップ・ドアやデウス・エクス・マキーナを使って、役者の登退場に変化をつけることができれば、上演が面白くなる。17 世紀後半の改作にしても、シェイクスピアのオリジナルで、「野蛮」な部分に、もしお客が、不快を感じるならば、むしろ「直して」しまったほうが、心地よく、つまりはより面白く観劇できると信じたからに違いない。19 世紀のスペクタキュラーな上演も、面白さの追求である。このように人を驚かせるような上演は、現代でも大劇場でしばしばみられる。

　テイトやドライデンの改作がそうであったように、ポウエルの上演も「信

念」に基づいた上演だったといえるかもしれない。だが、少なくともポウエルにとっては、できるだけエリザベス時代の上演を復元する方がより面白く思えたことだろう。必ずしもシェイクスピアの頃と同じものではないにしろ、今日我々がロンドンの「シェイクスピア・グローブ座」に集うのも、それが面白いことだからだ。たとえ、屋根のない平土間で小雨に降られても、たとえ、平土間では上演中、立ちっぱなしであっても、である。

注

1 邦語で書かれたまとまった上演史として、安西徹雄『シェイクスピア劇四〇〇年』がある。また、通史としては、Jonathan Bate 及び Russell Jackson 編 *Shakespeare: An Illustrated Stage History* が比較的詳しい。両書とも、大いに参考にさせていただいた。またそれぞれの作品については、Oxford 版、Cambridge 版、Arden 版のイントロダクションに上演史の記述がある。高橋康也他編『研究社シェイクスピア辞典』や Dobson 他編 *The Oxford Companion to Shakespeare* にも、それぞれの作品の項目に上演史が簡便にまとめられている。

2 ウェルズによれば、「最初の演劇専用劇場は、『レッド・ライオン座』で、1567 年、ロンドンに建てられたが、数か月しか続かなかった」(Wells *William Shakespeare,* 18) そうだ。本稿では、参照は英文原典に従うが、邦訳を参照したものについては、参考文献一覧に記載。また引用は、今回邦訳に接することができたものについては拝借し、邦訳・原典ともに参考文献一覧に記載。その他は拙訳を試みた。

3 台本には (Norman and Stoppard 145-146)、この牧師について特に指定はないのだが、映画では彼が喝采をあげている姿が映される (John Madden 監督『恋におちたシェイクスピア』)。

4 ダービー伯からケアリーへパトロネージが移ったことについては、以前考察したことがある (杉木「シェイクスピアとエルズミア写本」424-426)。

5 チェインバーズはまた、「ト書きが示しているのは、ランプや蝋燭がしばしば使用されたことだが、これは、場面が暗いことをお客に思わせるためである」(Chambers 543) と述べている。同じ箇所で、チェインバーズはさらに、一般的な劇の上演時間について述べ、『ロミオとジュリエット』のプロローグなどを根拠に、「2 時間プ

ラス 30 分から一時間」（Chambers 543）としているが、オックスフォード版『ロ
ミオとジュリエット』の編者レヴェンソン（Jill L. Levenson）は、チェインバー
ズに触れつつ、「上演時間の標準はなかった」（Levenson 142n）としている。

6 煩雑になるので、引用箇所も含め、同書と対応する箇所についてその都度表示し
ていないことをお断りしておく。

7 ちなみにヘンソンの著書のタイトル "The Fictions of Romantick Chivalry" は、ジョ
ンソンの『スコットランド西方諸島の旅』（A Journey to the Western Islands of
Scotland, 1775）からの引用で（Henson 222; Johnson Western Islands 155）、邦訳を
少し引用すると「これらの城は英雄的騎士道の物語が封建時代の実際の風習に基づ
いているというもう一つの証拠を与えてくれる」（ジョンソン「西方諸島」219）。

8 富山太佳夫は、『マンク』の解説で、バークとゴシック小説を関連付けて述べてい
る（富山 320-321）。

9 各詩人について山川は、まずキーツ（John Keats, 1795-1821）を取り上げ、「おそらく、
ほかのどのロマン派詩人よりも深くシェイクスピアに共鳴し、彼からほかの誰よ
りも直接の影響をうけた詩人であったろう」（山川 160）と述べ、『エンディミオン』
（Endymion, 1818）と『ハイペリオン』（Hyperion, 1818-1819）、については、それ
ぞれ 1 章を割き、詳しく影響関係を分析している（山川 174-207、210-221）。また、
山川によれば、シェリー（Percy Bysshe Shelley, 1792-1822）にもシェイクスピア
の影響があり、『クィーン・マブ』（Queen Mab, 1813）と『縛を解かれたプロメテ
ウス』（Prometheus Unbound, 1820）に関し、やはりそれぞれ 1 章を割いて考察し
ている（山川 224-242、244-279）。もちろん「クィーン・マブ」は『ロミオとジュ
リエット』で、ロミオたちがキャピュレット家の宴会に行く前、マキューシオが
語ることで有名な妖精だ。そればかりではない。ワーズワースについても、「書物
より自然から霊感をうけた自然詩人であったが、その彼さえかなりのシェイクス
ピアの作品を読んでおり、彼のいくつかの詩にはシェイクスピアの影響が認めら
れるのである」（山川 150）という。

10 もちろん、ジョンソンが 18 世紀を生きた人物で、ロマン派と同一の思考を取らな
かったことは、次のパーカー（G.F. Parker）の文章でもはっきりとする：「ジョン
ソンがロマン派の批評家たちとひとつとりわけ際立つ違いを見せているのは、こ
の違いによってジョンソンがロマン派とは対極に位置していることがはっきりと
わかるのだが、シェイクスピアは非常に軽率でむらのある作家だとジョンソンが
主張している点で、……」（Parker 126）。

11 「上演不可能論」（安西 130）を唱えたラムやハズリットも「大いに芝居好きでさえあった」（安西 135）。彼らにとり、シェイクスピアが特別だったのだ。

12 安西は少しニュアンスが異なるので、引用は安西を拝借／参考にしつつ、Wells とBate に従う。

13 『研究社シェイクスピア辞典』によれば、「ドルーリー・レイン劇場」の席数は、当時は 3060 席で、現在は 2283 席（渡辺「ドルーリー」）。

14 安西はまた、東京の他の劇場の席数も挙げて比較している（安西 122）。

15 『ロンドン百科事典』によれば、1600 年ころに 20 万人程度だったロンドンの人口は、1801 年に約 100 万、1841 年には、約 200 万になっていたという（"Population"）

16 アーヴィングがいつまでその職にあったのかについては、資料によって異なる。*Britannica*, 1899 年まで（"Lyceum Theatre"）。『シェイクスピア辞典』、1902 年まで（大井「アーヴィング」）。*Great Shakespeare Actors,* "giving up management of the Lyceum in 1898" (Wells *Actors* 115)。

17 「演出家」という存在が確立していく「プロセス」について、スモールウッド（Robert Smallwood）は、「19 世紀終わりから 20 世紀初頭にかけて見られた決定的な発展が、……そのプロセスのはじめであった」（Smallwood 177）と述べるが、その際、ポウエルの名を、まず挙げている（Smallwood 177）。

18 安西もまた、「ポウルの演出理念」といった表現を使っている（安西 154）。

19 ウェルズが挙げる「偉大なシェイクスピア」役者で（Wells *Actors*）、本稿がカバーする時代範囲について、本文中紹介しきれなかったのは以下の通り。ウェルズに拠りつつ紹介する。シェイクスピア時代の役者としては、ウィル・ケンプとロバート・アーミン（Robert Armin, 1563 頃 -1615）。ともに道化役者だ。チャールズ・マクリン（Charles Macklin, 1699-1797）はギャリックとほぼ同時代。セアラ・シドンズ（Sara Siddons, 1755-1831）とジョージ・フレデリック・クック（George Frederick Cooke, 1756-1811）、それにドラ・ジョーダン（Dora Jordan, 1761-1816）はケンブルと時期が重なる。ヘレン・フォーシット（Helen Faucit, 1814-98）、アイラ・オルドリッジ（Ira Aldridge, 1807-67）、シャーロット・クッシュマン（Charlotte Cushman, 1816-76）は 19 世紀初頭の生まれで、Aldridge はアフリカ系アメリカ人。エドウィン・ブース（Edwin Booth, 1833-93）はアーヴィングと同世代のアメリカ人。トマーゾ・サルヴィーニ（Tommaso Salvini, 1829-1915）はイタリア人。

参考文献

Alexander, Catherine. "Betterton, Thomas". Dobson et al. eds. *The Oxford Companion to Shakespeare.*

——. "Lincoln's Inn Fields". Dobson et al. eds. *The Oxford Companion to Shakespeare.*

Baldick, Chris. "deus ex machina". Dobson et al. eds. *The Oxford Companion to Shakespeare.*

Bate, Jonathan. "The Romantic Stage". Bate et al eds. *Shakespeare: An Illustrated Stage History.* 92-111.

Bate, Jonathan and Russell Jackson. eds. *Shakespeare: An Illustrated Stage History.* Oxford: Oxford University Press, 1996.

Boswell, James. *Life of Johnson.* Oxford World's Classics. R.W. Chapman ed. 1904; Oxford: Oxford University Press, 1998.

Brooke, Nicholas ed. *The Tragedy of Macbeth.* The Oxford Shakespeare. 1990; Oxford: Oxford University Press, 1998.

Brown, John Russell ed. *The Oxford Illustrated History of Theatre.* 1995; Oxford: Oxford University Press, 1997.

Chambers, E.K. *The Elizabethan Stage.* Volume II. 1923; Oxford: Clarendon Press, 2009.

Coleridge, Samuel Taylor. *Table Talk.* Jonathan Bate ed. *The Romatics on Shakesepare.* Penguin Classics. 1992; London: Penguin Books, 1997. 160-163.

Dobson, Michael. "Improving on the Original: Actresses and Adaptations". Bate et al eds. *Shakespeare: An Illustrated Stage History.* 45-68.

——. *The Making of the National Poet: Shakespeare, Adaptation, and Authorship, 1660-1769.* Oxford: Clarendon Press, 1992.

Dobson, Michael and Stanley Wells eds. *The Oxford Companion to Shakespeare.* 2nd ed. Revised by Will Sharpe and Erin Sullivan. Oxford: Oxford University Press, 2015.

Egan, Gabriel. "hell". Dobson et al. eds. *The Oxford Companion to Shakespeare.*

Foakes, R.A. ed. *A Midsummer Night's Dream.* The New Cambridge Shakespeare. Updated ed. Cambridge: Cambridge University Press, 2003.

Foulkes, Richard. "Tree, Sir Herbert Beerbohm". Dobson et al. eds. *The Oxford Companion to Shakespeare.*

Gossett, Suzanne. *Pericles.* The Arden Shakespeare. 3rd series. 2004; London: Thomson

Learning, 2006.

Gurr, Andrew. "Shakespeare's Globe: A History of Reconstructions and Some Reasons for Trying". J.R Mulryne and Margaret Shewring eds. *Shakespeare's Globe Rebuilt.* 1997; Cambridge: Cambridge University Press, 2009. 27-47.

Hazlitt, William. *The Complete Works of William Hazlitt.* Vol. 5. P.P. Howe ed. 1930; NY: AMS Press, 1967.

Hemming, Sarah. "Sam Wanamaker Playhouse: theatre by candlelight". *Financial Times,* December 20, 2013, www.ft.com/cms/s/2/4367e99a-5ea1-11e3-8621-00144feabdc0.html. Accessed 21 May 2016.

Henson, Eithne. *"The Fictions of Romantick Chivalry": Samuel Johnson and Romance.* London: Associated University Presses, 1992.

Hodges, C. Walter. *Enter the Whole Army.* 1999; Cambridge: Cambridge University Press, 2004.

Hoenselaars, A.J. "Witt, Johannes de (c.1566-1622)". *Oxford Dictionary of National Biography.* Oxford University Press, 2004, www.oxforddnb.com/view/article/68056. Accessed 19 Aug 2017. (Johannes de Witt (c.1566-1622): doi:10.1093/ref:odnb/68056)

Howarth, William D. "French Renaissance and Neo-Classical Theatre". Brown ed. *The Oxford Illustrated History of Theatre.* 220-251.

Jackson, Russell. "Actor-managers and the Spectacular". Bate et al eds. *Shakespeare: an Illustrated Stage History.* 112-127.

Jamieson, Michael. "Sadler's Wells". Dobson et al. eds. *The Oxford Companion to Shakespeare.*

Johnson, Samuel. *Johnson on Shakespeare.* Intro. by Walter Raleigh. London: Oxford University Press, 1908.

——. *Johnson on Shakespeare.* The Yale Edition of the Works of Samuel Johnson. Vol. VII. Arthur Sherbo ed. New Haven: Yale University Press, 1968.

——. *A Journey to the Western Islands of Scotland.* The Yale Edition of the Works of Samuel Johnson. Vol. IX. Mary Lascelles ed. New Haven: Yale University Press, 1971.

Kennedy, Dennis. "Poel, William". Dobson et al. eds. *The Oxford Companion to Shakespeare.*

Kewes, Paulina. "Downes, John (d.1712?)". *Oxford Dictionary of National Biography.* Oxford University Press, 2004, www.oxforddnb.com/view/article/7974. Accessed 13

Aug 2017. (John Downes (d.1712?): doi:10.1093/ref:odnb/7974)

Levenson, Jill L. *Romeo and Juliet.* The Oxford Shakespeare. Oxford: Oxford University Press, 2000.

Milhous, Judith. 'Betterton [Saunderson], Mary (c.1637-1712). *Oxford Dictionary of National Biography.* Oxford University Press, 2004, www.oxforddnb.com/view/article/24708. Accessed 31 Aug 2016. (Mary Betterton (c.1637-1712): doi:10.1093/ref:odnb/24708)

Milward, Peter. *Shakespeare's Religious Background.* Bloomington: Indiana University Press, 1973.

Norman, Marc and Tom Stoppard. *Shakespeare in Love.* London: Faber and Faber, 1999.

Orgel, Stephen. *The Tempest.* The Oxford Shakespeare. 1987; Oxford: Oxford University Press, 1998.

Parker, G.F. *Johnson's Shakespeare.* Oxford: Clarendon Press, 1989.

Pepys, Samuel. *The Diary of Samuel Pepys.* Vol. VIII (1667). Robert Latham et al. eds. Berkeley and LA: University of California Press, 1974.

Raleigh, Walter. "Introduction" to *Johnson on Shakespeare.* vii-xxxi.

Smallwood, Robert. "Directors' Shakespeare". Bate et al. eds. *Shakespeare: An Illustrated Stage History.* 176-196.

Smith, David Nichol. *Shakespeare in the Eighteenth Century.* Oxford: Clarendon Press, 1928.

Smith, Rob ed. *Romeo and Juliet.* Cambridge School Shakespeare. 4th ed. Cambridge: Cambridge University Press, 2014.

Tate, Nahum. *The History of King Lear.* Daniel Fischlin and Mark Fortier eds. *Adaptations of Shakespeare.* London: Routledge, 2000. 66-96.

Thomson, Peter. "English Renaissance and Restoration Theatre". Brown ed. *The Oxford Illustrated History of Theatre.* 173-219.

——. "Garrick, David (1717-1779)". *Oxford Dictionary of National Biography.* Oxford University Press, 2004; online edn, Jan 2008, www.oxforddnb.com/view/article/10408. Accessed 23 April 2016. (David Garrick (1717-1779): doi:10.1093/ref:odnb/10408)

Vaughan, Virginia Mason and Alden T. Vaughan eds. *The Tempest.* The Arden

Shakespeare. 3rd series. London: Cengage Learning, 1999.

Wells, Stanley. *Great Shakespeare Actors: Burbage to Branagh.* Oxford: Oxford University Press, 2015.

——. *William Shakespeare.* A Very Short Introduction. Oxford: Oxford University Press, 2015.

—— ed. *The History of King Lear.* The Oxford Shakespeare. 2000; Oxford: Oxford University Press, 2001.

Wilson, Ian. *Shakespeare: the Evidence.* London: Headline, 1993.

Wynne, S.M. "Gwyn, Eleanor (1651?-1687)". *Oxford Dictionary of National Biography.* Oxford University Press, 2004; online edn. Sept 2010, www.oxforddnb.com /view/ article/11816. Accessed 23 April 2016. (Eleanor Gwyn (1651?-1687): doi:10.1093/ ref:odnb/11816)

"direct, v.". *Oxford English Dictionary.* Oxford University Press. www.oed.com/view/ Entry/53294. Accessed 21 May 2016.

"director, n.". *Oxford English Dictionary.* Oxford University Press, www.oed.com/view/ Entry/53311. Accessed 21 May 2016.

"Lyceum Theatre". *Britannica Academic.* Encyclopaedia Britannica, 6 Nov. 2008. academic. eb.com/levels/collegiate/article/Lyceum-Theatre/49485. Accessed 20 Aug. 2017.

"A Midsummer Night's Dream (work by Mendelssohn)". *Britannica Academic.* Encyclopaedia Britannica, 15 Oct. 2013. academic.eb.com/levels/collegiate/article/ A-Midsummer-Nights-Dream/604421. Accessed 20 Aug. 2017.

"Population". Ben Weinreb, Christopher Hibbert et al. eds. *The London Encyclopaedia.* 3rd ed. London: Macmillan, 2008.

"Royal Opera House". *Britannica Academic.* Encyclopaedia Britannica, 9 Apr. 2011. academic.eb.com/levels/collegiate/article/Royal-Opera-House/471318. Accessed 20 Aug. 2017.

"Westminster Abbey". *Britannica Academic,* Encyclopaedia Britannica, 18 Aug. 2016. academic.eb.com/levels/collegiate/article/Westminster-Abbey/76685. Accessed 18 Aug. 2017.

青山誠子「特別管区」高橋他編『研究社シェイクスピア辞典』。

荒木正純「三統一の法則」高橋他編『研究社シェイクスピア辞典』。

新谷忠彦『リア王一代記』高橋他編『研究社シェイクスピア辞典』。

安西徹雄『シェイクスピア劇四〇〇年——伝統と革新の姿』NHK ブックス、東京、日本放送出版協会、1985 年。

井出新「ブラックフライアーズ座」高橋他編『研究社シェイクスピア辞典』。

岩崎大輔・杉木良明・堤康徳・西川葉澄「それぞれのイタリア」*Lingua* 26（2015 年）、151-192。

ウィルソン、イアン『シェイクスピアの謎を解く』安西徹雄訳、東京、河出書房新社、2000 年。

大井邦雄「アーヴィング、ヘンリー」高橋他編『研究社シェイクスピア辞典』。

——「ポール [ポーエル]、ウィリアム」高橋他編『研究社シェイクスピア辞典』。

大場建治『英国俳優物語——エドマンド・キーン伝』東京、晶文社、1984 年。

——「キーン、チャールズ」高橋他編『研究社シェイクスピア辞典』。

河合祥一郎『シェイクスピアの正体』新潮文庫、2008 年、東京、新潮社、2016 年。

川地美子編訳『古典的シェイクスピア論叢』東京、みすず書房、1994 年。

金城盛紀「ジョンソン、サミュエル」高橋他編『研究社シェイクスピア辞典』。

小林正『比較文學入門』東京、東京大學出版部、1950 年。

齋藤勇『イギリス文学史』改定増補第 5 版、東京、研究社出版、1974 年。

ジョンソン、サミュエル『シェイクスピア論』吉田健一訳、東京、創樹社、1975 年。

——『シェイクスピア序説』中川誠訳、東京、荒竹出版、1978 年。

——『スコットランド西方諸島の旅』諏訪部仁他訳、東京、中央大学出版部、2006 年。

杉木良明「川向うは魔法の国」*Sounding* 22（1996 年）、5-19。

——「ジョンソンとシェイクスピア」小林章夫監修『サミュエル・ジョンソン——その多様なる世界』東京、金星堂、2010、119-132。

——「シェイクスピアとエルズミア写本」チョーサー研究会 / 狩野晃一編『チョーサーと中世を眺めて——チョーサー研究会 20 周年記念論文集』川崎、麻生出版、2014 年、418-437。

スミス、デイヴィッド・ニコル『一八世紀のシェイクスピア』野口忠昭、五十嵐博久訳、大阪、大阪教育図書、2003 年。

高橋康也・大場建治・喜志哲雄・村上淑郎編『研究社シェイクスピア辞典』東京、研究社出版、2000 年。

田中雅男「コヴェント・ガーデン劇場」高橋他編『研究社シェイクスピア辞典』。

――「ギャリック、デイヴィッド」高橋他編『研究社シェイクスピア辞典』。

――「ドーセット・ガーデン劇場」高橋他編『研究社シェイクスピア辞典』。

富山太佳夫「M・G・ルイス――ジャマイカへの道」マシュー・グレゴリー・ルイス『マ
　ンク』下、井上一夫訳、東京、国書刊行会、1976 年、315-338。

服部幸雄『大いなる小屋――江戸歌舞伎の祝祭空間』講談社学術文庫、1986/1994 年、
　東京、講談社、2012 年。

ノーマン、マーク＆トム・ストッパード『恋におちたシェイクスピア』シナリオ対訳、
　藤田真利子訳、東京：愛育社、1999。

ピープス、サミュエル『サミュエル・ピープスの日記』第八巻（1667 年）、臼田昭他訳、
　東京、国文社、1999 年。

ボズウェル、J.『サミュエル・ジョンソン伝』1、中野好之訳、東京、みすず書房、1981 年。

ホッジズ、C・ウォルター『絵で見るシェイクスピアの舞台』河合祥一郎訳、東京、
　研究社出版、2000 年。

前沢浩子「海軍大臣一座」高橋他編『研究社シェイクスピア辞典』。

山川鴻三『永遠のロマンチシズム』吹田、大阪大学出版会、1998 年。

依田義丸「フェルプス、サミュエル」高橋他編『研究社シェイクスピア辞典』。

――「マクリーディ [マクレディ]、ウィリアム・チャールズ」高橋他編『研究社シェ
　イクスピア辞典』。

ローリー、ウォルター「序に代えて」ジョンソン『シェイクスピア序説』。

渡辺喜之「公爵一座」高橋他編『研究社シェイクスピア辞典』。

――「勅許劇場」高橋他編『研究社シェイクスピア辞典』。

――「ドルーリー・レイン劇場」高橋他編『研究社シェイクスピア辞典』。

「歌舞伎座」『ブリタニカ国際大百科事典』小項目事典、japan.eb.com/rg/article-
　02284000。アクセス日：2016.5.7。

Madden, John 監督『恋におちたシェイクスピア』1998 年制作。Universal Pictures,
　Miramax Films（DVD：ユニバーサル・ピクチャーズ・ジャパン、2004 年）。

第3章

シェイクスピア上演史 II

ヴィクトリア時代後期から現在まで

西　能史

　本章では、ロマン派のシェイクスピア崇拝を出発点にして、1970年にピーター・ブルック（Peter Brook, 1925-）が演出した記念碑的な『夏の夜の夢』の上演を経て、現在に至るまでのシェイクスピアの上演史を扱う。その際に、なぜその時代に、そのような演出がなされたのかを解明しながら考えてみたい。シェイクスピアのヴィクトリア時代後期から20世紀の上演史に関する代表的な研究には、J・C・トレウィン（J. C. Trewin）の『1900年から1964年の英国舞台におけるシェイクスピア』（*Shakespeare on the English Stage, 1900-1964*, 1964）、安西徹雄著『シェイクスピア劇四〇〇年——伝統と革新の姿』（1985）、ジョナサン・ベイトとラッセル・ジャクソン編による『シェイクスピア——図説上演史』（*Shakespeare: An Illustrated Stage History*, 1996）、デニス・ケネディ（Dennis Kennedy）の『シェイクスピアを観る——20世紀上演の視覚的歴史』（*Looking at Shakespeare: A Visual History of Twentieth-Century Performance*, 2001）等があるため、これ以上議論を重ねても屋上屋を架すようなものかもしれない。とはいえ、例えば、ベイトとジャクソン編の研究書には、ヨーロッパのモダニズム芸術の影響を強く受けたエドワード・ゴードン・クレイグ（Edward Gordon Craig, 1872-1966）の名前が一言も言及されないように、イギリスにおけるシェイクスピアの上演史は、ヨーロッパ演劇の潮流を考慮せずに議論されることが時折見られる。そのため、大陸の芸術史も視野に入れて議論を進めれば、新しい見解を少しは付け加えることができるかもしれない。

まず、ロマン派のシェイクスピア崇拝を一瞥した後、エリザベス時代の上演に回帰する流れに触れ、アクター・マネージャー（actor-manager）と呼ばれる俳優兼劇場経営者の活躍と近代劇の影響を受けたハーリー・グランヴィル＝バーカー（Harley Granville-Barker, 1877-1946）らの演出に目を向ける。現代服のシェイクスピア上演が散見される 20 世紀初頭には、ヨーロッパの象徴主義、表現主義、キュビスム等の思想に基づいた演出がイギリスにも登場する。その後、ジョン・ギールグッド（John Gielgud, 1904-2000）やローレンス・オリヴィエ（Laurence Olivier, 1907-89）らによるシェイクスピア公演、ピーター・ブルックの『夏の夜の夢』を経て、現代に至る様々な上演の意義を考察することにする。

1. ロマン派のシェイクスピア崇拝

　20 世紀から 21 世紀のシェイクスピア上演を考えるための出発点をロマン派のシェイクスピア崇拝に求めると、上演史の理解がたやすくなるように思われる。このシェイクスピア崇拝は二つに分岐し、一方は、崇拝を当時の技術革新に基づいたスペクタクルで表現しようとするチャールズ・キーン流の傾向であり、他方は、シェイクスピアの原典を重視・崇拝する傾向である。
　ヴィクトリア時代における、シェイクスピア劇のスペクタクルな上演の流行には、当時の著しい工業化に伴う舞台装置の技術革新があった。チャールズ・キーン、ヘンリー・アーヴィング、ハーバート・ビアボーム・トゥリーら、スペクタクル派の上演は、華美で収容人員の大きな劇場のプロセニアム・アーチの内側で行われた。階級を問わずイギリス国民に好まれ、この外見の華美を重視する姿勢は、家庭でも、街でも、劇場でも見られた（Booth 3-4）。マックス・ビアボーン（Max Beerbohm）は、1899 年 4 月 8 日の『サタデー・レビュー』（*Saturday Review*）の劇評欄で次のよう述べている。

　　　わが国の一般大衆は、言葉の響きなどまったく気に掛けもせず、舞台に豪華で堅固な装置があったり、数え切れない程のきらびやかなエキストラがいたりしないと、詩になど我慢できないのだ。……舞台にお金がかかっているように見え、雑文書きもそれを裏付けしてくれるのであれ

ば、一般大衆は大いに満足して、自分のために、恩着せがましく、ある
程度は詩に我慢するのだ。ずいぶんではなく、あくまで、ある程度、で
ある。詩は、短く分割され、作品の筋、高価な舞台装置や衣装に従属し
ていなくてはならないのだ。(428)

　観客は、劇の言語を堪能するためではなく、舞台装置の目を楽しませる機
械仕掛けを観るために劇場に向かう、という指摘もなされている程だ（E. T.
Smith 136）。技術を駆使した豪華な舞台装置が公演の中心となると、観客は、
額縁の向こうの大きな直方体の舞台空間で行われていることを、現実とは距
離のある虚構として眺めることになり、エリザベス時代の演劇に見られるよ
うな、観客に向かって直接話しかけ、観客とのやり取りを伴うような台詞は
現実と虚構の境界線を破ってしまうため、必然的にカットされることになっ
た。この額縁舞台での上演は、シェイクスピア時代の現実と虚構が相互に侵
食されるような上演とは全く異なり、観客にとっては、文字通り、虚構であ
る額縁の絵を見るかのような観劇体験であったのだ。巨大な舞台装置を移動
させるには、幕間の休憩が長く取られ、必要に応じて原作の場面の順番も入
れ替えられた。ビアボーム・トゥリーは、タブロー、ダンス、その他の特殊
効果のため台詞を3分の1も削除したという（Chothia 228-29）。
　音楽史においても、リヒャルト・ワーグナー（Richard Wagner, 1813-83）、
アントン・ブルックナー（Anton Bruckner, 1824-96）、グスタフ・マーラー
（Gustav Mahler, 1860-1911）、リヒャルト・シュトラウス（Richard Strauss,
1864-1949）らによる19世紀後半から20世紀初めまでのロマン派音楽は、
楽器編成の規模の拡大化を特徴とするため、演劇は、オーケストラのスペク
タクル化の波とも共鳴しているのかもしれない。当時は、楽器の構造も演奏
技術も急速に発達した時代であり、作曲家は、大編成で大音量の多彩な管弦
楽器、とりわけ、拡大された金管セクションを駆使して作曲しており、迫力
のある演奏を聴衆に届けていたからだ（Burkholder, Grout and Palisca 683-
95, 717-39; J. Burton 334-47）。また、大陸の国民楽派の音楽に対応するかの
ように、スペクタクルな舞台装置を用いたシェイクスピアを通して、観客は、
観劇をイギリス国民の国民性を確認する機会とも捉えていたと考えることも
可能かもしれない。
　この舞台装置の巧妙化を好む観客の嗜好の変化には、ゴシック・リヴァイ

ヴァルの思想が隠されていることは、それ程人口に膾炙しているとは言えないだろう。スペクタクル派の代表チャールズ・キーンの、とりわけ、歴史劇の上演に、中世への強い讃美の念が感じられるからだ。キーンは、1852 年に『ジョン王』（*King John*, 1596）、1853 年に歴史劇のジャンルではないもののスコットランドの歴史劇とも言える『マクベス』、1857 年に『リチャード二世』（*Richard II*, 1595）、1859 年に『ヘンリー五世』を正確な時代考証に基づき、写実的なスペクタクルで上演している（Schoch *Shakespeare's* 6）。ヴィクトリア時代の中世主義が、建築や絵画の融合である舞台芸術に表出しているのだ（Schoch *Shakespeare's* 8）。ウィリアム・モリス（William Morris, 1834-96）らは、中世への思想的な回帰を志向していただろうが、スペクタクル派は、中世を技術で再現しようとしたのだ。ヴィクトリア時代のこの中世主義的舞台装置と、チャールズ・ラムらロマン派に見られるシェイクスピアの原典を重視・崇拝する傾向は、過去に理想を求める時代思想の表と裏と言えるだろう。

ラムは、有名な「シェイクスピアの悲劇について、舞台上演の適性の観点から」 "On the Tragedies of Shakespeare, Considered with Reference to their Fitness for Stage Representation"（1811）の中で『リア王』の嵐は読者の想像力によって心の内で再現されるべきで、「卑しむべきからくり（"contemptible machinery"）」（Lamb 359）によって舞台上で表現されるべきではないと述べている（Park 164-77; Ades 514-26）。ラムのこの考えは、役者の肉体を介してはシェイクスピア劇の上演は不可能だと考える上演不可能論へと繋がることになる。しかしながら、ワイリー・サイファー（Wylie Sypher）が指摘するように、ロマン派の後継者としての象徴主義によりはっきりと感知できるようになった、「からくり」としての技術（テクノロジー）と芸術の逆説的な親和性を忘れてはならない。ポール・ヴァレリー（Paul Valéry）が、詩とは「言葉によって精神の詩的状況を作り出すところの一種の機械」と述べ、エドガー・ウィント（Edgar Wind）が「純粋な形式（パターン）は最も容易に機械化できるものだ」と説明するとおり、言語芸術である詩と機械の親和性は注目に値する（Sypher 27; Wind 85）。マテイ・カリネスク（Matei Călinescu）もまた、ボードレールの文学観を引き、「功利主義的な目的から切り離されれば、機械は美的瞑想の対象となりうる」と分析する（Călinescu 57）。ロマン派の詩人の背後にも、シェイクスピアの詩が持つ

韻律や修辞の緻密なテクノロジーを崇拝する気質があり、その傾向は、スペクタクルという舞台上のテクノロジーを用いた演出と、やはり同一のコインの裏と表と考えることはできないだろうか。

2. エリザベス時代の上演への回帰とエリザベス朝舞台協会設立

　ロマン派に端を発する、ラムのように原典を崇拝しているがゆえにシェイクスピアが書いた台詞を省略しない上演形態が、19 世紀後半から 20 世紀初めにかけて出現することになる。その例として挙げられるのが、サミュエル・フェルプスやフランシス・ロバート・ベンソン（Francis Robert Benson, 1858-1939）の上演であり、この時代にはウィリアム・ポウエルのように台詞のみならず、舞台装置もシェイクスピア時代に戻そうとする動きが起こった。

　サミュエル・フェルプスは、ウィリアム・チャールズ・マクリーディー、チャールズ・キーン、ヘンリー・アーヴィング、ハーバート・ビアボーム・トゥリーら当時全盛の俳優兼劇場経営者たちと異なり、彼らほどは大がかりな舞台装置を用いない上演を 1853 年の『夏の夜の夢』で試みた。しかしながら、動くジオラマを使って、アテネと森の滑らかな場面転換を実現させ、衣装等に歴史的正確さを求める点は、当時のスペクタクルな演出方法と同じ路線である（Griffiths 26-29）。フェルプスの演出の特徴は、スペクタクル派とは違い、詩的言語の重視、特定の役者を目立たせない役者たち全体のアンサンブル、シェイクスピアの原典への回帰であり、シェイクスピアの全作品の上演を目指した点にある（Schoch "Pictorial" 61, 65; Sillars 59-60）。

　他方、ベンソンは、簡素な舞台装置を使った演出を特徴とする。ベンソンは、自らの劇団とともにイギリスや大陸を巡業した。当然、巡業には当然スペクタクルな舞台装置を持ち歩くことはできない。その結果としてシェイクスピア時代の舞台を再現することになったのだ（Jackson "Actor-Managers" 127）。ベンソンは、1899 年にはフォリオ版を用いて『ハムレット』（*Hamlet*, 1600-01）をマチネとソワレに二分割することによりほぼカットすることなく上演したことにも、シェイクスピアの原典重視の傾向が見られる（Holland "Touring" 205-06）。抜群の運動神経の持ち主だったベンソンは、訓練された

俳優たちによる凝った決闘シーン等のアクロバティックな要素も舞台に取り入れた（Pearson 33-36）。

　舞台上にシェイクスピア時代の上演を忠実に再現することに自らの大義を見出していたウィリアム・ポウエルは、1873年に文献学者のフレデリック・ジェイムズ・ファーニヴァル（Frederick James Furnivall, 1825-1910）によって設立された「新シェイクスピア協会」（New Shakespeare Society）の活動に触発されたはずだ。ポウエルは、新シェイクスピア協会でシェイクスピアの上演に関する口頭発表を行ったり、協会が1880年に出版した『ハムレット』のQ1（第1・四つ折り本）とQ2（第2・四つ折り本）の写真による復刻版を受けて、実際の上演台本としてのQ1を重要視する手紙をファーニヴァルに送ったりしているからだ。1881年には、このQ1のテキストに基づく『ハムレット』の上演を行っているが、まだこの段階では、現代の我々の知識から判断すると、シェイクスピア時代の上演形態とは異なる点も多い。ポウエルの上演台本が現存しており、当時の写真や劇評からこの舞台を再現することは可能である。裸舞台であるものの、シェイクスピア時代のような張り出し舞台ではなく、プロセニアム・アーチの内側に赤いカーテンで覆われたス

図1　ポウエル演出の第1・四つ折り本版『ハムレット』（聖ジョージ・ホール、1881年）

Jonathan Bate and Russell Jackson, eds. *Shakespeare: An Illustrated Stage History* (Oxford: Oxford UP, 1996) 125.

クリーンを置き、シェイクスピア時代風の舞台を作り出している。衣装は、エリザベス時代の時代考証に基づいたものを用意したが、2回の休憩があり、6回のカーテンの上げ下げが、最小限の舞台装置の交換のため行われた（図1）。テキストは、ヴィクトリア時代の上品さに鑑みてファーニヴァルによって不適切な箇所がカットされている。

　ポウエルは、実証主義的にシェイクスピア時代の舞台を再現したいと考えていたはずだが、1881年の『ハムレット』公演の段階では、1888年に発見されたヨハネス・デ・ウィットの手による白鳥座のスケッチの存在をポウエルは知らなかったはずだ（Gurr 28）（本書34ページ 図1）。協会員であったことは間違いないだろうが、1888年11月に催された新シェイクスピア協会の学会で、ヘンリー・ウィートリー（Henry Wheatley）による白鳥座のスケッチの発見についての口頭発表をポウエルが聴いていたかどうかの証拠は、残念ながら残っていない（O'Connor "William Poel" 13-15）。

　1875年にユニヴァーシティ・カレッジ・ロンドンの女子学生の読書会から始まった、「シェイクスピア朗読協会（Shakespeare Reading Society）」が設立され、ポウエルは、この団体に積極的に関わり、年に一度、演技による上演ではなく、朗読によってシェイクスピア劇を発表する機会の指導を行った。この時代、ロンドン大学のユニヴァーシティ・カレッジとキングズ・カレッジでは英文学が教えられていたが、まだオックスフォードとケンブリッジ大学では英文学は教えられていない（Court 43-96; Miller 254; Barry 12-15; Bellot 111）。ポウエルの活動は、ギリシャ・ラテンの古典ではなく、英文学を制度として取り入れたロンドン大学の新たな試みなしでは、始まることがなかったかもしれない。アマチュアを中心としたこの団体の指導を通して、ポウエルは、自らの演出の技術に磨きをかけることができた。早い台詞回しの演出や朗読者全体のアンサンブルを重視する姿勢は、この時の経験が元になっている。朗読だけでは、場面の転換がわからないので、場面転換を示す役も導入している。演技ではなく朗読による公演は、舞台装置を必要としないことも、シェイクスピア時代の裸舞台での演出に役立った（O'Connor "William Poel" 18-25）。

　1893年には、ウェスト・エンドのロイヤルティ劇場で、朗読ではなく、エリザベス時代の衣装を身に着けた役者の演技による『尺には尺を』の上演が実現した。舞台は、シェイクスピア時代のフォーチュン座の契約書に書か

れた劇場構造の影響を受けたものだった（Chothia 232; O'Connor "William Poel" 26-27）。この『尺には尺を』の舞台には、先の白鳥座のスケッチの様子も見て取れる（Falocco 9）。舞台の上には、エリザベス時代の衣装を身に纏った役者が、シェイクスピア時代の貴族よろしく舞台に上がって観劇している。

　その後、1894年に、ポウエルが中心となり、前年の『尺には尺を』のような舞台をさらに上演するため、「エリザベス朝舞台協会」（Elizabethan Stage Society）が設立された（Styan 47-63; O'Connor *William Poel* 18-22; O'Connor "Reconstructive " 77-80; O'Connor "William Poel" 28-36）。ポウエルは、シェイクスピア朗読協会とエリザベス朝舞台協会の活動に平行して参画しており、シェイクスピア朗読協会のアマチュアの役者が、プロの役者が演じたエリザベス朝舞台協会の公演に参加することもあった。

　例えば、1897年のエリザベス朝舞台協会による『十二夜』でも、フォーチュン座を模した舞台装置が用いられ、『尺には尺を』の公演のように、12回のカーテンの上げ下げ、性的な台詞を含む96行の台詞のカットや休憩も行われている。カーテン等を用いた裸舞台は、スペクタクルな舞台では難しかったすばやい場面転換を可能にし、シェイクスピア時代の音楽も演出に取り入れられた。シェイクスピア時代の時代考証に正確を期するため、歴史、文学、剣術、衣装、音楽等の専門家から積極的に意見を取り入れた（O'Connor "William Poel" 32）。エリザベス朝舞台協会にはシドニー・リーら高名なシェイクスピア学者も名を連ねていたため、ポウエルは、当時の最新の研究結果に接することができたはずである（Styan 45-46）。ポウエルは台詞回しも変革し、それまでの朗々とした大げさな台詞回しではなく、音楽のように台詞を発するように俳優に指導した（Jackson "Actor-Managers" 125）。ポウエルは、アマチュアを含む二流の役者に対し韻文という音楽を深夜まで稽古し、この『十二夜』では、コーラスを指揮する指揮者のように、それぞれ、ヴァイオラをメゾ、オリヴィアをコントラルト、オーシーノをテノール、セバスチャンをアルト、マルヴォーリオをバリトン、トービーをバス、アンドリューをファルセットの声質で演じさせている（Kennedy *Granville* 150）。

　裸舞台とエリザベス時代の衣装を使い、テキスト、照明、韻文の話し方もエリザベス時代の上演状態に戻そうとしたポウエルの考えは、時に、誤解や商業演劇に対する盲目的な憎悪に基づいていたが、ポウエルが偉大な改革者

であったことは疑いようがない（Kennedy *Granville* 149）。ヴィクトリア時代の人々にとって、エリザベス1世時代の「楽しきイングランド（"Merry England"）」は、産業革命以前の平和と繁栄を象徴する憧れであり、シェイクスピア時代のイングランドは、ヴィクトリア時代の人々にとってのユートピアであった（Gurr 28）。ポウエルのエリザベス時代の上演に回帰するこの流れは、急速に工業化する社会への警鐘となり、中世の手工業のよさを見直したジョン・ラスキン（John Ruskin, 1819-1900）やウィリアム・モリスらのアーツ・アンド・クラフツ運動に呼応するものでもあったとも言えるだろう（Naylor 76, 106; Jackson "Actor-Managers" 124）。

3. グランヴィル＝バーカーとオールド・ヴィック劇団

　1890年から1940年の間、イギリスの劇作家の中で最も上演されたのは、シェイクスピアであり、次点はジョージ・バーナード・ショー（George Bernard Shaw, 1856-1950）である（Chothia 227）。数多くのシェイクスピア公演において、20世紀に入ると、ポウエルが目指したシェイクスピア時代の舞台への回帰に変化が現れ始め、ヨーロッパのモダニズム芸術が舞台でも感じ取れるようになる。ハーリー・グランヴィル＝バーカー、リリアン・ベイリス（Lilian Baylis, 1874-1937）、ジョン・ギールグッド、ローレンス・オリヴィエの足跡をたどると、ポウエルの継承とポウエルとの違いがよくわかる。

　ハーリー・グランヴィル＝バーカーは、ポウエルに師事し、自身が認めているように、ポウエルから演出について多くを学んだ。師であったポウエルから受けた恩恵は大きかったが、グランヴィル＝バーカーは、師とは多くの点で異なっていた。ポウエルは二流の役者を使ってシェイクスピアを上演しなくてはならなかったが、他方、グランヴィル＝バーカーは、一級の役者と共に劇を作り上げることができた。学者風なポウエルは、盲目的なエリザベス時代への回帰を表明し、他方、グランヴィル＝バーカーは、シェイクスピアがいきいきとした大衆的な劇作家であることを理解し、ポウエルの方法をあまりにも考古学的だと考えていたからだ（Kennedy *Granville* 150-51）。

　演出家として活躍する前、グランヴィル＝バーカーは、エリザベス朝舞台

協会の俳優として、1899 年には、ポウエル演出で『リチャード二世』のリチャード二世役を、1903 年には、同演出でクリストファー・マーロウ作『エドワード二世』（*Edward II*, 1594）のエドワード役を務めている（Kennedy *Granville* 9; Falocco 37）。シェイクスピアの演出の他、大陸の演劇の演出も多く、例えばモーリス・メーテルリンク（Maurice Maeterlinck, 1862-1949）の『室内』（*Interior*, 1894）や『タンタジルの死』（*The Death of Tintagiles*, 1894）、ヘンリック・イプセン（Henrik Ibsen, 1828-1906）の『野鴨』（*The Wild Duck*, 1884）を演出している。のちにグランヴィル＝バーカーのシェイクスピアの演出に見られる象徴主義的影響は、メーテルリンクやイプセン等に遡ることができるのだ（Kennedy *Granville* 9）。

　グランヴィル＝バーカーの最初のシェイクスピア劇の演出は、1904 年 4 月にコート劇場における『ヴェローナの二紳士』（*The Two Gentlemen of Verona*, 1589-91）であった。この公演の演出は、バーナード・ショーと親交があり、またイプセンを英訳してイギリスに紹介した、演劇評論家のウィリアム・アーチャー（William Archer, 1856-1924）の推挙による。この頃のグランヴィル＝バーカーは、原典を刈り込み、場面の順番を前後させることを躊躇せず、アーヴィングやトゥリーが行ったように、フランツ・シューベルト（Franz Schubert, 1797-1828）の伴奏音楽が、ムードを盛り上げるために幾度も用いられた。アーチャーはこの公演を、「エリザベス時代の舞台の簡素さとアクター・マネージャーの放蕩の中間」（Kennedy *Granville* 20）だと表している。次第にグランヴィル＝バーカーの演出にも変化が見られ、前もって念入りに案を練り、戯曲に信頼を置き、特定の俳優を目立たせるスターシステムを嫌い、役者のアンサンブルを重視しようとした。1914 年になるまでモスクワ芸術座のコンスタンチン・スタニスラフスキー（Konstantin Stanislavsky, 1863-1938）との面識はなかったが、お互いの仕事はよく似ていた。公演全体を統轄する現代の「演出家」という職務は、グランヴィル＝バーカーから始まったと言える（Kennedy *Granville* 34-36）。

　1912 年に『冬物語』（*The Winter's Tale*, 1609-10）を演出したサヴォイ劇場では、オーケストラ・ピットの上に張り出し舞台を架け、カーテンを使った演出を試みた（Jackson "Actor-Managers" 125）。張り出し舞台を用いているため、フットライトはない。均一的なまばゆい光で充たされた舞台。スターシステムでは、強い光がスターに当てられたが、アンサンブルを重視する

グランヴィル＝バーカーの演出では、舞台全体が均一的に照らされたのだ（Kennedy *Granville* 129）。ポウエル同様、すばやい場面転換を目指し、台詞の省略はごくわずかであった（Smallwood 99）。舞台は象徴性、幾何学模様を特徴とし、背景として壁や垂れ幕しか使われなかった。張り出し舞台の工夫は、ポウエルが目指した役者と観客との親密さを感じさせることに成功したが、ポウエルとは異なり、学術的にエリザベス時代の舞台を再現させようとする意図はなかった。張り出し舞台を用いたものの、二つだけ三次元の舞台装置が登場した。リオンティーズの宮殿と羊毛刈り祭りのためのわらぶき屋根の小屋である。他の場面は、彩色された垂れ幕の前で演じられ、この幕は、幕の前で起こる演技の時間、場所、雰囲気だけを示すものであった。

　衣装は、オーブリー・ビアズリー（Aubrey Beardsley, 1872-98）、ロシアの舞台美術家レオン・バクスト（Léon Bakst, 1866-1924）、アール・ヌーボー、チェルシー・アーツ・クラブ・ダンスパーティを思い起こさせる折衷的な衣装だった（Kennedy *Granville* 123-31）。このグランヴィル＝バーカーの演出とノーマン・ウィルキンソン（Norman Wilkinson, 1878-1971）の舞台美術は「ポスト印象派」的シェイクスピアと呼ばれることもあったが、様式化と色や空間の抽象化を特徴とし、パブロ・ピカソ（Pablo Picasso, 1881-1973）やジョルジュ・ブラック（Georges Braque, 1882-1963）のキュビスム、シュールレアリスム、構成主義、フォービスム等当時の芸術思潮から広く影響を受け、19世紀末までの写実的な舞台装置とは距離を置いていた（Jackson "Actor-Managers" 126; McCullough 107）。この公演の舞台装置と演出があまりに奇抜であったために、批評家たちは、この感性の出所を探ろうとしたが、グランヴィル＝バーカー自身は、ポウエルとエドワード・ゴードン・クレイグ以外の影響を認めようとはしなかった。グランヴィル＝バーカーは『デイリー・メール』（*The Daily Mail*）紙への手紙の中で、次のよう書いている。「シェイクスピアの伝統など存在せず、われわれを導いてくれるテキスト、半ダースほどのト書き、それがすべてなのだ。私はテキストとテキストが要求するものに従い、その上で自由を求める」。1906年から1907年には、トゥリーが、乱暴にも台詞を半分ほどカットし、エレン・テリーのハーマイオニー役によって、スペクタクルな『冬物語』を上演していたので、なおさらグランヴィル＝バーカーの斬新さが引き立つことになった（Kennedy *Granville* 123）。

　衝撃を与えた、このグランヴィル＝バーカー演出の『冬物語』において、

とりわけ不評だったのは、詩の内容を理解するにはあまりにも早すぎる台詞回しであった。『タトラー』（The Tatler）の劇評家は、早口でまくし立てられるこの公演を「冬の竜巻」を観ているようだった、と評した。グランヴィル＝バーカーが役者に求めたのは、凄まじい速度と明瞭さの両立であり、詩的な台詞回しではなかったのだ。観客は前もって台詞を学習しておくべきというグランヴィル＝バーカーの期待もあった。それは、韻文の朗唱も場面の転換もゆったりとしたペースで行った、前の時代のシェイクスピア上演を乗り越えようとする試みであり、シェイクスピアを生き生きとさせるために必要なのは何よりも速さだとするグランヴィル＝バーカーの確信に基づくものであった（Kennedy *Granville* 132-35）。

　1912 年の 11 月から、『十二夜』がサヴォイ劇場でグランヴィル＝バーカーの演出によって上演された。作品自体の親しみやすさが好感の理由とも考えられるが、『冬物語』が与えた衝撃は観客によって急速に吸収され、この公演は賞賛でもって受け入れられた。『十二夜』は、再びノーマン・ウィルキンソンの舞台美術を用い、優美ですばやい場面転換を可能にした。『冬物語』

図 2　グランヴィル＝バーカー演出、ノーマン・ウィルキンソン美術による『十二夜』
（サヴォイ劇場、1912 年）

Dennis Kennedy, *Granville Barker and the Dream of Theatre* (Cambridge: Cambridge UP, 1985) 145.

同様幕を多用したが、やはり、『十二夜』でも大がかりな舞台装置が一つ登場した。オリヴィアの庭の場面に登場したのは、ピンク色の塔や円錐状に刈り込まれたイチイの木であり、未来派の芸術運動を想起させるような舞台装置であった（Kennedy *Granville* 136-47）（図 2）。

　グランヴィル゠バーカーとジョン・ギールグッド、ローレンス・オリヴィエの橋渡しをしたのがリリアン・ベイリスである。ベイリスは、社会改良運動家であった叔母のエマ・コンズ（Emma Cons, 1838-1912）が運営していた「ロイヤル・ヴィクトリア・コーヒー・ホール」に 1898 年から関わり始め、叔母の死後、1912 年に劇場運営を引き継ぐことになった。コンズが購入する前の「ロイヤル・ヴィクトリア・コーヒー・ホール」は「ロイヤル・ヴィクトリア劇場」として知られ、「オールド・ヴィック」の愛称はここに由来し、「オールド・ヴィック」がのちに正式の劇場名となる。禁酒主義者だった叔母は家族向けの演目を中心に据えていたが、アルコールの売り上げなしでは採算が取れず、この対策として 1881 年から 83 年の短い間だったが、マネージャーとしてウィリアム・ポウエルを雇っているのは興味深い。ポウエルは、曜日によって異なる出し物、例えば、オペラコンサート、タブロー、自然科学の講義、バラッド・コンサート等を劇場で開催した。ただし、劇を演じるための完全なライセンスを劇場が持っていなかったこともあり、劇を上演することが困難であったため、ポウエルは幻滅した面持ちで契約を解除している（Schafer 62-63; O'Connor "William Poel" 17）。その後、1912 年からベイリスは、シェイクスピアの上演に携わることになる。当初は、シェイクスピアを自分の劇場で上演させることにそれ程気乗りではなかったものの、次第に利点が明らかになってくる。作者に著作権を支払わなくてもよいこと、シェイクスピア作品を低賃金でも演じたいという俳優が数多く存在すること、シェイクスピアが学校のカリキュラムで学び続けられていたので、学生たちが客席を埋めてくれること等である。

　ベイリスは、1914 年にアクター・マネージャーのベン・グリート（Philip Barling Ben Greet, 1857-1936）と手を組み、オールド・ヴィック劇団を軌道に乗せ、9 年間かけてシェイクスピアの全作上演に乗り出した。グリートは、イギリスとアメリカで、旅役者と共に屋外でシェイクスピアを演出した経験が豊富であったため、決して豪華とは言えない資金難のオールド・ヴィック劇場でみすぼらしい衣装を用いて演出することに抵抗はなかったのだ。シェ

イクスピアの 24 作品が、グリートによってプロデュースされている。本拠地以外の劇場に巡演に出たり、学校の芸術鑑賞の機会を利用したりして、経営を軌道に乗せた。例えば、1915 年には、週に 4000 人以上の学生たちが芸術鑑賞のためオールド・ヴィック劇場を訪れている。第一次世界大戦のため男性が兵役に就き、女性が男性の役を演じるということも多くなった（Schafer 131-36）。グリートは、1902 年にポウエルと『万人』（*Everyman*, 15 世紀）を共同制作していたため、19 世紀末のアクター・マネージャーたちの演出には倣わず、ポウエル流の簡素な舞台装置とほぼカットのない台本を用いて演出を行った（Smallwood 99-100; Styan 64）。（ただし、『ヘンリー六世・第一部』（*Henry VI, Part 1*, 1592）のジャンヌ・ダルクの悪口雑言をカットしたりはしている（Schafer 145）。）

　グリートの後を引き継いだロバート・アトキンズ（Robert Atkins, 1886-1972）は、ポウエルの弟子であり、友人であったため、グリート同様、ポウエルの影響は大きかった。アトキンズは、オールド・ヴィック劇場でポウエルのエリザベス時代へ回帰するという演劇観を実験したとも言える。カーテンと幻想的な照明を駆使した演出を行い、シェイクスピア時代の張り出し舞台を意識して、前舞台の前にさらに舞台を設置することにより役者の演技空間を広げたからだ。この舞台処理は、グランヴィル＝バーカーの『冬物語』に着想を得たものかもしれない。とはいえ、二人には違いがあり、ポウエルが素人の俳優を使って演出したのに対し、アトキンズはプロの俳優を使って演出し、観客も裸舞台の演出に慣れて、ポウエルの時代より好意的に受け止められた（Schafer 144）。アトキンズは、前任者が始めたシェイクスピアの第 1・二つ折り本に基づく全作上演を 1923 年の『トロイラスとクレシダ』（*Troilus and Cressida*, 1602）の公演で締めくくった（Davies 141）。

　このポウエル・グランヴィル＝バーカー路線は 1935 年、オールド・ヴィック劇団によるジョン・ギールグッド演出『ロミオとジュリエット』にも引き継がれた（図 3）。アトキンズの後を引き継いだ演出家アンドリュー・リー（Andrew Leigh）もまた、ポウエルの弟子であり、ギールグッドがオールド・ヴィック劇団の主演を務めた頃の演出家であったハーコート・ウィリアムズ（Harcourt Williams, 1880-1957）も、ポウエルとグランヴィル＝バーカーの演出法を熱心に研究していたからだ（Schafer 146; Styan 64）。ギールグッド自身もまた、グランヴィル＝バーカーの『序説』を参考にしている

（Gielgud 55）。ギールグッドは、そのウィリアムズの元でシェイクスピア役者としての研鑽を積み、リチャード二世、マクベス、とりわけ、1929年のハムレットによって名声を確立した。この『ハムレット』では、カットの全くない台本と、カットした台本を使い分け、速いテンポで劇が演じられた（H. Burton 139-40）。1929年に演じたロミオ役では批評家たちからそれ程高い評価を得られなかったギールグッドは、1935年に再び『ロミオとジュリエット』に挑み、この公演では、ローレンス・オリヴィエとギールグッドが、ロミオとマキューシオ役を交互に演じただけでなく、ギールグッド自身が演出家もつとめることになった。

　この公演は、ギールグッドとオリヴィエの初顔合わせの公演でもあり、二人の台詞回しの特徴を際立たせるものであった。ギールグッドの特徴は崇高、霊性、美、抽象、反してオリヴィエは、俗、血、人間性であり、ギールグッドには、俗的なものが欠けていて、オリヴィエは、ギールグッドのこれらの長所を求めていた、とオリヴィエ自身がインタビューで述べている（H.

図3　ジョン・ギールグッド演出『ロミオとジュリエット』バルコニーの場におけるローレンス・オリヴィエとペギー・アシュクロフト（ニュー・シアター、1935年）

Jonathan Bate and Russell Jackson eds. *Shakespeare: An Illustrated Stage History* (Oxford: Oxford UP, 1996) 145.

Burton 17）。散文的であるものの活動的なオリヴィエのロミオに対し、天性の詩の朗唱法を駆使してマブの女王のスピーチを語るギールグッド。ギールグッドは、オリヴィエが持つ天性の華のある演技に嫉妬を感じつつ、その裏返しとして、自ら得意だと考えていた韻文の朗誦でオリヴィエをいじめたと回顧している（H. Burton 138）。他方、オリヴィエは、シェイクスピアの詩の中にリアリズムを持ち込もうとし、1937 年の『マクベス』の稽古をしていたとき、演出家のミシェル・サン＝ドゥニー（Michel Saint-Denis, 1897-1971）の助言に首を縦に振る。「韻文を通して真実を見つけなくてはならないのだ。韻文をうち捨てて、あたかも散文のような振りをしてもいけない。かといって韻文に心奪われて、リアリティを失ってもならない」（H. Burton 18）。

　オリヴィエが、ギールグッドは俗的な物を排除して、シェイクスピアの詩の音楽性や抒情性に注意を払っていたと指摘するように、ギールグッドに見られる、ポウエルの系譜に連なる詩の朗唱を重視する姿勢は、1932 年にオックスフォード大学演劇協会で『ロミオとジュリエット』を演出した際に、劇団員に徹底的に詩の発声を指導したことにも表れている（H. Burton 17; Jackson "John Gielgud" 28-29）。ギールグッドが多大な影響を受けたグランヴィル＝バーカーは、すばやい場面転換に伴うかのようにまくし立てる台詞回しを俳優に要求し、批評家に批判されもした（H. Burton 143-44; McCullough 111-12）。1935 年の公演における、スピード感のある場面転換は、グランヴィル＝バーカーの教えによるものだろうが、詩の朗唱法に関して、ギールグッドは、師を凌駕していたに違いない。シェイクスピアのテキストを基本的にはカットしない演出については、グランヴィル＝バーカーとギールグッドは同じ立場を取っている。加えて、舞台装置の扱いも同じく、ギールグッドも、バルコニーの場面等で使われた櫓のような舞台装置を用いた。近代劇のリアリズムに慣れた観客には、ある程度の舞台装置が必要だと考えたのではないだろうか。

　他方、オリヴィエのリアリティの表現方法は、1937 年に演じたハムレットに表れ、この公演の解釈は、フロイト（Sigmund Freud, 1856-1939）の弟子であったアーネスト・ジョーンズ（Ernest Jones, 1879-1958）のオイディプス・コンプレックスとハムレットの研究に基づいていた、とオリヴィエ自身が明らかにしている（H. Burton 19）。ジョーンズの『ハムレットとオイ

ディプス』（*Hamlet and Oedipus*, 1949）は 1949 年に出版されているものの、元来は、1910 年に発表され、1923 年に内容が敷衍された論文であり、オリヴィエは、題名は忘れたと述べているが、この論文を読んでいたに違いない（Edmunds 119）。オリヴィエは、ハムレットの深層心理とリアリティを解明するために、ジグムント・フロイトの心理学に注目したのだ。詩の論理によってリアリティを表出させるギールグッドとの方法論の違いが明確に出ているエピソードと言える。舞台装置に加え、精神分析学もリアリズムに力を貸したのだ。

4. 現代服での上演とエドワード・ゴードン・クレイグ

　20 世紀前半のシェイクスピア劇は二つの重要な劇団によって展開していた。一つは、先に触れた、ロンドンに本拠地を置くオールド・ヴィック劇団であり、もう一つは、1913 年創設のバーミンガムに拠点を置くバーミンガム・レパートリー劇団である。バーミンガム・レパートリー劇団による現代服でのシェイクスピア劇の上演と、ロシア演劇界で他流試合を行ったエドワード・ゴードン・クレイグは、その後のイギリスのシェイクスピア劇に大きな衝撃を与えた。

　27 歳の時、父親から富を受け継いだバリー・ジャクソン（Barry Vincent Jackson, 1879-1961）は、私財によって 464 席の比較的小さな劇場を建設し、バーミンガム・レパートリー劇団を創設した。この劇場では同時代の論争を巻き起こした新しい劇作品とともにシェイクスピア等の伝統劇も上演された。シェイクスピアの劇においても賛否両論の演出があり、その例が、1923-24 年シーズンに上演された『シンベリン』（*Cymbeline*, 1610-11）である。演出自体はそれ程革新的ではなかったが、現代服を着た俳優によって演じられたからである。シェイクスピアの心と観客との距離が以前よりも近づいた、とする好意的な地元紙の劇評もあったが、ジャクソンの実験はまだ全面的に肯定されたわけではなかった。1925 年にも現代服を着た『ハムレット』が上演され、この上演は演劇史上「半ズボン『ハムレット』（"the plus-fours *Hamlet*"）」と称されている（図 4）。（「半ズボン」とは、1920 年代に特に男性がはいた、膝下まであるゴルフ用の半ズボンを指す。）ジャクソンは、普

段着のハムレットを通して現代人が抱える現実的な葛藤を表現させたのだ。その後も現代服の上演は続き、1927 年の『終わりよければすべてよし』(*All's Well That Ends Well*, 1606-07) では、まだ 20 歳にもなっていないローレンス・オリヴィエがパローレスの役を演じている (Davies 140-42)。1928 年の『マクベス』は、第一次世界大戦の軍服を着せた上演だったが、三人の魔女が登場するようなスコットランドの土着性との折り合いがうまくつかず不評だった (Kennedy *Looking* 112)。

1937 年には、ニューヨークのマーキュリー劇場でオーソン・ウェルズ (Orson Welles, 1915-85) 演出による『ジュリアス・シーザー』(*Julius Caesar*, 1599) の現代服上演もあった。副題の「独裁者の死」が示しているとおり、第二次世界大戦の足音が大きくなる世相の反映でもある。ムッソリーニ (Benito Mussolini, 1883-1945) のイタリアを背景とし、登場人物たちはファシストを想起させる軍服に身を包み、ウェルズはブルータスを演じた。ブルータスは独裁者としてのシーザーやプロパガンダに煽動される民衆と相対するのだ (Rippy 10-11; France 17-21)。政治性を強調するためシェイクス

図4　バーミンガム・レパートリー劇団による『ハムレット』(ロンドン、1925 年)

Dennis Kennedy. *Looking at Shakespeare: A Visual History of Twentieth-Century Performance.* 2nd ed. (Cambridge: Cambridge UP, 2001) 111.

ピアのテキストは大幅にカットされ、ブルータスが発する台詞がアントニーに割り当てられたりしたように、本来とは異なった役が他人の台詞を話した。例えば、冒頭はいきなりシーザーの華麗な登場から始まり、劇の開始からたった12行目で予言者の「3月15日に気をつけよ」の台詞が舞台に響き渡った（France 109）。このようなファシスト的な文脈に加え、ソ連におけるスターリン（Iosif Stalin, 1879-1953）の独裁制を想起させる演出は、1959年ピーター・ホール（Peter Hall, 1930-）演出の『コリオレイナス』（*Coriolanus*, 1608）やイアン・マッケラン（Ian McKellen, 1939-）が主演した1990年の舞台版と1995年の映画版にも利用された（Speaight 180-81; France 103-07; Morrison 250; M. W. Smith 498-501）。

　このウェルズの舞台装置と照明には、表現主義的な光と陰のコントラストが見られるが、これはスペクタクル派のエレン・テリーの息子エドワード・ゴードン・クレイグ演出とバリー・ジャクソンによる現代服上演の影響が大であろう（Anderegg 21, 43-44; France 7-8）。

　1911年から12年に、モスクワ芸術座でスタニスラフスキーの依頼により、『ハムレット』を演出したクレイグの演出は、ヨーロッパの芸術思潮を取り入れた反写実主義、象徴主義、表現主義、キュビスムを特色とした（Speaight 139-41; Innes *Edward Gordon Craig*）（図5）。同じモスクワ芸術座で活動していたアントン・チェーホフ（Anton Pavlovich Chekhov, 1860-1904）の『かもめ』（*The Seagull*, 1896）で、ニーナは象徴に溢れた台詞を発する。トレープレフ（コースチャ）が書いたこの台詞を、トレープレフの母親アルカージナは、「あんなデカダンのたわごとを聞かせたりして。……新形式をもたらそうだとか、芸術に新時代を劃そうだとかって。わたしに言わせりゃ、あんなもの新形式でもなんでもない、へそまがりなだけよ」(293)と一蹴する。ピーター・ブルックが指摘するように、この時代のイギリスへのロシア演劇の影響はほとんどないと考えられているが（Brook *Open Door* 7）、クレイグのモスクワ芸術座での仕事は、間違いなく大陸の「新形式」としての象徴主義を体感できる機会だったに違いない。

　ピーター・ブルックが、「クレイグは（写実的な現実という）イリュージョンによって作られる劇をののしるのに人生を費やした」と述べるほど、クレイグは徹底的に反リアリズムの姿勢を貫いていた（Brook *Empty Space* 40）。演劇界に与えた影響は大きかったものの、ブルックが指摘するように「長

図5　クレイグ演出『ハムレット』（モスクワ芸術座、1911～12年）

Dennis Kennedy. *Looking at Shakespeare: A Visual History of Twentieth-Century Performance.* 2nd ed. (Cambridge: Cambridge UP) 53.

い間、クレイグは祖国イギリスから無視されてきた」（Brook *Shifting Point* 25）。このクレイグはポウエル同様、19 世紀末の舞台上のリアリズム的慣習を嫌い、カーテンを用いた演出を行っている。しかしながら、ポウエルもポウエルが設立した「エリザベス朝舞台協会」の活動も拒絶していた。それは、ポウエル流のシェイクスピアの舞台は、エリザベス時代の観客がいなければ無意味であり、正確な舞台の再現は博物館的な記録物になってしまうだろうと考えたからだ。

　グランヴィル＝バーカーは、確かに当時の演劇界における革新者であったが、象徴的に用いられる抽象的な模様の幕の使用と同時に大がかりな舞台装置を登場させたり、『十二夜』ではエリザベス時代の古楽器を用いたりしている点で、グランヴィル＝バーカーは折衷主義者だと言える（Chothia 227）。しかしながら、クレイグの試みは極めて革新的であった。クレイグの影響は大きく、例えば、グランヴィル＝バーカーは、ポウエルから有益なも

のを選び取ったように、クレイグからも説得力のある考えは取り入れ、そうでないものは捨てた（Kennedy *Granville* 151-52）。グランヴィル＝バーカーの折衷主義はここにも表れていると言えるだろう。

　クレイグは、それまでの演出家のように正確な時代考証に関心を寄せたことはない。クレイグの演出が意図するものは、例えば『ハムレット』や『マクベス』から、普遍的な何かを引き出すことであり、当時の電飾照明等のテクノロジーを用い、モダニズム的な実験を行うことであった。その実験の結果が、抽象的であり、反リアリズムになるのは当然である（Innes *Craig* 119）。モダニストであるエズラ・パウンド（Ezra Pound, 1885-1972）やウィリアム・バトラー・イェイツ（William Butler Yeats, 1865-1939）が、1912年に「ゴードン・クレイグによって解釈される劇場芸術を促進するための」委員会に加わっていることからも、クレイグのモダニズム的傾向は明らかだ。1912年のモスクワ芸術座での『ハムレット』は、精神としてのハムレット対、物質的な存在としてのクローディアスとその取り巻き連中の争いと解釈され、この公演でもスクリーンが用いられた。高くそびえ立つ柱のような舞台装置は、自立し、スクリーンの役割を果たした。公演中に自由に動かすことができ、組み合わせによって、「1000もの形」を視点の変化によって作り出した。スクリーンの意義は、「暗示にあり、表象にあるわけではない」。この柱のようなスクリーンは、光の当たり方によっても多様な暗示を与えた。この舞台装置は、19世紀後半の装飾的・現実的機械から抽象化された機械への移行であり、思想史的には、写実主義を経て、印象主義から抽象主義への決定的な移行と言えるだろう。この演出は、一連の「ムード」を伝え、「理念を表象すること」にその演出の目的があった（Innes "Modernism" 136-37）。

　クレイグの演出は、日本の能を自らの劇作品に取り入れたイェイツら、モダニズムの芸術家に特徴的と言えるエリート主義と無縁ではない（Innes "Modernism" 137-38）。この『ハムレット』は非常に評価の高い上演であったが、俳優は演出家の意図を忠実に従う人形であるべきと考える価値観は俳優たちの反発を招きもした（Taxidou 23-26; Jackson "Henry Irving" 175）。最終的に、クレイグは、ミニマリズム演劇を突き詰め、完全に俳優を排し、観客のための上演をやめてしまうからだ。

　この『ハムレット』が上演されたモスクワ芸術座に属していたメイエルホ

リド（Vsevolod Emil'jevich Mejerhol'd, 1874-1940 頃）は、その後この象徴主義、反自然主義、反審美主義をさらに押し進めることとなる（Braun *Meyerhold*; Braun *Theatre of Meyerhold*; Leach 53-101）。

5. ピーター・ブルック

　ピーター・ブルックは 1968 年に『なにもない空間』（*The Empty Space, 1968*）を出版し、1970 年のブルック演出の『夏の夜の夢』は、この『なにもない空間』に示した理論の実践でもあった。ブルックは、「革新者であり、絶えずシェイクスピアへの新しいアプローチ方法を探し求めていた」（Selbourne 29）が、この公演には、19 世紀末から 20 世紀初頭にかけて見られた様々な演出が流れ込み、合流しているように思われる。ブルックは師匠であったバリー・ジャクソンの方法論は受け継いでいるだろうが（Hampton-Reeves 290）、詩の朗唱法については、ジャクソンの「早く自然な無韻詩の朗唱法」（Byrne 12）に改良を加えている。俳優にとって韻文の扱い方は難しく、「あまり情緒的にうたいあげると、内容空疎な誇張に陥り」、「あまり知的だと、つねに存在しているはずの人間性を見失い」、「あまり文字通りに扱うと、結果は紋切型のものとなり真の意味は失われてしまう」からだ（Brook *Shifting Point* 85）。長年ロイヤル・シェイクスピア劇団のボイス・トレーニングを指導したシスリー・ベリー（Cicely Berry, 1926-）との付き合いは、1970 年のこの『夏の夜の夢』から始まり、公演のリハーサル中の役者とのやり取りに朗唱法についての試行錯誤が読み取れる。ブルック曰く、「詩行にアクセントを置くというのは、何かに責任を負うということでなくてはならず、偶然であったり、無意識の癖であったりしてはならないのだ」（Selbourne 263）。ここに、シェイクスピアが書いた詩の論理によって劇世界を現実的なものにしようと試みる、ポウエル、グランヴィル＝バーカー、ギールグッドの伝統をブルックにも感取できるのではないだろうか。

　詩の朗唱法について、1946 年のブルック演出の『ロミオとジュリエット』にも新しいアプローチを探る演出家の姿が見られる。この上演でブルックは、「シェイクスピア上演の常套的な様式と明確に決別」しようとしていた。その「決別」ゆえに批判されたのが、シェイクスピアの詩を「手荒」に扱っ

たとされた演出であった。ブルックは、「テニソン（Alfred Tennyson, 1809-92）やコヴェントリー・パトモア（Coventry Patmore, 1823-96）（19 世紀中葉の詩人）流の詩情ではなく、ローリー（Walter Raleigh, ?1552-1618）、シドニー（Philip Sidney, 1554-86）、マーロウ、エセックス伯（Robert Devereux, the 2nd Earl of Essex, 1566-1601）の念頭にあったような、本物の詩を伝えようとした」。なぜなら、「エリザベス時代の人々にとっては、暴力と情熱と詩はきわめて切り離しがたいものであったからだ」。ブルックが試みたのは、『ロミオとジュリエット』がきれいごとの、感傷的な恋物語にすぎないという通念との決別」であり、「暴力と情熱と興奮にみちた、悪臭を発する大衆、家同士の確執、渦巻く陰謀への回帰」であった。「ヴェローナの下水から立ち上がる詩情と美を取り戻さなくてはならず」、「二人の恋人の物語はそれに付随するものにすぎないのだ」（Brook *Shifting Point* 71）。

シェイクスピアの『タイタス・アンドロニカス』（*Titus Andronicus*, 1592）は舞台上で多くの肉体が切り落とされ、その肉がパイに化けて実の親が実の子の肉を食らうというグロテスクな流血悲劇であるが、1946 年の『ロミオとジュリエット』が内面としての暴力的詩情を表現していたのに対し、1955年のブルック演出の『タイタス・アンドロニカス』においては、外的な暴力性は外的な詩的様式美へと変容した。たとえば、舌と両手を切り取られるラヴィニアの血は、深紅と白のリボンで表現されたからだ（Kennedy *Looking* 170）。

劇作品の虚構と現実について、ブルックは、1914 年の 2 月に公演が始まったグランヴィル＝バーカーの『夏の夜の夢』を参考にしたのかもしれない。役者が張り出し舞台上の虚構の演技空間から出て現実の観客と握手をするグランヴィル＝バーカーの演出は、当時の劇評で、虚構と現実は分離されるべきであり、普通の演劇好きはイリュージョンを切望しているのだ、と非難された（Kennedy *Granville* 169）。しかしながら、ブルックの『夏の夜の夢』にも見られた、役者が客席に降りてコミュニケーションを取るような虚実の領域侵犯は、シェイクスピア時代のグローブ座でも見られた現象である。

この公演のアクロバティックな要素は、中国の雑伎団からインスピレーションを受けたようだが（Holland "'Revolution" 164; Brook *Shifting Point* 97）、自らの劇団員に肉体的鍛錬を課した、運動神経抜群のフランシス・ロバート・ベンソンや、メイエルホリドの身体訓練法「ビオメハニカ」（Braun

Meyerhold; Braun *Theatre*)、ミニマリズム、象徴主義の影響も色濃いと思われる。ミニマリズム的な白い壁に囲まれたブルックの舞台は、クレイグに特徴的な白い柱の内側なのかもしれず、セオドア・コミサルジェフスキー（Fëdor Fëdorovich [Theodore] Komissarzhevskii, 1882-1954）が 1932 年にストラトフォード・アポン・エイボンで演出した『ヴェニスの商人』（*The Merchant of Venice*, 1596-97）に見られる、『カリガリ博士』（*The Cabinet of Dr. Caligari*, 1919）のような、歪んだ舞台背景の表現主義的要素も含まれているはずだ（Kennedy *Looking* 127-29）。他方、担がれたボトムの股間に挟み込まれた、男根を表象する腕は、この公演がヨーロッパモダニズム芸術の合流地点のみならず、伝統的な、民衆演劇、大道芸人、コメディア・デラルテのような、ベルトルト・ブレヒト（Bertolt Brecht, 1898-1956）に代表されるような土着性と猥雑性をも兼ね備えていることを示している（図6）。ブルックの『なにもない空間』から言葉を借りるのなら、「神聖」と「野性」の総合である。「シェイクスピアには、叙事演劇、社会分析、儀式的残酷、内省がある。統一化やなれあいはない。それらは、矛盾したまま相並び、妥協することなく共存している」（Brook *Shifting Point* 55）のだ。ブルック自

図6　ピーター・ブルック演出『夏の夜の夢』（ロイヤル・シェイクスピア・シアター、1970 年）

(Photo by Reg Wilson © RSC)

身が「依然として続いている 19 世紀伝来のあらゆる影響を振り払いたい」（Brook *Shifting Point* 91-92）と望んでいたとしても、演出がその影響下から抜け出すのは困難である。しかしながら、それでよいのだ。虚実を混ぜ合わせ、異なった演出の伝統が「矛盾したまま相並」んで存在しているブルックの演出は、極めてシェイクスピア的と言えるのだから。

6. 戦後から 21 世紀まで

　この章では、二つの世界大戦の影響を除き、上演の政治的文脈をほとんど考慮することなく論を進めてきた。ピーター・ブルックの記念碑的な『夏の夜の夢』を一つの区切りとして考えたいが、この上演には、意識的に政治的な解釈が避けられているように思われる。おそらく、ブルックは、意図的に『夏の夜の夢』が内包する階級の問題等を排除して、何か普遍的な上演（そのようなものがあるとして）を目指しているのだと考えられるからだ。芸術至上主義と表現すると言い過ぎだろうが、ブルックの意図は、『夏の夜の夢』と上演当時の社会的・政治的文脈を結びつけることではなく、作品の演出と解釈の多様性を様式美に込めて表現することにあったのではないだろうか。

　ジョン・オズボーン（John Osborne, 1929-94）作『怒りをこめて振り返れ』（*Look Back in Anger*, 1956）の中で、ジミー・ポーターは、「おれたちの世代の人間ていうものは、何か、すぐれた主義のために死ぬなんてことはできなくなっている。おれたちが、子供だった 30 年代や 40 年代で、そういうことはすべてなされてしまったんだ。何かもう、すぐれた勇敢な主義なんて残っちゃあいないんだ」（Osborne 84）と述べる。第二次世界大戦後、イギリスは、労働党による、緊縮財政に基づく福祉国家、重要産業の国有化の道を歩み始めるものの、その後、1979 年 5 月の総選挙で労働党は敗れ、国営企業は民営化されることになる。ポーターのような若者は、ポーターのように家庭で鬱屈したやるせない不満をぶちまけたり、1960 年代後半の学生運動のように直接政府に物申したりした。シェイクスピア劇も戦後、冷戦構造を経て、21 世紀の現在に至るまで、階級に着目したマルクス主義的な演出や、人種に焦点を合わせたポストコロニアル的演出などに題材を提示し続けている。キャサリン・グッドランド（Katharine Goodland）とジョン・オコ

ナー（John O'Connor）編による『シェイクスピア上演要覧』（*A Directory of Shakespeare in Performance*）は、1巻がイギリスにおける1970年から2005年までの1200公演ほどのシェイクスピア上演について、2巻と3巻がカナダとアメリカにおける1970年から2005年までの上演についての情報がまとめられている（カナダとアメリカの公演数は明記されていないが、書籍の厚さから判断すると、2巻と3巻で2500公演ほどだと思われる）。この3巻本には、劇評の抜粋も載っているので、公演のおおまかな演出傾向について知ることができ、現代の演出の多様性を確認できるはずだ。

　1997年には、シェイクスピアのグローブ座が存在していた場所の近くに、新しいグローブ座が建設された。アメリカ人の俳優・演出家サム・ワナメイカーが、このプロジェクトに尽力した（Prescott "Sam Wanamaker" 151-210）。シェイクスピア時代の劇場、テキスト、衣装、演出に忠実であろうとしたウィリアム・ポウエルの試みがここに結実したと言えるだろう。新しいグローブ座でのシェイクスピア作品の上演は、基本的には、シェイクスピア時代の衣装や演出に沿った演出が多い。もちろん、演技者の肌の色によって、人種や政治の問題を観客に想起させることは当然ある。世界中からロンドンを訪れる観光客に新たな観光地を提供していて、非日常的で祝祭的な空間の雰囲気の中で上演されてはいるが、観客がシェイクスピア時代の劇場を模した劇場で劇を見ることによって、シェイクスピア時代の劇世界へのタイムスリップを擬似的に経験し、あたかも後期チューダー朝、初期スチュアート朝の観客と自らを重ね合わせて目の前の虚構に身を委ねることが、何よりもこの劇場での観劇の特徴である。新しいグローブ座が提供する、このシェイクスピアの「正統性」と、役者と観客の距離の近さを、多くの劇評家が肯定的に捉えているが、平土間の観客の落ち着かない振る舞いに苦言を呈し、観光客が多数を占めると思われる平土間の観客は劇に真剣に係わろうとしていないのではと考える批評も多い（Prescott "Inheriting the Globe" 361-72）。しかしながら、シェイクスピア時代の平土間の観客は、おそらく、上演中にものを食べ、隣の知り合いと話したりしていたと考えられるので、現代のグローブ座はこの点も忠実に再現しているのかもしれない。

　元来、シェイクスピアは大衆向けの演劇であり、クレイグの演出に見られるようなエリート主義的な演劇ではない。19世紀末から21世紀のシェイクスピア劇の中には、シェイクスピアを近代リアリズム演劇の枠組の中で捉え

ようとした公演も数多くあった。しかしながら、そのように捉えると、はみ出すものが出てくる。言語が圧倒的に過剰なシェイクスピア劇をリアリスティックに演出するとどうしても齟齬が出てしまうのだ。元々、シェイクスピア劇は、聴くものであり、観るものではなかった。新しいグローブ座の試みは、シェイクスピアの大衆性を再確認する機会でもあり、劇が観るものではなく、聴くものであった時代への回帰の意味合いもあるのではないだろうか。この点において、新しいグローブ座の試みは正統的と言えるのだ。とはいえ、シェイクスピア作品には、正統的なシェイクスピアだけではなく、すべてを飲み込み咀嚼するだけの器が備わっている。演出家の解釈に基づいた多種多様な上演が、これからもイギリスのみならず、世界中で続くことになるだろう。

付記

　研究文献を引用する場合、邦訳があるものについては、それらを参照させていただいたが、前後の文脈に合わせるため一部を改変した箇所が少なくない。邦訳者の方々の学恩に感謝するとともにお詫びを申し上げたい。

参考文献

Ades, John I. "Charles Lamb, Shakespeare, and Early Nineteenth-Century Theater." *PMLA* 85.3 (1970): 514-26.

Anderegg, Michael A. *Orson Welles, Shakespeare, and Popular Culture.* Film and Culture. New York: Columbia UP, 1999.

Barry, Peter. *Beginning Theory: An Introduction to Literary and Cultural Theory.* 3rd ed. Manchester: Manchester UP, 2009. バリー、ピーター『文学理論講義——新しいスタンダード』高橋和久監訳、東京、ミネルヴァ書房、2014 年。

Bate, Jonathan, and Russell Jackson, eds. *Shakespeare: An Illustrated Stage History.* Oxford: Oxford UP, 1996.

Beerbohn, Max. "An Aside." *Saturday Review of Politics, Literature, Science and Art.* Apr 08 1899: 428.

Bellot, H. Hale. *University College, London, 1826-1926.* London: U of London P, 1929.

Booth, Michael R. *Victorian Spectacular Theatre, 1850-1910.* Theatre Production Studies. Boston: Routledge & Kegan Paul, 1981.

Braun, Edward. *Meyerhold: A Revolution in Theatre.* 2nd ed. London: Methuen, 1995. ブローン、エドワード『メイエルホリド演劇の革命』浦雅春・伊藤愉訳、東京、水声社、2008 年。

——. *The Theatre of Meyerhold: Revolution on the Modern Stage.* New York: Drama Book Specialists, 1979. ブローン、エドワード『メイエルホリドの全体像』浦雅春訳、東京、晶文社、1982 年。

Brook, Peter. *The Empty Space.* Discus Books. New York: Avon Books, 1969. ブルック、ピーター『なにもない空間』高橋康也・喜志哲雄訳、東京、晶文社、1971 年。

——. *The Open Door: Thoughts on Acting and Theatre.* New York: Theatre Communications Group, 1995. ブルック、ピーター『秘密は何もない』喜志哲雄・坂原真里訳、東京、早川書房、1993 年。

——. *The Shifting Point: Theatre, Film, Opera 1946-1987.* New York: Harper & Row, 1987. ブルック、ピーター『殻を破る――演劇的探究の 40 年』高橋康也・高村忠明・岩崎徹訳、東京、晶文社、1993 年。

Burkholder, J. Peter, Donald Jay Grout, and Claude V. Palisca. *A History of Western Music.* 9th ed. New York: W.W. Norton, 2014. グラウト、D.J.・C.V. パリスカ『グラウト / パリスカ新西洋音楽史』戸口幸策・津上英輔・寺西基之訳、東京、音楽之友社、1998 年。

Burton, Hal, ed. *Great Acting: Laurence Olivier, Sybil Thorndike, Ralph Richardson, Peggy Ashcroft, Michael Redgrave, Edith Evans, John Gielgud, Noël Coward.* London: British Broadcasting Corporation, 1967. バートン、H.『名優演技を語る――役者と観客への贈物』福田逸訳、東京、玉川大学出版部、1980 年。

Burton, Jonathan. "Orchestration." *The Wagner Compendium: A Guide to Wagner's Life and Music.* Ed. Barry Millington. 1st American ed. New York: Schirmer Books, 1992. 334-47. ミリントン、バリー『ヴァーグナー大事典』三宅幸夫・山崎太郎監訳、東京、平凡社、1999 年。

Byrne, M. St Clare. "Fifty Years of Shakespearian Production: 1898-1948." *Shakespeare Survey* 2 (1949): 1-20.

Călinescu, Matei. *Five Faces of Modernity: Modernism, Avant-Garde, Decadence, Kitsch,*

Postmodernism. Durham: Duke UP, 1987. カリネスク、マテイ『モダンの五つの顔 ——モダン・アヴァンギャルド・デカダンス・キッチュ・ポストモダン』富山英俊・栂正行訳、東京、せりか書房、1989年。

Chothia, Jean. *English Drama of the Early Modern Period, 1890-1940.* London: Longman, 1996.

Court, Franklin E. *Institutionalizing English literature: The Culture and Politics of Literary Study, 1750-1900.* Stanford: Stanford UP, 1992.

Davies, Anthony. "From the Old Vic to Gielgud and Olivier." *Shakespeare: An Illustrated Stage History.* Eds. Jonathan Bate and Russel Jackson: Oxford UP, 1996. 139-59.

Edmunds, Lowell. *Oedipus.* London: Routledge, 2006.

Falocco, Joe. *Reimagining Shakespeare's Playhouse: Early Modern Staging Conventions in the Twentieth Century.* Cambridge: D.S. Brewer, 2010.

France, Richard, ed. *Orson Welles on Shakespeare: The W.P.A. and Mercury Theatre Playscripts.* Contributions in Drama and Theatre Studies 30. New York: Greenwood Press, 1990.

Gielgud, John. *Stage Directions.* London: Hodder & Stoughton, 1988.

Goodland, Katharine, and John O'Connor, eds. *A Directory of Shakespeare in Performance 1970-1990: Volume 2 Canada and USA.* Basingstoke: Palgrave Macmillan, 2007.

——, eds. *A Directory of Shakespeare in Performance 1970-2005: Volume 1 Great Britain.* Basingstoke: Palgrave Macmillan, 2007.

——, eds. *A Directory of Shakespeare in Performance since 1991: Volume 3 Canada and USA.* Basingstoke: Palgrave Macmillan, 2007.

Griffiths, Trevor R., ed. *A Midsummer Night's Dream.* Shakespeare in Production. Cambridge: Cambridge UP, 1996.

Gurr, Andrew. "Shakespeare's Globe: A History of Reconstructions and Some Reasons for Trying." *Shakespeare's Globe Rebuilt.* Eds. J. R. Mulryne, Margaret Shewring and Andrew Gurr. Cambridge: Cambridge UP in association with Mulryne & Shewring, 1997. 27-47.

Hampton-Reeves, Stuart. "Shakespeare, *Henry VI,* and the Festival of Britain." *A Companion to Shakespeare and Performance.* Eds. Barbara Hodgdon and W. B. Worthen. Blackwell Companions to Literature and Culture. Malden, MA: Blackwell,

2008. 285-96.

Holland, Peter. "'The Revolution of the Times': Peter Brook's *A Midsummer Night's Dream*, 1970." *Shakespeare in Ten Acts*. Eds. Gordon McMullan and Zoe Wilcox. London: The British Library, 2016. 161-79.

——. "Touring Shakespeare." *The Cambridge Companion to Shakespeare on Stage*. Eds. Stanley W. Wells and Sarah Stanton. Cambridge: Cambridge UP, 2002. 194-211.

Innes, Christopher. *Edward Gordon Craig: A Vision of Theatre*. Contemporary Theatre Studies 28. London: Routledge, 1998.

——. "Modernism in Drama." *The Cambridge Companion to Modernism*. Ed. Michael Levenson. Cambridge: Cambridge UP, 1999. 130-56.

Jackson, Russell. "Actor-Managers and the Spectacular." *Shakespeare: An Illustrated Stage History*. Eds. Jonathan Bate and Russel Jackson: Oxford UP, 1996. 112-27.

——. "Henry Irving." *The Routledge Companion to Directors' Shakespeare*. Ed. John Russell Brown. London: Routledge, 2010. 174-91.

——. "John Gielgud." *Gielgud, Olivier, Ashcroft, Dench*. Ed. Russell Jackson. Great Shakespeareans 16. London: Bloomsbury Arden Shakespeare, 2015. 14-60.

Kennedy, Dennis. *Granville Barker and the Dream of Theatre*. Cambridge: Cambridge UP, 1985. ケネディ、デニス『グランヴィル・バーカーと演劇の夢』岸田真訳、東京、カモミール社、2008 年。

——. *Looking at Shakespeare: A Visual History of Twentieth-Century Performance*. 2nd ed. Cambridge: Cambridge UP, 2001.

Lamb, Charles. *The Works of Charles Lamb: With a Sketch of His Life and Final Memorials*. Ed. Thomas Noon Talfourd. Vol. 2. 2 vols. New York: Derby and Jackson, 1857.

Leach, Robert. *Makers of Modern Theatre: An Introduction*. London: Routledge, 2004.

McCullough, Christopher. "Harley Granville Barker." *The Routledge Companion to Directors' Shakespeare*. Ed. John Russell Brown. London: Routledge, 2010. 105-22.

Miller, Thomas P. *The Formation of College English: Rhetoric and Belles Lettres in the British Cultural Provinces*. Pittsburgh Series in Composition, Literacy, and Culture. U of Pittsburgh P, 1997.

Morrison, Michael A. "Shakespeare in North America." *The Cambridge Companion to Shakespeare on Stage*. Eds. Stanley W. Wells and Sarah Stanton. Cambridge:

Cambridge UP, 2002. 230-58.

Naylor, Gillian. *The Arts and Crafts Movement: A Study of Its Sources, Ideals and Influence on Design Theory.* London: Trefoil, 1990. ネイラー、ジリアン『アーツ・アンド・クラフツ運動』川端康雄・菅靖子訳、東京、みすず書房、2013 年。

O'Connor, Marion. "Reconstructive Shakespeare: Reproducing Elizabethan and Jacobean Stages." *The Cambridge Companion to Shakespeare on Stage.* Eds. Stanley W. Wells and Sarah Stanton. Cambridge: Cambridge UP, 2002. 76-97.

———. "William Poel." *Poel, Granville Barker, Guthrie, Wanamaker.* Ed. Cary M. Mazer. Great Shakespeareans 15. London: Bloomsbury, 2015. 7-54.

———. *William Poel and the Elizabethan Stage Society.* Cambridge: Chadwyck-Healey, 1988.

Osborne, John. *Look Back in Anger: A Play in Three Acts.* Rep ed. London: Faber and Faber, 1968. オズボーン、ジョン『怒りをこめてふりかえれ』青木範夫訳、東京、原書房、1973 年。

Park, Roy. "Lamb, Shakespeare, and the Stage." *Shakespeare Quarterly* 33.2 (1982): 164-77.

Pearson, Hesketh. *The Last Actor-Managers.* London: Methuen, 1950.

Prescott, Paul. "Inheriting the Globe: The Reception of Shakespearian Space and Audience in Contemporary Reviewing." *A Companion to Shakespeare and Performance.* Eds. Barbara Hodgdon and W. B. Worthen. Blackwell Companions to Literature and Culture. Malden, MA: Blackwell, 2008. 359-75.

———. "Sam Wanamaker." *Poel, Granville Barker, Guthrie, Wanamaker.* Ed. Cary M. Mazer. Great Shakespeareans 15. London: Bloomsbury, 2015. 151-210.

Rippy, Marguerite H. "Orson Welles." *Welles, Kurosawa, Kozintsev, Zeffirelli.* Eds. Mark Thornton Burnett, et al. Great Shakespeareans 17. London: Bloomsbury, 2013. 7-53.

Schafer, Elizabeth. *Lilian Baylis: A Biography.* Hatfield, Hertfordshire: U of Hertfordshire P, 2006.

Schoch, Richard W. "Pictorial Shakespeare." *The Cambridge Companion to Shakespeare on Stage.* Eds. Stanley W. Wells and Sarah Stanton. Cambridge: Cambridge UP, 2002. 58-75.

———. *Shakespeare's Victorian Stage: Performing History in the Theatre of Charles Kean.* Cambridge: Cambridge UP, 1998.

Selbourne, David. *The Making of* A Midsummer Night's Dream: *An Eye-Witness Account of Peter Brooks' Production from First Rehearsal to First Night.* London: Methuen,

1982.

Sillars, Stuart. *Shakespeare and the Victorians.* Oxford Shakespeare Topics. Oxford: Oxford UP, 2013.

Smallwood, Robert. "Twentieth-Century Performance: The Stratford and London Companies." *The Cambridge Companion to Shakespeare on Stage.* Eds. Stanley W. Wells and Sarah Stanton. Cambridge: Cambridge UP, 2002. 98-117.

Smith, E. T. *Report from the Select Committee on Theatrical Licenses and Regulations; Together with the Proceedings of the Committee, Minutes of Evidence, Appendix, and Index.* London: House of Commons, 1866.

Smith, Matthew Wilson. "Orson Welles." *The Routledge Companion to Directors' Shakespeare.* Ed. John Russell Brown. London: Routledge, 2010. 493-508.

Speaight, Robert. *Shakespeare on the Stage: An Illustrated History of Shakespearian Performance.* Boston: Little, Brown, 1973.

Styan, J. L. *The Shakespeare Revolution: Criticism and Performance in the Twentieth Century.* Cambridge: Cambridge UP 1977.

Sypher, Wylie. *Literature and Technology: The Alien Vision.* New York: Random House, 1968. サイファー、ワイリー『文学とテクノロジー——疎外されたヴィジョン』野島秀勝訳、高山宏セレクション「異貌の人文学」、東京、白水社、2012 年。

Taxidou, Olga. *Modernism and Performance: Jarry to Brecht.* New York: Palgrave Macmillan, 2007.

Trewin, J. C. *Shakespeare on the English Stage, 1900-1964: A Survey of Productions Illustrated from the Raymond Mander and Joe Mitchenson Theatre Collection.* London: Barrie and Rockliff, 1964.

Wind, Edgar. *Art and Anarchy.* 3rd ed. Evanston, IL: Northwestern UP, 1985. ウィント、エドガー『芸術と狂気』高階秀爾訳、東京、岩波書店、1965 年。

安西徹雄『シェイクスピア劇四〇〇年——伝統と革新の姿』NHK ブックス、東京、日本放送出版協会、1985 年。

チェーホフ、アントン『かもめ』『チェーホフ全集 11』東京、筑摩書房、1988 年、273-371 ページ。

第4章

シェイクスピアと日本における上演史・翻訳史

石塚　倫子

　シェイクスピアが日本に入ってきたのは、明治の開国後間もなくのことであった。それから150年ほどの間に、いまやシェイクスピア劇は毎年のように日本で上演される定番となり、日本から世界に発信して、評価されている舞台もある。では、どのようなプロセスでシェイクスピア作品は日本に移入されてきたのであろうか。明治時代のはじめ、開国とともに明治政府は欧化策を掲げ、演劇においても西洋演劇を積極的に取り入れ始める。はじめのうちは、日本の伝統演劇風に書き換えるかたちが続くが、明治も終わり近くなると、本格的な西洋演劇としてのシェイクスピア劇が登場する。さらに大正、昭和初期の研究としての翻訳や注釈書の時代を経て、戦後、その時々の社会を反映しながらさまざまな上演が試みられ、海外に進出する上演も現れた。ここでは、明治期から現代にいたるその受容史について、全体を5つの段階に分けて概観していく。

1. 明治期のシェイクスピア劇と翻訳

a. 明治前半（明治 38 年まで）——シェイクスピア紹介と翻案の時代

　第1段階の前半は1905年（明治38）までで、シェイクスピアという人物や作品紹介、そして翻案主流の時代であった。初めてシェイクスピアの名前が出るのは1871年（明治4）、中村正直（1832-91）による翻訳書『西国立

志編』の中である。これはサミュエル・スマイルズ（Samuel Smiles, 1812-1904）の *Self Help*（『自助論』、1859）の翻訳であるが、第1編12にシェイクスピアの人物紹介があり、第10編「金銭ノ当然ノ用及ビソノ妄用ヲ禁ズ」というタイトルの章において、『ハムレット』の1幕3場、留学する息子レアティーズに対して、父親のポローニアスが与える金銭に関する処世訓が引用されている。[1] この本はスマイルズが集めた欧米人の成功伝で、19世紀のイギリス個人主義を代表する人気の教訓譚である。中村は江戸幕府の儒官で、幕末（1866年）にイギリス留学生の監督官として自らも渡英しているが、帰国後翻訳したこの書物は若者の立身出世における勤勉、忍耐、辛苦（＝あえてつらい苦しみに立ち向かうものが大事を成す）の徳目の書として、総計で約100万部のベストセラーとなった（秋山 12）。

　次に注目すべき記録は、1874年（明治7）、『ザ・ジャパン・パンチ』（*The Japan Punch*）という風刺雑誌であった。左側に「シエクシピル」と縦に書かれた舞台上に侍姿のハムレットが片腕で頬杖をつきながら立っているパンチ絵の下に、一見英語で書かれたように見えるが、よく見ると日本語の、『ハムレット』の3幕1場の第4独白の台詞[2] と思われる訳文がローマ字で書かれている（図1）。[3] 作者と思われる人物は、1862年に『ザ・ジャパン・パンチ』を創刊した、ロンドンの *The Illustrated London News* の特派員であるチャールズ・ワーグマン（Charles Wirgman, 1832-91）である。この風刺画の『ハムレット』は、上演されたとすると横浜の外国人居留地にあった芝居小屋であったかもしれない。その場合、日本のシェイクスピア理解とはこの程度のものという風刺をこめた解釈も成り立つ。しかしそれより、日本語を良く知るワーグマンが、当時、流行していた「横浜ピジン日本語」——中国語と日本語を合わせたような、通じればよいと言う程度の稚拙な翻訳言葉——を皮肉ったものという説の方が有力である（仁木 247-56）。

図1　『ザ・ジャパン・パンチ』
1874年1月号

この後しばらく、シェイクスピア作品の荒筋や梗概を示したものが出るが、主にチャールズ・ラムの『シェイクスピア物語』(*Tales from Shakespeare,* 1807) を元にしていたようである。例えば、1877 年（明治 10）、作者は不明であるが、福沢門下生による「胸肉の奇訟」という『ヴェニスの商人』の翻案が『民間雑誌』（慶応義塾出版）の第 98 と 99 号に掲載された。日本の時代物に置き替えられ、法廷の場の荒筋紹介となっている（川戸 30）。

　明治の若い詩人・文学者に大きな影響を与えた翻訳は 1882 年（明治 15）、外山正一 (1848-1900)・矢田部良吉 (1851-99)・井上哲次郎 (1856-1944) 編著『新體詩抄』（丸家善七＝現・丸善）に収められた、外山と矢田部による『ハムレット』の第 4 独白である。外山は東大の文学部教授で、すでに前年には『ハムレット』の翻訳「霊験皇子の仇討」を試みていた節があり（河竹 101-45）、親友の矢田部と競うように七五調の趣のある詩文に各々翻訳している。最初の数行を引用しておく。

> 死ぬるが増か生くるが増か　　思案をするはこゝぞかし
> つたなき運の情なく　　　　　うきめからきめ重なるも
> 堪え偲ぶが男児ぞよ　　　　　　　　　　　　　　　（外山正一）

> ながらふべきか但し又　　　　ながらふべきに非るか
> 爰が思案のしどころぞ　　　　運命いかにつたなきも
> これに堪ふるが大丈夫か　　　　　　　　　　　　（矢田部良吉）

　日本最初のシェイクスピア作品の翻訳と言えるのは、1884 年（明治 17）、坪内雄蔵（逍遥）(1859-1935) による脚本仕立ての翻訳『該撒奇談自由太刀餘波鋭鋒』（東洋館）、すなわち『ジュリアス・シーザー』の翻訳である。いかにも院本風のタイトルからもわかるように、当時の演劇界に受け入れられるのは浄瑠璃台本だったのだ。[4]

　シェイクスピア上演の最初は、1885 年（明治 18）、宇田川文海 (1848-1930) の翻案、「何桜彼桜銭世中」（『ヴェニスの商人』の翻案）であった。宇田川は明治の新聞界における一流ライターであり、後にほかのシェイクスピア作品も翻案化しているのだが、[5]「何桜彼桜銭世中」はまず大阪朝日新聞に連載され（1885-86 年）、その最中に当時人気の歌舞伎脚本家・勝諺蔵 (1844-1902)

が手を加えて、中村宗十郎（1835-89）一座によって大阪戎座で上演。大好評であった。シャイロックは桝屋五兵衛、アントーニオは紀伊国屋伝次郎、そしてポーシャは中川玉栄という日本名に移し替えられた。また、「大阪町奉行白洲の場」では、女が男を裁くというのは当時の舞台では抵抗があったのか、新聞紙上の翻案と違い、別の男性（水木平十郎）が名裁きをすることになっている（平 167）。なお、翌年の 1886 年（明治 19）、宇田川の翻案は文宝堂から出版される。

　1886 年（明治 19）には「演劇改良会」が発足し、シェイクスピア移入はさらに活気づくこととなる。これは欧化改良策の一環として、日本の演劇（特に歌舞伎）を上流社会に受け入れられる品格のあるものとし、劇作家の社会的地位を向上させ、劇場を欧風化するという目的を掲げた内閣主導の改良運動であった（山本 11-12）。中心的人物として外山正一も名を連ねており、シェイクスピア劇は当然のごとく関心の対象となった。

　同じ明治 19 年、河島敬蔵（1859-1935）が『春情浮世之夢』を耕文舎から翻訳として出すが、これは『ロミオとジュリエット』の院本風の翻訳である。また、同年、戯作者・仮名垣魯文（1829-94）は、『ハムレット』の翻案である『葉武列土倭錦絵』を『東京絵入新聞』に連載した。仮名垣は 1875 年（明治 8）、『平仮名絵入新聞』（『東京絵入新聞』の前身）に梗概「西洋歌舞伎葉武列土」を歌舞伎の脚本として連載し始めたが、3 回で頓挫したため、演劇改良会発足の年、満を持して翻案『葉武列土倭錦絵』を院本風に書き上げた（河竹 162-66）。

　シェイクスピア上演が洋風化した最初は、1903 年（明治 36）のこと。川上音二郎（1864-1911）一座が、『オセロ』、『ヴェニスの商人』、『ハムレット』を洋風翻案劇として舞台化した。川上は政府を攻撃した運動のためにたびたび検挙されたのち、「オッペケペー節」で世情を風刺して人気を博した。人気芸者だった妻・貞奴（1871-1946）とともにアメリカ合衆国各地やヨーロッパを回り、パリ万博では川上一座の公演が評判になる（1900 年）。日本では翻訳劇を積極的に上演し、新派劇の父とも言われる人物である。シェイクスピアの翻案は、『オセロ』が最初だが、自らがオセロ役の室鷲郎を演じ、デズデモーナに当たる鞆音は貞奴が演じた。11 月には、土肥春曙（1869-1915）・山岸荷葉（1876-1945）翻案の『ハムレット』を本郷座で上演した。これは明治期の公爵家の争いに置き換えられ、音二郎が葉村公爵の亡霊及び葉村蔵

人（クローディアス）を、貞奴が堀尾折枝（オフィーリア）を演じて大評判
となった。観客も従来の年配の人々ではなく、大半は大学生、教員、学者、
ジャーナリストなど、若くて新しい観客層で、中には東大で夏目漱石（1867-
1916）の英文学の授業を聴いている学生もいた（川戸 211-13）。しかし、音二
郎は台本の段階では存在した独白を省き、筋立てに重きを置くなど、この劇
はシェイクスピア作品の真意や劇的効果を理解するところまでは到達してい
なかった。

　この時期、翻訳もまた逐語訳で次々上梓された。1905 年（明治 38）から
1909 年（明治 42）にかけて、古澤姑射（1873-1955）・浅野馮虚（1874-1937）
による『沙翁全集』全 10 巻が、大日本図書株式会社から出版される。[6]

b. 明治後半（明治 39 年から）のシェイクスピア──坪内逍遥の時代

　第 1 段階の後半は、坪内逍遥とともに到来する。1906 年（明治 39）、坪内
逍遥は島村抱月（1871-1918）等とともに、「文芸協会」（1906-13）を設立す
る。これは日本の文芸（文学、演劇、美術）を改良しようという意気込みで
結成された団体で、活動の中心は演劇にあった。会頭は大隈重信（1838-1922）、
機関誌は『早稲田文学』（第 2 次 1906-27）。その中心的人物である逍遥は、
常日頃、シェイクスピアは演じてこそわかるものと信じ、また日本には特有
のシェイクスピア劇が成り立つという理念のもとに（仁木 189-90）、伝統芸
能とシェイクスピアの折衷的な翻訳・上演を目指した（安西 5）。協会の発
足とともに上演のための準備が速やかに進み、同年 11 月、逍遥自らの翻訳
による『ヱニスの商人』が歌舞伎座で上演された。これは法廷の場だけのい
わば試演であり、素人集団の未熟さがあったことは否めない。[7]しかし、文
芸協会は日本の新劇運動の母体となり、時代は急激に西洋演劇へと目覚めて
いく。翌年の 1907 年（明治 40）には、『ハムレット』を本郷座にて上演する。
これは翻案でなく翻訳劇の最初の上演で、演劇史上における大きなスタート
地点とも言える。

　一方、逍遥がシェイクスピア全作品の翻訳出版をスタートさせるのは、
1909 年（明治 42）のこと。第一作目の『ハムレット』を早稲田大学出版部
から上梓する。さらに、逍遥の『ハムレット』は 1911 年（明治 44）、出来上がっ
て間もない帝国劇場──ルネッサンス建築様式の、初の本格的西洋式劇場──
で文芸協会によって上演される。公演は大盛況で、中でも女優の松井須磨子

図2　早稲田演劇博物館蔵『ハムレット』（帝国劇場、1911 年）F64-00309

（1886-1919）演じるオフィーリアは注目を浴びた（図2）。

　ハムレットは土肥庸元（のちの春曙）、クローディアスは東儀季治（のちの鉄笛 1869-1925）が演じ、劇評は好意的だった。ただし唯一、夏目漱石は、『大阪朝日新聞』でこの上演について、シェイクスピア劇と日本の観客との間の越えようのない障害――「英国」、「三百年の月日」、「詩的な言葉」――を、逍遥は克服しようとしていないと酷評している（川戸 234）。しかし、逍遥は伝統芸能に対する造詣が深いことに加え、シェイクスピアを近松と重ね、英国の古典として日本の古典的世界に移すことに、この時点では違和感はなかったのであろう（河竹 289-91）。逍遥の古典的翻訳を『ハムレット』の第4独白から引用してみよう。

　　存（ながら）ふる？存へぬ？それが疑問ぢや……残忍な運命の矢石（やだま）を、只管堪へ忍うでをるが大丈夫の志か、或は海なす艱難を逆（むか）へ撃つて、戦うて根を絶つが大丈夫か？（坪内 110）

　オフィーリアを演じた松井須磨子は、このあとイプセンの『人形の家』（Et Dukkehjem, 1879）を主演して本格的舞台女優として脚光を浴びるが、島村

図3　早稲田大学坪内博士記念演劇博物館

とのスキャンダラスな恋愛事件が発覚し、これがきっかけで文芸協会は分裂して解散する。この後、逍遥は書斎でシェイクスピア作品の翻訳に没頭していく。

2. 大正から昭和初期——学問的翻訳の時代

　第2段階は大正から昭和初期で、時代は急速に新劇ブームの到来を迎える。1912年（大正元）には上山草人（1884-1954）、山川浦路（1885-1947）等によって「近代劇協会」（1912-19）が設立され、1924年（大正13）には「築地小劇場」（1924-29）が小山内薫（1881-1928）と土方与志（1898-1959）によって結成された。また1928年（昭和3）、加藤長治（1900-78）は地球座（1928-32）の旗揚げ公演を行なう。さらに同じ1928年、「早稲田大学坪内博士記念演劇博物館」が開館する（図3）。通称「演博」と呼ばれるこの博物館はシェイクスピア時代のフォーチュン座を模した建物で、演劇関係の貴重な資料や写真、図書、錦絵、衣装などを所蔵する、日本で唯一の演劇博物館である。
　「演博」は、坪内逍遥によるシェイクスピア全作品の完訳を記念して建設

されたものだが、1928 年（昭和 3）の『沙翁全集』（早稲田大学出版部）は
日本初のシェイクスピア全作品の翻訳で、逍遥渾身の全集と言える。逍遥は
晩年、床に臥すまで、さらに何度も推敲を重ね、『新修シェークスピア全集』
全 20 函（全 40 冊、1 函に 2 冊収納）が、1933-35 年（昭和 8-10）、中央公論
社から出版される。この版はより現代語訳に近づき、[8] 文庫本サイズである
ため、多くの人々がシェイクスピア作品により親しみやすくなった。

　この第 2 期、新劇が勢いを増したが、シェイクスピア劇上演は傍流となり、
イプセン、ゴーリキー（Maxim Gorky, 1868-1936）、チェーホフ最盛期の時
代となる。しかし、大正教養主義の中で、書斎での研究のためのシェイクス
ピア作品の翻訳、全集、文学評論、注釈、研究書の類が次々と世に出された。
福原麟太郎（1894-1981）、本多顕彰（1898-1978）、中野好夫（1903-85）、岡
倉由三郎（1868-1936）、斉藤勇（1887-1982）など、シェイクスピア研究の
業績を残している研究者たちは、いまでもその名が広く知られている。

　その後、現在でも活動を続けている文学座（1937 年）や俳優座（1944 年）
も結成され、日本の演劇活動は大戦を挟んで戦後まもなく復活する。1946
年（昭和 21）に坪内逍遥訳、土方与志演出の『夏の夜の夢』が、帝国劇場
で上演されるのだ。これは戦後初のシェイクスピア劇上演であった。この間、
上演用の翻訳として逍遥に代わる新訳の先鞭をつけたのは、三神勲（1907-97）
の翻訳であった。三神は 1937 年（昭和 12）の『ウィンザーの陽気な女房た
ち』（*The Merry Wives of Windsor*, 1597-98）の共訳を入れて 13 作品を翻訳し、
それらは 1977 年（昭和 52）に『シェイクスピア戯曲選集』（開明書院）と
して一冊にまとめられた。また、劇作家の木下順二（1914-2006）は、1947
年（昭和 22）の『オセロー』の翻訳をスタートに、合計 15 本のシェイクス
ピア作品を翻訳し、それらはすべて講談社の『世界文学全集』（1974-83）に
3 巻で収められた。

3. 福田恆存と劇場のシェイクスピア復活

　第 3 段階は福田恆存（1912-94）のシェイクスピア時代と言える。そのス
タートが 1955 年（昭和 30）の芥川比呂志（1920-81）主演、福田恆存翻訳・
演出の文学座による『ハムレット』であった（図 4）。この上演はそれまで

の新劇にない躍動感とダイナミズムを表現しており、再びシェイクスピアが日本の劇場で復活するターニング・ポイントとなる。福田は、ロンドンでオールド・ヴィック（The Old Vic Theatre）の『ハムレット』を観て、近代リアリズムに立脚する日本の新劇はもはや時代に合わず、日本の演劇を抜本的に変える必要を感じる。さらに、依然として主流であった逍遥のシェイクスピア観が日本の古典劇との折衷様式にあったことを不満に思い、本源的な西欧の伝統を規範とするシェイクスピア上演を決意する（安西 8-9）。1963年（昭和 38）、芥川比呂志、

図4　早稲田演劇博物館蔵『ハムレット』（東横劇場、1956 年）F64-00573

文野朋子（1923-87）、神山繁（1929-2017）など若手劇団員とともに、福田は劇団「雲」（財団法人「現代演劇協会」の付属劇団）を設立し、多くのシェイクスピア劇の翻訳と演出に精力的に取り組んだ。

　尚、福田の翻訳は、『シェイクスピア全集』として新潮社より出版される（1959-86 年）。福田は舞台上で行動を伴う言葉となる翻訳をめざした（福田 99-100）。その翻訳は、一見、散文のように見えるが、台詞として語るとシェイクスピアの韻文のテンポとリズムが息づいている。ハムレットの第 4 独白を福田は次のように訳している。

　　　生か、死か、それが疑問だ、どちらが男らしい生き方か。じっと身を伏せ、不法な運命の矢弾を堪へ忍ぶのと、それとも剣をとって、押しよせる苦難に立ち向ひ、とどめを刺すまであとには引かぬのと、一体どちらが。（福田 84）

4. 反近代・反西洋と日本回帰のシェイクスピア──小田島雄志・出口典雄、安西徹雄

　戦後の経済成長とともに、日本の演劇は新たな動きが現れるようになる。60年代は安保闘争や大学紛争といった紛争の時代であったが、演劇界では小劇場ブームが到来し、鈴木忠志（1939-)、唐十郎（1940-)、寺山修司（1935-83)、蜷川幸雄（1935-2016）等の演出家たちが若者を中心に、新しい演劇を作り出した。観客もまた若者たちが中心となり、反体制的で前衛的な演劇グループに賛同、熱狂する時代であった。

　日本のシェイクスピア第4段階は、その後まもなく出口典雄（1940-)とともに到来する。出口はこの小劇場運動のさなかに、小田島雄志（1930-)の「シェイクスピア研究会」でシェイクスピア作品に出会う。本場イギリスでシェイクスピア劇を観劇した出口は、福田恆存とは逆に、シェイクスピアはどのように演出するも自由だと感じ、西洋中心主義のコンプレックスから解き放たれる。1975年、出口は劇団「シェイクスピア・シアター」を旗揚げし、若者の感性でエネルギッシュなシェイクスピア上演に取り組む。もはや西欧規範でなく多様なシェイクスピア劇が受け入れられる時代が来たのだ。この上演には小田島の平明な翻訳が不可欠であった。劇場は渋谷の山手教会地下にある小さな劇場、ジァン・ジァン。普段着のまま、無名の若者たちのエネルギッシュなシェイクスピア劇を小田島訳で矢継ぎ早に上演し、公演の日には通りに若い観客が列をなして待つ現象が起こる。一人の演出家が6年間で37編すべてを演出・上演するという世界初の偉業を達成したとき、小田島もまた、逍遙に次ぎシェイクスピア全作品の翻訳を成し遂げる（白水社、1973-80年)。その翻訳はとりわけ洒落にみごとな冴えを見せている（荒井,『戦後日本のシェイクスピア』25)。同時に、小田島は70年代の若者に訴える現代日本語の翻訳に心を砕いたと言えよう。例によって第4独白の頭の部分を挙げておく。

このままでいいのか、いけないのか、それが問題だ。
どちらがりっぱな生き方か、このまま心のうちに
暴虐な運命の矢弾をじっと耐えしのぶことか、
それとも寄せくる怒涛の苦難に敢然とたちむかい、
闘ってそれに終止符をうつことか。（小田島 110）

　第4段階でもう一人翻訳・演出に尽力したのが安西徹雄（1933-2008）である。1975年（昭和50）の劇団「円」立ち上げに参加し、上智大学で教鞭を執るシェイクスピア研究者と、プロの劇団を指導する演出家という二足のわらじで、西欧の伝統を知悉しつつも、西洋中心主義の呪縛に捕われずに日本的、土俗的シェイクスピア劇の上演を追求したのである。シェイクスピア作品の翻訳は6作で、いずれも光文社古典新訳文庫から出版されている。[9]中でも、フォリオ版『ハムレット』の原型とも思われる第1・クオート版、『ハムレットQ1』の翻訳はほかに例がなく、翻訳家としての安西の本領が発揮された名訳でもあるので、第4独白の初めの部分を引用しておこう。

　　生か死か、問題はそれだ。死ぬ、眠る。それで終わりか？　そう、それで終わり。いや、眠れば、夢を見る。そうか、それがある。死んで、眠って、目が醒めて、永遠の裁きの庭に引き出される。（安西『ハムレットQ1』60）

　シェイクスピア劇は1980年代になると、好景気に支えられて大衆の文化的消費の対象としても注目されるようになる。同時に大きな商業劇場での上演の機会が増え、1988年（昭和63）、シェイクスピアに最適な劇場——東京グローブ座——も建設された。この劇場は、シェイクスピア時代のグローブ座をモデルに、張り出し舞台を三方から囲むような客席構造になっており、理想的なシェイクスピア劇場を再現していた。現在は、その役目を果たし終えたが、開場して10年ほどの間に、ここを拠点とする上杉祥三（1955-）のグローブ座カンパニーはじめ、海外の劇団も、さまざまなシェイクスピアおよびイギリス・ルネッサンス期の芝居を手掛け、多くの観客を集めた。

5. 日本／世界に発信するシェイクスピア上演

a. 蜷川幸雄と松岡和子

　第5段階は、蜷川幸雄に代表される日本発信のシェイクスピア劇時代である。蜷川は、小劇場の人気演出家であったが、1974年（昭和49）、はじめて大劇場の商業演劇に進出する。それが、日生劇場で上演された『ロミオとジュリエット』であった。主演は市川染五郎（現・九代目松本幸四郎1942-）と中野良子（1950-）。それまでの小劇場時代に培った経験を生かし、また持って生まれた反逆精神から、猛烈なスピード感と意表を突く演出で観客を圧倒した。[10]

　シェイクスピア劇の斬新な演出は、イギリスでもすでに始まっていた。1970年（昭和45）、ロイヤル・シェイクスピア・カンパニーによるピーター・ブルック演出の『夏の夜の夢』は、白一色の舞台をサーカスのように役者が動き回る演出で、すでに世界の演劇関係者や観客を魅了していた。来日公演は1973年のこと。蜷川は、この上演に衝撃を受け、[11] シェイクスピアという名前に付きまとう権威から解放され、独自の創造的解釈でシェイクスピア劇を演出していくことになる。

図5　早稲田演劇博物館蔵『NINAGAWA マクベス』（日生劇場、1980 年）F64-01162

この蜷川が世界で評価された
のが、『NINAGAWA マクベス』
（1980 年初演・日生劇場）で
あった（図5）。小田島訳の『マ
クベス』（*Macbeth,* 1606）の台
詞はそのままであるが、衣装や
舞台装置はすべて安土桃山時代
の日本に移し替え、舞台は巨大
な仏壇を模した構造で、桜吹
雪に代表される日本的な様式
美を取り入れた。1985 年（昭
和 60）には、スコットランド
の「エジンバラ国際フェスティ
バル」で上演され、「世界の蜷
川」と称されるきっかけとなる。
2015 年（平成 27）に再演され
た折、大きな赤い月の描かれた
舞台を背景に、写真家・蜷川実

図6　蜷川幸雄氏の遺影
（撮影：蜷川実花　©ニナガワカンパニー）

花（1972-）が撮った一枚が、2016 年（平成 28）5 月、奇しくもシェイクス
ピア没後 400 年となる年、享年 80 才で人生の幕を閉じた蜷川の遺影として
使われている（図6）。

　蜷川は、1998 年（平成 10）、彩の国シェイクスピア・シリーズの芸術監督
に就任し、以後、彩の国さいたま芸術劇場で翻訳家の松岡和子（1942-）に
よる現代的で歯切れ良い翻訳を用い、シェイクスピア作品を次々と演出する
ことになる。もはや小田島訳以上に、さらに現代の日本人に台詞としてわか
り易い翻訳が必要な時代に入ったと言える。松岡によるハムレットの独白を
引用しておこう。

　　　生きてとどまるか、消えてなくなるか、それが問題だ。
　　　どちらが雄々しい態度だろう、
　　　やみくもな運命の矢弾を心の内でひたすら堪え忍ぶか、
　　　艱難の海に刃を向け

それにとどめを刺すか（松岡 119-20）

　蜷川の演出は日本的な要素を取り入れた視覚的にインパクトを与える舞台も
多いが、バブル期のあとは、シンプルで象徴的な演出をも試みている。オー
ルメイル（男性のみの舞台）やゴールド・シアター（60 才以上のシニアの劇団）
による舞台も手掛け、同じ手法に安住せず、病床にあっても最後まで、常に
新しい演出に挑戦した。また、松岡の翻訳（ちくま文庫）は、日本で三番目
の全作品翻訳完成が期待されている。

　さらに、このところ角川文庫でシェイクスピア作品を「新訳」として刊行
中の河合祥一郎（1960-）も、大学で教鞭を執る一方でシェイクスピア劇上
演の演出や翻案を手掛けるようになり、今後の新たな上演用翻訳が期待され
る。

b. 文楽、歌舞伎とシェイクスピア

　蜷川が世界で評価された要因のひとつは、視覚的な伝統美を存分にシェイ
クスピア作品に反映させたことであろう。90 年代に入ると、本場イギリス
でも翻案ものや非英語圏のシェイクスピア上演に強い関心が持たれるように
なる（小林 95）。明治の初め、シェイクスピアを移入するにあたって当時の
伝統演劇との融合は、日本でシェイクスピアを受け入れるには致し方ない手
段であったが、今日、逆にシェイクスピアは日本の伝統芸能にどのように翻
案可能かということが、新たに世界の注目を浴びるようになったのである。

　人形浄瑠璃では、1992 年（平成 4）、山田庄一（1925-）脚色・鶴澤清治（1945-）
作曲『天変斯止 嵐 后晴』が、大阪と東京で上演された。これは『テンペスト』
(Tempest, 1610-11) の翻案で、プロスペローは阿蘇左衛門、ミランダは美登
里、ファーディナンドは春太郎として、浄瑠璃の世界に蘇った。また、2014
年（平成 26）に上演された新作、『不破留寿之太夫』は、鶴澤清治（三味線）
監修・作曲、河合祥一郎（1960-）脚本による『ヘンリー四世 第 1 部』(Henry
IV Part 1, 1596-97)、『ヘンリー四世 第 2 部』(Henry IV Part 2, 1597-98)、『ウィ
ンザーの陽気な女房たち』をもとにした翻案である。

　歌舞伎はどうであろう。1991 年（平成 3）に仮名垣魯文の翻案『葉武列土
倭錦絵』が、100 年の時を経て東京グローブ座で上演された。主演の葉叢 丸
（ハムレット）と実刈屋姫（オフィーリア）は、七代目市川染五郎（1973-）

が一人二役で演じ、歌舞伎ならではの早替わりが注目を浴びた。この舞台は、同年、「ジャパン・フェスティバル UK」でロンドンでも再現された。

歌舞伎とシェイクスピアの融合で忘れてならない上演は、2005 年（平成17）初演の蜷川演出『NINAGAWA 十二夜』である。蜷川の演出という点に加え、尾上菊五郎（1942-）・菊之助（1977-）親子が演じたことも歌舞伎ファンのみならず、広く劇場ファンを惹き付け、国の内外で絶賛された。配役は獅子丸（シザーリオ）、斯波主膳之助（セバスチャン）、琵琶姫（ヴァイオラ）の三役を五代目尾上菊之助が演じ、丸尾坊太夫（マルヴォーリオ）と捨助（フェステ）を父親の七代目尾上菊五郎が演じるという豪華な顔ぶれであった。時代は南北朝時代の日本に設定され、舞台奥に大きな鏡を設けて幻想的空間を作り出し、男女を演じる菊之助の魅力を存分に披露した舞台であった。この舞台は菊之助の方から蜷川に熱心なオファーがあり、初めは慎重だった蜷川も一回きりのつもりで引き受けたということだが、菊之助という両性具有的な素材の魅力をのびやかに引出し、視覚美に満ちた喜劇を作り出した。[12] 2007 年（平成19）に再演されたときは、非歌舞伎的なリアリティを増した舞台に改訂され、2009 年（平成21）にはロンドンで好評のうちに上演を成功させた。

c. 能、狂言とシェイクスピア

能の伝統的世界にもシェイクスピアは登場している。1981 年（昭和56）に宗片（上田）邦義（1934-）が能シェイクスピア研究会を結成。宗片は能とブランク・ヴァースの馴染みの良さに注目し、『英語能ハムレット』を完成させ、1982 年（昭和57）に静岡県で上演。その後 1986 年（昭和61）に『オセロー』、1987 年（昭和62）に『マクベス』、1993 年（平成5）に『リア王』の英語能を書きあげ、宗片自らシテを演じている。また、日本語能『オセロー』（1992）、『クレオパトラ』（2000）（*Antony and Cleopatra,* 1606）、『リア王』（2007）、『ロミオとジュリエット』（2015）も制作・上演し、世阿弥に忠実な作法で精神性を尊重し、観世流を中心とした能楽師たちにより国内外で多数上演されている。

狂言においては、すでに 1952 年（昭和27）に日本で初めて狂言シェイクスピアが登場する。これは、片山博通（1907-63）翻案の『二人女房』で、筋は原作から大幅に改変されているが、『ウィンザーの陽気な女房たち』の

翻案である（菊池 127）。この年、続けて九世三宅藤九郎（1901-90）翻案の『ぢゃぢゃ馬馴らし』（*The Taming of the Shrew*, 1590-01）も創作されている。しかし、シェイクスピアの狂言がブームになったきっかけは、1991年（平成3）の高橋康也（1932-2002）脚本、野村万作（1931-）演出・主演『法螺侍』であろう。これは『ウィンザーの陽気な女房たち』の翻案だが、同年、「ジャパン・フェスティバル UK」でロンドンにおいても上演され、洞田助右衛門（フォルスタッフ）を万作が、太郎冠者を息子の萬斎が演じた。太郎冠者と次郎冠者が助右衛門の隠れている洗濯籠を運ぶシーンでは、想像上の籠で中身が丸見えであるという狂言らしい演出を考案した（野村 131-33）。

　2001年（平成13）には、かねてからシェイクスピアに並々ならぬ関心を持ち、イギリス留学（1994年）で RSC の演劇を学んだ野村萬斎（1966-）演出・主演、高橋康也翻案の『まちがいの狂言』が、世田谷パブリックシアターで、また「ジャパン 2001」の催しのひとつとしてロンドン・グローブ座で上演された。これは『間違いの喜劇』の翻案で、以後、萬斎はシェイクスピアを狂言で上演することに取り組んでいく。2002年（平成14）には、世田谷パブリックシアターの芸術監督に就任し、2007年（平成17）、河合祥一郎翻案『国盗人』――『リチャード三世』（*Richard III*, 1592-93）の翻案――で演出・主演を果たした。出演は萬斎と白石加代子（1941-）が中心で、白石はリチャードに係る女性 4 人をすべてひとりで演じている。衣装、音楽、舞台装置など、狂言だけでなく、歌舞伎や雅楽、コメディア・デラルテの要素を自由に取り入れ、極めて実験的な舞台を作り出した。さらに、2010年（平成22）には、萬斎は同じく河合祥一郎翻案『マクベス』の演出・主演をこなした。登場人物はわずか 5 人。狂言や能のミニマリズムを演出に取り入れながら、「和」の『マクベス』に仕上げ、ニューヨーク、ソウル、ルーマニア、パリで公演を重ねている。

*

　こうした日本の伝統とシェイクスピアを融合させる演出は、いまや新たな段階に入っている。例えば、栗田芳宏（1957-）はそれまでの演劇経験を生かし、新潟市民芸術文化会館の能楽堂（りゅーとぴあ能楽堂）において、独創的なシェイクスピアの劇空間を作り出した。俳優もスタッフもすべて地元

図7 「シェイクスピアの『冬物語』」（静岡芸術劇場、2017年）

(撮影：三浦興一)

の新潟在住で、ローカルな発信というのもこのシリーズの特徴である。2004年（平成16）、松岡和子訳・栗田演出の『マクベス』をスタートとして、『リア王—影法師—』(2004)、『冬物語—Barcarolle—』(2005)、『オセロー』(2006)、『ハムレット』(2007)、『テンペスト』(2009)、『ペリクリーズ—船上の宴—』(2011, *Pericles*, 1607) の7本を上演し、すべてDVD化している。栗田は、シェイクスピアの言葉によって紡ぎ出されるイメージの世界こそ、何もない能舞台にふさわしいと気づき（栗田・横内対談）、和でも洋でもない独特の劇世界を目指した。栗田のシェイクスピアはルーマニアの「クライオーヴァ・シェイクスピア・フェスティバル」にも3年連続で招待されており、海外の評価も高い。

　また、ク・ナウカ（ロシア語で「科学へ」）は、宮城聰（1959-）を中心として1990（平成2）に旗揚げされた劇団で、人形浄瑠璃を思わせる独特の演出と上演方法——「語る」俳優と「動く」俳優が分かれ、主な登場人物

が、二人一役で演じる——を試みた。ク・ナウカはシェイクスピア作品では
『ハムレット』（1990）、『マクベス』（2001）、『ク・ナウカで夢幻能な「オセ
ロー」』（2005）——殺されたデズデモーナの霊が再現する能の世界の『オセ
ロー』——をレパートリーに入れ、野外劇場を含む様々な場所で上演してきた。
2007年（平成19）からは、宮城が静岡県舞台芸術センター（SPAC）の芸術
総監督に就任したことにより、拠点をSPACに移してシェイクスピア作品を
含めた実験的な演出に挑戦している。2011年（平成23）には野田秀樹（1955-）
潤色の『真夏の夜の夢』を、宮城が壮大なファンタジーの世界に変容させた。
また、2017年にSPACでは初の試みである、久々の二人一役による「シェ
イクスピアの『冬物語』」を上演した（図7）。

　第5段階目のシェイクスピア上演は、日本独自の伝統や舞台とシェイクス
ピア劇のインターカルチュラルな立ち位置を模索している。演劇は常にその
時代の社会や文化のコンテクストを反映させつつ上演されてきた。シェイク
スピア批評においても、ポストコロニアル批評、ジェンダー批評、人種批評
など、その時代の問題意識を反映してさまざまなアプローチがなされ、それ
までの権威が転覆される一方、あらたな方法論が取り込まれ、違った角度か
らの分析が生み出されている。それは二者択一でどちらかを否定するという
のでなく、その両者を超えたところに新しい視点を模索するプロセスでも
あった。同様に、シェイクスピア上演とその上演に使われる翻訳も常に更新
されて変転し続ける。栗田や宮城の演出を観ても、日本独自の伝統だけでな
く、さまざまな国籍、時代、文化の要素が交差しながら独自の世界観を表出
している。日本におけるシェイクスピアは、400年という歴史の上に独自の
重ね書きをしながら、今も書斎の外で活発に増殖している。シェイクスピア
自身が、過去の文学や歴史、伝説や神話をアダプトして自身の作品を作り出
してきたように、これからも日本のシェイクスピア劇は、時代、文化、社会
を反映しつつ、新たな演出が試みられていくだろう。日本の観客もまた大い
に楽しみながら、次なる上演の可能性を期待しているのも事実である。

注

1 舌克斯畢ノ詩ニ曰ク。「金銭ヲ借ル人トナルナカレ。又金銭ヲ貸ス人トナルナカ
レ。蓋シ人ニ金銭ヲ貸セバ往々自己ノ損失トナリテ借ル人ノ損失トナル／而モ人
ヨリ金銭ヲ借レバ勤倹ノ鋒刃ヲ鈍ラスナリ。」(Neither a borrower nor a lender
be, / For loan oft loses both itself and friend,/ and borrowing dulls the edge of
husbandry. (1.3. 75-77) 以後、シェイクスピア作品からの原文の引用はすべて *The
Riverside Shakespeare* 第 2 版に拠る。

2 原文は、To be, or not to be, that is the question:/ Whether 'tis nobler in the mind
to suffer/ Or to take arms against a sea of troubles,/And by opposing, end them.
(3.1. 55-59) に始まる長い独白である。

3 Arimas, arimasen, are wa nan deska:—
Moshi motto daijobu atama naka, itai arimasu
Nawa mono to ha ichiban warui takusan ichiban
Arui ude torimasu muko mendo koto umi　（以下省略）

4 逍遥も「文体は浄瑠璃まがひの七五調で、至ってだらしのない自由訳であった」と、
40 年ほど後に述べているという指摘がある（川戸 48）。

5 *As You Like It*、*Romeo and Juliet*、*Othello* を翻案物にした（鈴木 95）。

6 内訳は、戸沢姑射訳『ハムレット』(1905)、『ロメオ、エンド、ヂュリエット』(1905)、
浅野馮虚訳『ヴェニスの商人』(1906)、戸沢姑射訳『オセロ』(1906)、『リヤ王』
(1906)、『から騒ぎ』(1907)、『ジュリアス・シーザー』(1907)、浅野馮虚訳『御
意のまゝ』(1908、*As You Like It* の翻訳)、戸沢正保（姑射）訳『行違ひ物語』(1908、
Comedy of Errors の翻訳)、浅野馮虚訳『十二夜』(1909) であった。

7 外国語学校雇教師英国人メードレは、「書記は……銅像に異ならなかった」と、そ
の演技への不満を述べている（川戸 331）。

8 逍遥の翻訳は、時代ごとに 5 変遷を経ていると本人も述べているが、晩年の『オ
セロー』の翻訳は自然な口語調の現代語訳となっている（荒井『シェイクスピア
劇の翻訳と演出』76-80）。

9 内訳は、『リア王』(2006)、『ジュリアス・シーザー』(2007)、『ヴェニスの商人』(2007)、
『十二夜』(2007)、『マクベス』(2008)、『ハムレット Q1』(2010) である。

10 開幕冒頭の乞食や小人、フリークスたち、喧嘩する若者たちの群集は衝撃的であっ

た。また、石の壁を駆け下りたり、よじ登ったりの行動的な若い二人も新鮮で、
朝倉摂（1922-2014）の半円形の古代競技場のような舞台も斬新であった（扇田
197-98）。

11 「シェイクスピアの演出は何をやってもいいんだ、とすごく解放された気分になっ
た」と、述べている（扇田 95）。

12 蜷川は「……『魔が差した』としか言いようがありません……中途半端な人間が、
歌舞伎にかかわるほどみっともないことはない。歌舞伎にだけは手を出すまいと
思っていた……歌舞伎の演出はこれ一回にしたいですよ」と述べている（秋島
118）。

引証文献

秋島百合子『蜷川幸雄とシェイクスピア』東京、角川書店、2015 年。

秋山勇造『明治翻訳異聞』東京、新読書社、2000 年。

荒井良雄『シェイクスピア劇の翻訳と演出——坪内逍遥と加藤長治』東京、英光社、
　　2010 年。

——『戦後日本のシェイクスピア——国際化から二十一世紀へ』東京、英光社、2011 年。

安西徹雄『日本のシェイクスピア一〇〇年』東京、荒竹出版、1989 年。

河竹登志夫『日本のハムレット』東京、南窓社、1972 年。

川戸道昭『明治のシェイクスピア《総集編》1』東京、大空社、2004 年。

菊池善太「シェイクスピア劇と狂言の出合い——新作狂言『二人女房』と『ぢゃぢゃ
　　馬馴らし』について」、『日本大学大学院総合社会情報研究科紀要』、13 号（2012）、
　　121-130 頁。

栗田芳宏・横内謙介「アーティスト・インタビュー——東西の古典の出会い　栗
　　田芳宏が仕掛けた、能楽堂のシェイクスピア・シリーズ」16 Mar. 2005、www.
　　performingarts.jp/J/art_interview/0503/1.html。アクセス日：2016. 5. 5。

小林かおり編『日本のシェイクスピア上演研究の現在』東京、風媒社、2010 年。

鈴木邦彦「『何桜彼桜銭世中』研究」、『商學』、50 号（2003）、93-119 頁。

扇田昭彦『蜷川幸雄の劇世界』東京、朝日新聞出版、2010 年。

平辰彦「『ヴェニスの商人』と『何桜彼桜銭世中』——その台本と上演をめぐって」、『英

学史研究』、第 27 号（1994）、165-77 頁。

高橋康也ほか編『シェイクスピア辞典』東京、研究社、2000 年。

仁木久恵『漱石の留学とハムレット――比較文学の視点から』東京，リーベル出版、
　2001 年。

野村萬斎『萬斎でござる』東京、朝日新聞社、1999 年。

福田恆存『演劇入門』東京、玉川大学出版部、1981 年。

山本澄子『英米演劇移入考――明治・大正・昭和』東京、文化書房博文社、1991 年。

シェイクスピア、ウィリアム『ハムレット』小田島雄志訳、白水社、1983 年。

――『ハムレット』坪内逍遥訳、早稲田大学出版部、1909 年、（kindle 版：2015）。

――『ハムレット』福田恆存訳、新潮社、1967 年。

――『ハムレット』松岡和子訳、筑摩書房、1996 年。

――『ハムレット Q1』安西徹雄訳、光文社古典新訳文庫、2010 年。

Shakespeare, William. *The Riverside Shakespeare,* 2nd ed. gen.Ed. G. Blakemore Evans.
　Boston; Houghton Mifflin, 1997.

第 5 章

シェイクスピアと映画

石塚　倫子

　シェイクスピアの映画作品の数は膨大なものである。国際映画祭に出品
されるものから自主映画作品やアニメ、翻案まで含めると、BUFVC（British
Universities Film and Video Council）のデータベースでは、2016 年 9 月現在
で 1253 本のシェイクスピア映画が検索できる。19 世紀末、リュミエール兄
弟（Auguste Marie Louis Lumière, 1862-1954; Louis Jean Lumière, 1864-1948）
によって映画というメディアが発明されて以来、120 年余りの間に映画は世
界中で愛される一大産業となった。この歴史の中で、シェイクスピア劇は劇
場での上演としてのみならず、スクリーンやモニターに映る映像として人々
の間に浸透してきたのである。すべてを詳細に語ることはできないが、ここ
では、その歴史を 7 期に分け、主な作品を挙げながら概観してみたい。

1. サイレント映画の時代──1899 年 -1925 年

　この時代の映画はほとんどが初期は 15 分程度の短いものだった。[1] シェ
イクスピア作品は早いうちから映画に採用されたが、それは伝統的かつ高尚
なシェイクスピアの劇場から、新しい娯楽である映画館へ観客を引き込むた
めの、「文化的パスポート」を求めたからであった（Crowl, *Shakespeare and
Film* 4）。また、何より既存の話を映画にすれば、脚本料が必要ないという
現実的なメリットもあったはずだ（Rosenthal xix）。しかし、サイレント映

画はシェイクスピア最大の魅力である言葉とその韻律を、役者の口から音声で直接伝えることはできない上、海外では日本の弁士のような語り手もいないため、シェイクスピア作品の精髄を伝えることにおいては、決定的な障壁があったことは否めない。

　それでも、恐らく 500 本は存在したと言われるシェイクスピアのサイレント映画（Hindle 22）は残念ながら雲散霧消したものが多い。したがって、すべてを辿ることは困難だが、現存する最初のシェイクスピア作品は 1899 年の『ジョン王』である。[2] ロンドンのハー・マジェスティーズ劇場（Her Majesty's Theatre）で上演されたうちの 4 シーンを宣伝用に映画化したものだが、残っているのはそのうちの 1 シーンのみ——最後のジョン王の苦しみと死の場面である。監督はムービーカメラの発明者でもあるウィリアム・K・L・ディクソン（William Kennedy-Laurie Dickson, 1860-1935）、主演はイギリス人俳優のビアボーム・トゥリーであった。定点のカメラ視点から舞台上の演技を写したものだが、ヴィクトリア後期の大げさな舞台演技が窺える。

　シェイクスピアの原作に忠実という意味での最初の映画は、パーシー・ストウ（Percy Stow, 1876-1919）監督による 1908 年のイギリス映画、『テンペスト』であろう。12 分ほどの間に、魔法シーンを特殊撮影するなど、映画ならではの演出を試みている。プロスペローが幼いミランダと小舟に乗り込むシーンから始まり、キャリバン以外は大体において原作に沿ったストーリーとなっている。キャリバンはこの映画では「怪物」ではなく、髪とひげが伸び放題のボロを纏った「野蛮人」として描かれている。ほかの登場人物は、プロスペローやエアリエルの魔法に恐れをなして従順になるが、キャリバンのみ剣によって屈服させられるという構図は、1900 年代初期の植民地主義の表れのようでもある（Babiak 28）。

　翌年の 1909 年には、チャールズ・ケント（Charles Kent, 1852-1923）と J. スチュアート・ブラックトン（James Stuart Blackton, 1875-1941）監督による『夏の夜の夢』がアメリカで作られた。11 分ほどの長さではあるが、アテネの宮廷における 4 人の恋人たちのトラブルの場面、森の中での魔法と妖精の世界、最後の和解と目覚めまでを、ローマ風の手すりのあるバルコニーと、池や木々のある自然のロケによって大筋は原作通りに進めている。特に観客に人気のある職人たちの動きや表情、ボトムの変身にまつわるシーンはクローズ・アップが使われ、コミカルな演出になっている。この作品では、森の妖

精たちはオベロンも含め皆女性によって演じられている。宮廷の人々の衣装は古代ローマ人風であるのに対し、妖精たちはバレエ衣装のような装いで、二つの世界の差異を表象している。

　1910 年、イタリアにおいてはジェロラモ・ロ・サヴィオ（Gerolamo Lo Savio, 1857-1932）による『リア王』（伊・原題 *Re Lear*）と『ヴェニスの商人』（伊・原題 *Il Mercante di Venezia*）が、フィルム・ダルテ・イタリアーナ社で制作された。それぞれフィルムに直接手書きで彩色した映画であるが、すでにヨーロッパ大陸では、映画というメディアが独自の芸術性を求め、意欲的に作られ始めていた（Ball 90）。『リア王』は、グロスター一家の副筋が省かれ、コーディリアとの別れと再会を中心としたメロドラマ風の家庭劇になっている。リアの羽織った赤いガウンが権力を象徴し、地位と財産を失った後、リアはガウンを脱ぎ捨てることとなる。一方、『ヴェニスの商人』では、箱選びと指輪のエピソードが完全に省略されている。この映画では、しばしば問題になるユダヤ人差別についてはあまり強調されていない。19 世紀半ばにはローマとフィレンツェのゲットーは廃止され、1904 年、ローマにシナゴーグが建設されたことを考慮すると（Babiak, 32）、ことさらユダヤ人差別を描く必要がなかった時代背景も影響しているであろう。この作品は、完全にアントーニオとシャイロックの借金と契約にまつわる物語が中心となっている。前者が 16 分、後者が 9 分の映画なので、省略される部分は致し方ないが、逆に原作のどの部分を強調したいのか、コンセプトははっきりしていると言えよう。

　『夏の夜の夢』を映画化したケントが、1910 年、今度は『十二夜』を監督した。『夏の夜の夢』ではボトムに焦点をあてた演出であったが、今回はマルヴォーリオをクローズ・アップで映し、偽の手紙に有頂天になる様子、黄色いストッキングでオリヴィアの前に現れるシーン、最後に裏切られて怒りが爆発するシーンを、12 分あまりの映像の中で 3 分半の時間を割いて映している。双子のセバスチャンはうり二つの男装の女性が演じている。

　1911 年にはフランク・ベンソン（Sir Frank R. Benson, 1858-1939）監督が、『リチャード三世』を撮る。この映画は、舞台上の演技を定位置から撮影し続ける方法を取っている点で、劇場に戻った視点とも言えよう。当時は実際の舞台を使った映像は、照明技術の点で容易ではなかったので（Buchanan 30）、それでもあえてベンソンがこの撮影法を選択したには意図があったのであ

ろう。例えば、背景の幕をシーンごとに替え、室内と戸外を代わる代わる示すだけでなく、殺害シーンは秘密裏に室内で、政治的なシーンは屋外で多くの人の見守る中で、と映し分けている点は舞台を使うことで効果的に表現できたのである。

1912年には米仏合作の『リチャード三世』（*The Life and Death of Richard III*）がアンドレ・カルメット（André Calmettes, 1861-1942）とジェイムズ・キーン（James Keane, 1874-?）両監督のもとで製作された。これは米国最初の長編シェイクスピア映画であるが（53分）、1996年にコレクター所蔵のフィルムがAFI（American Film Institute）によって復元されてのち、ようやく現代に蘇った（Rosenthal, 193）。キーンが付け加えたアンの死の場面は、この映画のターニング・ポイントとなり、シルエットや逆光を用いたミザンセーヌ（＝演出。特に脚本家の役割以上に監督の役割を重視するとき用いられる映画用語）で、ムルナウ（Friedrich Wilhelm Murnau, 1888-1931）の『吸血鬼ノスフェラトゥ』（*Nosferatu,* 1922）やオーソン・ウェルズのディープ・フォーカスを予感させるものがある（Loehlin 184）。

この映画をはじめ1910年代になると、観客の要望とともに長編映画が主流になってくる。ロシア人監督、ディミトリー・ブコウェツキー（Dimitri Buchowetzki, 1885-1932）による1922年のドイツ映画『オセロ』は、階段、運河、アーチ型の窓や豪華な宮殿など壮大なセット、そして贅沢な衣装を使い、88分という長編映画に仕上げている。イアーゴー役のヴェルナー・クラウス（Werner Krauss, 1884-1959）は、すでにカリガリ博士（『カリガリ博士』）を演じて有名になっていたドイツ人俳優で、サイレント映画独特の大げさな表情と身振りとともに、イアーゴーの異様な性格を強烈な個性で演じている。原作と違い、終盤、エミリアはイアーゴーに刺されずに済み、イアーゴーはオセローの剣によって息絶えてしまう。最後、オセローの死をキャシオーが群衆に向かって知らせる場面では、大勢のエキストラが出演し、壮大なセットとともに、国家産業としてのドイツ映画のスケールの大きさを物語っている。ニューヨークの映画館では大ヒットで、映画評でも好評であった（Rosenthal 161）。

シェイクスピアを翻案化した異色の作品もある。スヴェンド・ガーデ（Svend Gade, 1877-1952）とハインツ・シャール（Heinz Schall, 1872-?）によるドイツ映画、『女ハムレット』（*Hamlet: The Drama of Vengeance,* 1921）は、

『ハムレット』の翻案で、デンマーク出身の人気女優アスタ・ニールセン（Asta Nielsen, 1881-1972）が異性装でハムレットを演じている。エドワード・ヴァイニング（Edward Payson Vining, 1847-1920）による 1881 年のハムレット女性説を元に製作され、主人公のハムレットは女性であることを隠しており、実は学友のホレーシオを愛していて、ホレーシオはオフィーリアをオフィーリアはハムレットを好いている、という複雑な三角関係を映画化している。最後に、死んだハムレットを抱きしめたとき、初めて女性と気づいたホレーシオがハムレットに口づけをするというメロドラマ仕立てになっている。この作品は興行的な成功を収めたが、それはドイツ表現主義の影響による陰影に満ちた撮影技法とともに、ニールセンの両性具有的な魅力によるところが大きい（Hindle 27）。

　上記のサイレント映画はすべて DVD 化されており、カルメットとキーンの『リチャード三世』以外、現在ユーチューブでも閲覧可能である。概観しただけでも、これらの映画には英米のみならず、イタリア、フランス、ドイツ製作の作品もある。シェイクスピア映画の本格的な国際化はウェルズやオリヴィエを待つとしても、すでにサイレント映画時代の 1907 年から 1912 年の間に、国際化は始まっていた、との指摘もある（Collick 42）。しかしながら、ヨーロッパの映画界、特にイタリアとフランスは、1914 年以降、第一次世界大戦によるスタジオの壊滅的被害によってあまり振るわず（北野 46-47頁）、その間、ハリウッドが映画産業を急速に牽引していくことになる。

2. ハリウッド時代——1929 年 -1936 年

　1927 年、米ワーナー・ブラザースはアラン・クロスランド（Alan Crosland, 1894-1936）監督による『ジャズ・シンガー』（*The Jazz Singer*）という音声付きの映画を世に出した。いわゆるトーキーと言われるこの映画の出現によって、サイレント映画は徐々に終わりを告げ、30 年代以降、ハリウッドがこのサウンド映画とともに世界の映画産業の中心となっていく。音声のお蔭で役者の演技も大げさな身振りを必要としなくなり、より自然な演技が求められるようになる。機器や撮影・編集の技術が改良されるにしたがって、映画の表現形態も多様化し、映画という新しい文化の魅力に投資す

る映画会社の大手が地盤を固め
ることとなる。映画館に足を運
ぶファンも増加し、映画はアメ
リカの一大文化産業となってい
くのだ。しかし、シェイクスピ
ア作品はこの時期、興業的には
あまり利益をもたらすことはな
かった（Rosenthal xix）。という
のも、依然として観客がシェイ
クスピアの台詞を楽しむのは劇
場であったからだ。特に過渡期
の映画技術においては、動きと
台詞を合わせていくのが第一の
ハードルであり、舞台のように
言葉を耳でも楽しめるところま

図1　『じゃじゃ馬馴らし』（1929 年）

で到達できなかった。一方、映画会社は積極的にスターの顔を宣伝し、スター
見たさのファンを増やす、いわゆる「スター・システム」を採用するように
なる（北島 37 頁）。その点では、シェイクスピア映画も例外ではなかった。

　この時代のシェイクスピア映画の最初は、1929 年、メアリー・ピック
フォード（Mary Pickford, 1892-1979）とダグラス・フェアバンクス（Douglas
Fairbanks, 1883-1939）主演の『じゃじゃ馬馴らし』である（図 1）。監督はサム・
テイラー（Sam Taylor, 1895-1958）。人気は圧倒的にピックフォードの方が
上であり、「アメリカの恋人」と謳われ、合衆国のあこがれの女性であった。
しかし、ピックフォード演ずるカタリーナは、この映画では鞭を片手に容赦
なく男性を攻撃する女丈夫として演出され、最後まで心から飼い馴らされる
ことはない。ペトルーチオという好敵手を見つけたヒロインは思う存分暴れ
るのであるが、夫は最後にカタリーナの投げた椅子で頭に怪我を負い、意気
消沈してしまう。少々やり過ぎたと思ったカタリーナが、従順になったふり
をして（妹に向けたカタリーナのウィンクで示される）、ハッピー・エンド
で終わるという話になっている。この映画で、ピックフォードは「新しい女」
の代表として描かれているとの評もあるが（Buhler 54）、テイラーは多くの
台詞や場面を省き、66 分の映像を単なるドタバタ喜劇にしてしまった。

一方、ウィリアム・ディターレ（William Dieterle, 1893-1972）とマックス・ラインハルト（Max Reinhardt, 1873-1943）による『真夏の夜の夢』（1935）は、興業的には斬新すぎて失敗だったものの、後年、この時代の「ハリウッドにおける主なシェイクスピア映画の中では最高」の作品とも言われた（Rothwell 32）。たとえば妖精たちが霧の中から現れ、らせん状に上って消える特殊撮影のみならず、幻想的な衣装や振付すべてが評価されている（Hindle 29）。役者もハリウッドの人気スターを惜しげなく起用し、オベロン役にヴィクター・ジョリー（Victor Jory, 1902-83）、ボトムはジェイムズ・キャグニー（James Cagney, 1899-1986）、フルートは売れっ子のコメディアンのジョー・ブラウン（Joe E. Brown, 1891-1973）が演じた。また、パックは名子役のミッキー・ルーニー（Mickey Rooney, 1920-2014）、ハーミアはオリヴィア・デ・ハヴィランド（Olivia de Havilland, 1916-）という豪華メンバーであった。ドイツで演劇界の皇帝とも言われていたラインハルトはアメリカ亡命後も舞台演出を行っていたが、舞台で成功した『真夏の夜の夢』を映画というメディアで再挑戦したのだ。しかし、この映画は、ヨーロッパ中心にひどく不評であった。まず、ラインハルトがユダヤ系の亡命者であったため、ナチス・ドイツは上映禁止とした。また、シェイクスピア映画にキャグニーやブラウンのような「下品な」俳優を使ったというだけでも、シェイクスピア本場のイギリスでは批判の嵐が巻き起こった（Rothwell 36）。サウンド映画の入り口に位置した時代、人々は声を持つようになった画面の役者たち、合成の映像などにいまだ違和感や不安があり、シェイクスピアを脱神話化していると思える映画に堪えられない時代だったのだ。

　『真夏の夜の夢』の翌年、1936 年にはハリウッドでさらにシェイクスピア映画が製作される。ジョージ・キューカー（George Cukor, 1899-1983）監督、アーヴィング・タルバーグ（Irving Thalberg, 1899-1936）製作の『ロミオとジュリエット』である（図2）。200 万ドルという巨額の製作費を投じ、MGM のプロデューサーであるタルバーグが温めていた作品を、タペストリーのような絵画的スペクタクルに仕上げた作品である。ジュリエットは鹿に餌を与え、ロミオは羊の群れを眺めるシーンがあることから、二人の関係が無垢なパストラルのイメージで捉えられていることがわかる。しかし、残念ながらこの作品はキャスティングにおける失敗から、成功作とは言えなかった。ジュリエットは人気の女優でタルバーグの妻・ノーマ・シアラー（Norma Shearer,

1902-83)、ロミオは同じくベテラン・スターのレスリー・ハワード（Leslie Howard, 1893-1943）が演じているが、それぞれ 35 歳と 43 歳になっていた。当時、舞台ではベテランの中年俳優が主役を演じるというのが通例だったということもあるが、リアリティが求められる映画では、原作で 10 代前半（1 幕 3 場において、ジュリエットはもうすぐ 14 歳になる年頃とある）の若い恋人たちの役を演じるには、どうしても無理がある。マキューシオ役のジョン・バリモア（John Barrymore, 1882-1942）など、54 歳という年齢で向う見ずに喧嘩を買って出るロミオの友人を演じるのであるが、ベテランとは

図2 『ロミオとジュリエット』（1936 年）

いえ演技力ではカバーできない致命的なミスキャストであろう。

　この年、続けて撮影されたもう一つの作品はパウル・ツィンナー（Paul Czinner, 1890-1972）監督のイギリス映画『お気に召すまま』（*As You Like It, 1599-1600*）である。配給は 20 世紀フォックスであったが、イギリスではじめて製作されたトーキー映画であった。エリザベート・ベルクナー（Elisabeth Bergner, 1897-1986）がロザリンドを、またシェイクスピア映画に初めて出演した 28 歳のローレンス・オリヴィエがオーランドー役を演じた。ちなみにオリヴィエはキューカーの『ロミオとジュリエット』のロミオ役のオファーがあったとき、シェイクスピアを映画化するのは不可能であろうと断っていたが（Manvell 35）、その偏見はやがて次の時代に自ら 180 度転換させることとなる。ベルクナーはドイツの舞台で活躍していた女優であったが、1933 年、ナチス・ドイツを逃れて夫であるツィンナーとともにイギリスに渡り、この作品のヒロインとして出演する。しかし、やはりここでも 39 歳となっていたベルクナーがロザリンドを演じるのは少々無理があり、彼女のドイツ

語なまりの英語や茶目っ気のある演技は魅力的であるものの、舞台と違いリアリティが重要な映画においては、ミスキャストと言わざるを得なかった。しかも、変装したギャニミードはどうみても女の子であり、オーランドーが男だと思い込むという設定もまた無理がある。ただ、ツィンナーの演出で興味深いのは、最後のエピローグの場面で、女性としてのロザリンドが途中で男装のロザリンドにディゾルブし、再び女性に戻るという映画ならではの技法を採用している点である。同時に、そこにはヒロインを演じながらジェンダーを行き来するエリザベス朝時代の少年俳優とその舞台の魅力も再現されているのである。

3. オリヴィエ／ウェルズ時代──1937 年 -1966 年

　シェイクスピア作品の映画が、単なるスター・システムに則ったコスチューム映画で終わらない時代は、オリヴィエとウェルズの出現によって始まる。この二人による様々な実験と芸術的な意義を追求する姿勢が、新たなシェイクスピア映画の次元を切り開くのだ。

　サリー州の貧しい牧師の家に生まれたオリヴィエは、幼いころから聖歌隊に属し、音楽、演技を学び、18 歳でプロの役者としてイギリスの舞台に出るようになる。その後、ブロードウェイの舞台にも呼ばれ、シェイクスピア劇における出演をはじめ着実に実績を重ね、英米の映画の主演・監督へと活躍の場を広げていく。私生活では、2 番目の妻ヴィヴィアン・リー（Vivien Leigh, 1913-67）とのスキャンダラスな出会い、リーの精神疾患とそれによる悲惨な結婚生活についてはすでによく知られた事実であるが、役者、監督としてのオリヴィエは、一流の名をほしいままにし、俳優界ではじめて一代貴族に叙され、男爵の称号を与えられた。

　このオリヴィエの最初の監督・主演映画が 1944 年の『ヘンリィ五世』である。この作品は「演劇を映画化した最も想像力に富むアダプテーション」（Manvell 35）と言われ、舞台と映画両方を知るオリヴィエが、舞台のコンヴェンションを如何に映画に反映させるかを実験的に試みた力作である。映像は、1600 年のロンドンの鳥瞰ショットから始まる。カメラは次第にテムズ河畔のグローブ座にズームレンズで近づき、その中でほどなく始まろうとしてい

る『ヘンリィ五世』を見るため集まったエリザベス時代の観客、そしてプロローグを述べる役者のショットへと移る。やがて舞台上の演技や背景は、霧とともに映画の中のリアルな映像へと変化していく、というメタドラマ／メタシネマの構造を持った作品であった。シェイクスピアのテクストにも、「この O 字型の木造の芝居小屋に」（プロローグ 12 行）という台詞で、現実のグローブ座の存在がメタシアトリカルに示されているが、オリヴィエは映画というジャンルでこ

図 3 『ハムレット』（1948 年）

の手法を応用していると言える。1944 年という年は第 2 次世界大戦の末期、連合国側がドーバー海峡を渡ってフランス・ノルマンディー地方に上陸し、ドイツと激しく戦って敵軍を後退させ、戦況を一気に有利に導いた年であった（ノルマンディー上陸作戦）。百年戦争中におけるイギリスの勝利（アジンコートの戦い、1415 年）を描いた『ヘンリィ五世』の勇壮で華やかなテクニカラーの映像は、連合軍として戦ったイギリス兵の士気高揚に大いに役立ったと言われている（Crowl, *Shakespear's Hamlet* 60）。この映画はチャーチルの声掛けで、イギリス政府の資金援助を得て作った作品であったが、映画としての芸術性の高さから興業的にも成功し、アカデミー賞にノミネートされた 136 分の大作であった。

　オリヴィエが次に挑んだのが『ハムレット』（1948）である（図 3）。この作品は、ハリウッドから資金援助を一切受けず、世界的にヒットして利益につながった最初のイギリス映画で、アカデミー賞を 4 部門で勝ちとり、映画監督としてのオリヴィエの地位を不動のものとした。『ヘンリィ五世』とは打って変わり、モノクロの陰鬱な画面はドイツ表現主義のみならず、40 年代ハリウッドで流行したフィルム・ノアールの手法が反映している（Hindle

33; Crowl, *Shakespear's Hamlet* 52)。オリヴィエはディープ・フォーカスやディゾルブなどの技法を使い、迷路のような暗いエルシノア城の内部に緊張感を与え、ハムレットの抑圧された心情が映像の中に象徴されるように工夫した。また、オリヴィエはガートルードのベッドに焦点を合わせた最初の監督と言われ、ヴァギナを表象するドレープ状のカーテンに囲まれたベッドのある円形の部屋は、ガートルードが母であり女であることを強調している（Crowl, *Shakespear's Hamlet* 50)。オリヴィエはフロイト派の精神分析医であるアーネスト・ジョーンズの理論に従って、『ハムレット』の母と息子の葛藤をエディプス的関係で解釈し、[3] このクローゼット・シーンに集約させている。オリヴィエがこの時 40 歳、ガートルード役を演じる成熟した魅力のアイリーン・ハーリー（Eileen Herlie, 1918-2008）が 29 歳、オフィーリア役の初々しいジーン・シモンズ（Jean Simmons, 1929-2010）が 18 歳であったことを考えると、オフィーリアではなく、母と息子が恋人であるかのような関係を匂わせるには最適のキャスティングであった。

　一方、オリヴィエと同様に監督兼俳優であるウェルズもまた、『マクベス』の映画化において舞台と映画の両方の特質を融合させ、独特の世界を映しだした。ウェルズはアメリカ、ウィスコンシン州に生まれ、子供時代から奇想天外な行動で目立つ変わり者であった。16 歳でアイルランドの舞台にデビューし、その後アメリカでの舞台、ラジオ番組を通じてシェイクスピア劇を含むさまざまな劇を実験的な手法で演出する。例えば 1936 年、ニューヨークにおいて、アフリカ系アメリカ人を使ってハイチを舞台に移した翻案劇の『マクベス』は、大評判となった（いわゆる『ヴードゥー・マクベス』*Voodoo Macbeth*)。映画ではウェルズ監督・主演・製作の『市民ケーン』(*Citizen Kane,* 1941）において、実在した新聞王を主人公に描きながら、フィルム・ノアールを意識したディープ・フォーカスはもちろんのこと、ロー・アングル、長回しなどの実験的カメラ・ワークに挑み、映画史上に残る名作を作り出した。シェイクスピアでは、1948 年、映画版の『マクベス』をリリースするが、みずから主演・監督・製作・脚本をこなしたこの作品で、舞台のような演技、スタジオのままの床、抽象的なセットや衣装などを採用し、撮影にはロー・アングルやクローズ・アップ、鳥瞰ショットを取り入れ、モノクロの斬新なシェイクスピア作品を低予算で作り上げた。

　1952 年には、ウェルズは『オーソン・ウェルズのオセロ』(*The Tragedy of*

Othello: The Moor of Venice）の撮影をモロッコとイタリアで行う。自主映画のため、途中で資金繰りに困窮するとほかの映画に出演して費用を捻出するという、4年に渡る途切れ途切れの撮影であったが（Rosenthal 165-66）、陰影の濃い人物や風景をさまざまなアングルからとらえ、特に、冒頭と最後に付け加えた、ピアノの低音とコーラスとともに進むオセローとデズデモーナの葬送の列は印象的である。この作品は1952年のカンヌ国際映画祭でパルム・ドールを受賞したが、1955年にニューヨークで1週間公開されたあと、翌年、イギリスで公開され、散々な批評を受けて終わった（Rosenthal 167）。当時は、観客や批評家がウェルズの価値を真に評価できなかったのである。その後、配給会社の倉庫に眠っていたこのフィルムは、ウェルズの死後7年を経た1992年、修復版がリリースされ、ようやくその真価が認められた。

　50年代に入ると、半世紀にわたる世界大戦が終わり、経済成長にともない文化的消費も世界中で活発になり、映画が娯楽として大衆に歓迎され、定着する。そこで、『オーソン・ウェルズのオセロ』以外にもシェイクスピア作品は英米で本格的に映画化されるようになる。ハリウッドではジョーゼフ・リーオ・マンキーウィッツ（Joseph Leo Mankiewicz, 1909-93）監督、マーロン・ブランド（Marlon Brando, 1924-2004）主演の『ジュリアス・シーザー』が撮影され、1953年に公開される。この映画の製作者のジョン・ハウスマン（John Houseman, 1902-88）の頭には、独裁者ヒトラー（Adolf Hitler, 1889-1945）やムッソリーニの姿が浮かんでおり（Hindle 35）、アントニーが群衆を巧みに誘導する演説シーンは、共演するジョン・ギールグッドの指導もあって、すばらしい出来映えとの評価を得た。アカデミーの美術監督賞ほか、イギリスでも数々の賞を受賞した作品である。

　続く1954年、レナート・カステラーニ（Renato Castellani, 1913-85）監督・脚本の英伊合作映画『ロミオとジュリエット』が公開された。オリヴィエの『ヘンリィ五世』のカメラマンがヴェローナ、シエナ、ヴェニス、フィレンツェのロケ地をカラーで美しく撮影し、イタリア・ルネッサンスの絵画から飛び出してきたような華麗な衣装が出色の映画だったが、問題はキャスティングと台詞のカットにあった。主演は24歳のローレンス・ハーヴェイ（Laurence Harvey, 1928-73）と20歳の新人、スーザン・シェントール（Susan Shentall, 1934-96）。キューカーの映画よりぐっと若返ったが、ハーヴェイの

自己陶酔的な甘さとシェントールの堅苦しい演技がかみ合わず、台詞も大幅にカットして書き換えた分、ストーリーの必然性が失われてしまった。シネマ・ヴェリテ（フランス語で「真実の映画」の意味で、ドキュメンタリーの手法・スタイル。手持ちカメラや同時録音によって偶然性の技法を用いながら、取材対象の人間に“真実”を語らせる形式）に則って素人を起用した脇役は演技がぎこちなく、140分のフィルムが冗長に感じられてしまう。ヴェネツィア国際映画祭で金獅子賞を獲得したものの、シェイクスピア映画としての評価は残念ながら高くはない。

　一方、1955年のイギリス映画、オリヴィエ監督・主演の『リチャード三世』は、自身のヘンリィ五世のグロテスクなパロディともみなせるマキアヴェリアン、リチャードを見事に描き出している。黒髪、悪魔のような長く尖った鼻の特殊メイクで、足を引きずりながら甲高い声で策略を実行していくリチャードの姿には、同時代のパワー・ポリティックスとヒトラーやスターリンのような悪名高い独裁者が投影されている（Hindle 37）。この映画でオリヴィエは、18回もカメラに向かって直接話しかけている。これは伝統的な舞台の独白手法であるばかりでなく、映画というメディアを国策として支配していく同時代の独裁者をも表象しているようだ。この作品はアカデミー賞にノミネートされただけでなく、英国アカデミー賞、ゴールデングローブ賞、ベルリン国際映画祭の銀熊賞も受賞し、世界中で公開され成功した。

　一方、セルゲイ・ユトケーヴィッチ（Sergei Yutkevich, 1904-85）によるソビエト映画『オセロ』（1955）は、ロシア語による壮大なオセローの悲劇を映像化した。とりわけ、ロケにおいて青い空、太陽、雲、海岸、ブドウ畑、山々といった自然を写し、オセローの陰鬱なプロットとの対比を照らし出している（Rosenthal 169）。この作品は翌年のカンヌ映画祭で最優秀監督賞を受賞した。

　ユトケーヴィッチのように、このころから英語以外で語られるシェイクスピア映画が世界各地で創られ始めるが、抜きんでて芸術的であり評価された作品は、黒澤明（1910-98）による『マクベス』の翻案『蜘蛛巣城』（*Kumonosu-jō*, もしくは *Throne of Blood*, 1957）であろう。モノクロで撮影されたこの110分の日本映画は世界の映画ファンや批評家を驚嘆させた。この映画は、時代を日本の戦国時代に設定し、「蜘蛛手の森」で出会った不思議な老婆の予言によって、鷲津武時（三船敏郎、1920-97）と妻・浅茅（山

田五十鈴、1917-2012）が謀反を企て、蜘蛛巣城の城主になるというストーリーに書き換えられている。台詞こそシェイクスピアの原文は使われていないものの、その雰囲気や精神はジャコビアン・ドラマ以外の何ものでもなく、単なるアダプテーションというより、「『マクベス』のテーマそのものを変奏、蒸留させたもの」、とまで評されている（Manvell 107）。霧の中から現れる冒頭の蜘蛛巣城、同じく霧に包まれた森の中の老婆、陰鬱な城内の部屋を能面のように無表情のまますり足で歩く浅茅、謀反が露呈し、弓矢を無数に受けて壮絶に討ち死にする鷲津の姿は、極めて印象的であると同時に、日本文化とシェイクスピアを違和感なく融合させている。下剋上という当時の武士の概念自体が、『マクベス』の世界観をうまく表していることも指摘されている（Collick 152）。サウンド映画の中で、黒澤のこの作品は唯一原文テクストを俳優が語らないのに、映像手段のみでシェイクスピア劇を伝えることに成功している（Hindle 39）。

　60年代において名作といわれるシェイクスピア映画の一つは、グリゴーリ・コージンツェフ（Grigori Kozintsev, 1905-73）のソビエト映画、『ハムレット』（1964）であろう。コージンツェフは、パステルナーク（Boris Leonidovich Pasternak, 1890-1960）による、原文のメタファーを省いた散文翻訳を用いた。白黒の陰鬱な画面、岸壁に打ち付ける波、冷たい石の城、霧など、コージンツェフがオリヴィエを意識して演出したことは明らかであろう。しかし、オリヴィエの『ハムレット』が内面に集中した心理学的ファミリー・ドラマである一方、コージンツェフの『ハムレット』はより政治的である。独裁者・スターリンの死後、フルシチョフ（Nikita Khrushchev, 1894-1971）がソビエトの最高指導者になったのが1953年。コージンツェフのクローディアスはスターリンを、フォーティンブラスはフルシチェフを表象すると言っても間違いはなかろう（Rosenthal 32）。また、常に誰かに見張られているハムレットとオフィーリアは、牢獄の中に捕われた囚人のようでもある。ロシア語にもかかわらずシェイクスピアの『ハムレット』の精神性を丹念に表象したこの作品は、ヴェネツィア国際映画祭の金獅子賞のみならず、多くの海外の賞を受け、またノミネートされた。

　第3期の最後に、再びウェルズの大作に戻ろう。1966年、ウェルズはスペイン／スイスにて製作した『オーソン・ウェルズのフォルスタッフ』（*Chimes at Midnight*）を世に出した（図4）。しかし、またしてもその真の

図4 『オーソン・ウェルズのフォルスタッフ』(1966年)

価値を認められるには期間を要した曰く付きの映画であった。この作品はフォルスタッフを主人公に、シェイクスピアの『ヘンリー四世 第1部』、『ヘンリー四世 第2部』、『リチャード二世』、『ヘンリー五世』、そして『ウィンザーの陽気な女房たち』の5作品、さらに解説としてシェイクスピア作品の材源としてよく使われるホリンシェッド（Raphael Holinshed, ?1529-?80）の『年代記』（*The Chronicles of England, Scotland, and Ireland,* 2nd. Ed., 1587）をアレンジしてまとめた、ウェルズのオリジナル脚本の映画である。原題に*Chimes at Midnight* とあるのは、『ヘンリー四世 第2部』の三幕二場に、"We have heard the chimes at midnight, Master Robert Shallow" という台詞があり、ウェルズがそれを映画の初め、フォルスタッフとシャローが暖炉の火の前で昔話をするというシーンで語らせているところに由来する。主要な登場人物はウェルズが演じるフォルスタッフ、ギールグッド演じるヘンリー四世、そしてキース・バクスター（Keith Baxter, 1933-）演じる王の息子ハルの三人である。ウェルズは、ハル王子が「育ての父」のようなフォルスタッフの遊びの世界と、王である「実の父」の政治の世界との間を行き来しながら、やがてフォルスタッフを冷酷に切り捨て、ヘンリー四世の後継者となっていく過程を、モノクロの画面でドラマティックに描いた。一方、マドリッド公

園で撮影された 10 分間の「シュルーズベリーの戦い」のシーンは、うめき声や武器のぶつかり合う音とともに、クローズ・アップで激しい戦いや死の様子をきわめてリアルに表現し、この映画の代表的な場面となっている。例によって、資金繰りが苦しく、金策のため撮影を中断しながら、低予算で効率よく撮影したフィルムを時間をかけて編集し、あとから音声を付け加えるなど、苦労して完成させた傑作である。カンヌ国際映画祭に出品したときは好評であったが、翌年のアメリカでは、その音声のお粗末さが原因となってほとんど上映されず、以後、この映画の法的所有権においても揉めていたため、なかなか日の目を見なかった。ようやく、現在 DVD が出され、視聴可能となった。[4]

4. ゼフィレッリの時代——1967 年 -1972 年

　第 4 期は、フランコ・ゼフィレッリ（Franco Zeffirelli, 1923-）の鮮烈な登場とともに始まる。ゼフィレッリは、フィレンツェの仕立屋の父とデザイナーの母との間に生まれるが、私生児であったため、親元を離れ複雑な少年期を経て、フィレンツェ大学で建築と美術を学んだ。しかし、オリヴィエの『ヘンリィ五世』を見て、舞台に転向し、ルキノ・ヴィスコンティ（Luchino Visconti, 1906-76）の元でイタリアの舞台装置・美術担当として修業するうちに、舞台監督、映画監督として頭角を現わすようになり、オペラの演出家としても活躍している。映画界で最初の大ヒットとなった彼の作品は、1967 年のイタリア・アメリカ合作映画『じゃじゃ馬ならし』であった（図 5）。主演はリチャード・バートン（Richard Burton, 1925-84）とエリザベス・テーラー（Elizabeth Rosemond Taylor, 1932-2011）。二人はすでに夫婦として何本か映画に出演し、マイク・ニコルズ（Mike Nichols, 1931-2014）監督の『バージニア・ウルフなんかこわくない』（*Who's Afraid of Virginia Woolf?*, 1966）では激しく屈折した夫婦喧嘩を演じ、テイラーはオスカーを得たところであった。もちろん、ケイトとペトルーチオの争いは、観客に二重の興味を喚起することをゼフィレッリは計算済みであったはずだ（Buhler 67）。また、勇ましいカタリーナに終始するサム・テイラー監督の『じゃじゃ馬馴らし』と違い、ゼフィレッリのヒロインには、じゃじゃ馬の裏にある女心が垣間見

図 5 『じゃじゃ馬ならし』（1967 年）

える。たとえばプロポーズのシーン。はじめのうちはペトルーチオに捕まる
まいと物を投げたり壊したり、家中を逃げ回り、最後は追いつめられて登っ
た屋根に穴が開き、真下の倉庫に積まれた綿花の山にふたりで落ちるという
痛快なアクションが展開する。一方、ペトルーチオの登場とともにカタリー
ナのまなざしには、クローズ・アップで微妙な変化も映し出されるのであ
る。ゼフィレッリはシェイクスピアの台詞を大幅にカットし、こうした追い
かけごっこのシーン、原文ではグレミオの報告で終わる結婚式シーンを入念
に映像化した。また、ビアンカに次第に現れるじゃじゃ馬の一面とケイトの
変化を好対照で描き、最後はヒロインがどのように変貌するのか、観客の関
心を巧みに惹きつけた。ピックフォードのケイトが少しも馴らされなかった
のと対照的に、テイラーの演ずるケイトはまことに愛情あふれ、大人の知性
と平和を体現する落ち着いた妻に変身する。しかし、最後にさっさと部屋を
退出する妻をペトルーチオが追いかける、という幕引きで、今後、この夫婦
のどちらが主導権を握るかを予感させるのである。ゼフィレッリは原作にあ
る、クリストファー・スライという見物人の枠組みをなくす代わりに、映画

全体を中世イタリアの祝祭世界の枠でくくり、ペトルーチオとケイトを祭りの王と王妃（Lord and Lady of Misrule）として表象しているとの評もある（Jorgens 75）。映画の冒頭に描かれるパドヴァの街の人々の活気はまさに祝祭的で、祭りにはさかさま世界はつきものだからである。この映画は興業収入も莫大であった。

ゼフィレッリが次に映画化するシェイクスピア作品は、イギリスとイタリアの合作映画『ロミオとジュリエット』(1968) であった。音楽はニーノ・ロータ（Nino Rota, 1911-79）が担当し、サウンドトラックは現在に至るまで映画音楽の名作となっている。ゼフィレッリは『ロミオとジュリエット』の舞台版を、すでに 1960 年にロンドンのオールド・ヴィックで大成功させ、その映画化を考えていた（Rosenthal 218）。そこで、原作になるべく近い、当時 17 歳のレナード・ホワイティング（Leonard Whiting, 1950-）と 15 歳のオリヴィア・ハッセー（Olivia Hussey, 1951-）をオーディションで見つけ出し、ふたりのヌード・シーンやバルコニーでの情熱的な抱擁を含め、新しい演出で大きな注目を浴びた。

原作に忠実であることを第一にする批評家は、当初、ゼフィレッリに否定的な評価を与えたが（Babiak 103）、時代はすでに各家庭にテレビが普及し、世界ではスチューデント・パワーによる若者の主張や文化が勢いを増す新しいステージに入っていた。ゼフィレッリは色彩豊かな衣装、美しいイタリアのロケ、本物の木々や草花を映像に取り入れ、視覚的な美しさで観客を惹きつけるとともに、若者に焦点を当て、大人世代との断絶、純粋で情熱的なエロスを、タブーを破ってのびのびと映し出したのである。確かにシェイクスピアのテクストのカットや言い換えが見られ、主人公の二人のセリフ回しには技術的に未熟な部分もあるが、作品全体の芸術性は高く評価されている。プロローグとエピローグにゼフィレッリの尊敬するオリヴィエの声が入ることで、シェイクスピア作品としての格調を保っていることも事実だ。この作品は、映画会社の予算 80 万ドルに対して 4800 万ドルの興行収入があり、世界的名作映画に数えられる不動の地位を獲得した。

ゼフィレッリの出現の一方で、舞台での経験を生かした、新しく実験的な映画作りを目指す監督も現れた。これらの監督とともに、ハリウッドのスターではなく、演技や発音・発声などプロとしての実力があり、舞台でのキャリアを積んだ役者が映画に進出するようになる。その例が、イギリスのストラッ

トフォード・アポン・エイボンを拠点とするロイヤル・シェイクスピア・カンパニー（RSC）とかかわった演出家たちである。ピーター・ホールによる『夏の夜の夢』（1969）は、イアン・リチャードソン（Ian Richardson, 1934-2007）、ジュディ・デンチ（Judi Dench, 1934-）、イアン・ホルム（Ian Holm, 1931-）、ヘレン・ミレン（Helen Mirren, 1945-）など、このあととシェイクスピア以外の映画でも活躍することになる実力派をそろえ、ストラットフォード近郊のカントリー・ハウス・パークで撮影を行った。また、ピーター・ブルックの『リア王』（1971）は、ヤン・コット（Jan Kott, 1914-2001）の著書、『シェイクスピアはわれらの同時代人』（*Shakespeare Our Contemporary,* 1964）の影響を強く受け、極めて悲観的で救いのない暗い世界を映像化した（Hindle 47）。

ヤン・コットといえば、もう一人強く彼に影響を受けた映画がある。1971年のポランスキー（Roman Polanski, 1933-）による英米合作映画、『マクベス』である。この作品には、原作では約束されるはずの、マクベス討伐後のスコットランドにおける秩序回復は望めない。原作では端役にすぎないロスのあざとく計算高い立ち回りや、最後の最後にドナルベインらしき男が魔女の住まいを訪れるショットに、このあと、再び裏切りや陰惨な争いが続くであろうことが暗示されている。すでに、この映画では世界そのものが病んでいて、魔女やマクベスの悪が問題なのではない。

ところで、この作品では原作では舞台上で演じられない残酷シーン——マクドナルドの処刑、ダンカンの暗殺シーン、マルカム家の女たちのレイプシーンと惨殺など——がすべて映像化されていることも特徴的である。ポランスキー自身の忌まわしい過去の記憶、すなわち、幼い時の故郷ポーランドにおけるナチスの残虐な行為、そして妊娠中の妻シャロン・テート（Sharon Marie Tate, 1943-69）が狂信的なカルト信者に殺害された1969年のおぞましい事件が、『マクベス』の殺戮シーンをリアルに映画化する決意となったようだ（Rosenthal 107）。マクベスを演じるのはジョン・フィンチ（Jon Finch, 1942-2012）、マクベス夫人はフランチェスカ・アニス（Francesca Annis, 1945-）であった。アニスは25歳の若さで、美しく無垢な少女のような印象があるが、内面に潜む残酷さと野心は醜いことこの上ない。すべて見せかけの「きれいは、汚い」世界なのだ。この映画は、アニスのヌード・シーンがあるため、成人向けの指定映画として公開されたが、却ってこのシーン

が評判となった。

5. シェイクスピア映画不毛時代──1973年-1988年

　1973年から16年間は、ハリウッドにおいても世界においてもシェイクスピア映画不毛の時代となる。この時期、世界の映画市場は、興業的に成功間違いなしの大衆受けする監督、ジョージ・ルーカス（George Walton Lucas, Jr., 1944-）とスティーブン・スピルバーグ（Steven Allan Spielberg, 1946-）が席巻していた。ルーカスは『アメリカン・グラフィティ』（*American Graffiti,* 1973）、『スター・ウォーズ』（*Star Wars,* 1977）シリーズ、そしてスピルバーグは『ジョーズ』（*Jaws,* 1975）、『未知との遭遇』（*Close Encounters of the Third Kind,* 1977）、『E.T.』（*E.T. the Extra-Terrestrial,* 1982）など、次々とヒットを飛ばしていた。主要なシェイクスピア映画は、デレク・ジャーマン（Derek Jarman, 1942-94）によるイギリス映画『テンペスト』（1979）と黒澤による『リア王』の翻案、『乱』（1985）のみであった。家庭では、テレビの次に、ホームビデオが浸透し始め、地味なシェイクスピア映画を観るために、わざわざ映画館に足を運ぶという観客は少なくなってしまった。

　しかし、テレビ作品として、BBC製作の『BBCシェイクスピア劇場』（*BBC Television Shakespeare,* 1978-85）が、このシェイクスピア映画不毛時代に着手され、高視聴率で放送されることとなった。これは、『ロミオとジュリエット』に始まり、『タイタス・アンドロニカス』で終わるシェイクスピア全作品37本を、テレビ用アダプテーションとして製作したもので、BBCプロデューサーのセドリック・メッシーナ（Cedric Messina, 1920-1993）の発案で、アメリカの大手企業3社の投資部門による資金協力のもと、7つのシリーズに分けて放送された。シリーズ2まではメッシーナがプロデューサーであったが、シリーズ3と4はジョナサン・ミラー（Jonathan Miller, 1934-）、シリーズ5から7はショーン・サットン（Shaun Sutton, 1919-2004）がプロデュースした。それぞれのプロデューサーの個性はあるものの、なるべくシェイクスピアのオリジナルを損ねない台詞に加え、当時のままの衣装やセットを心がけ、オーソドックスな出来となっているため、シェイクスピアを学ぶ世界中の教育機関にとっては最適のシリーズであった。実際、『BBCシェイクス

図6　『ヘンリー五世』（1989 年）

ピア全集』として売り出したところ、丁度、学校教育の現場にもビデオ再生機が備えられる時代となり、このビデオの売り上げは好調であった。また、舞台上演や映画化がほとんど行われない作品もすべて映像化したという点で、その功績は大きい。[5]

6. ブラナーの時代──1989 年 -1999 年

　シェイクスピア不毛時代は、ケネス・ブラナー（Sir Kenneth Branagh, 1960-）の映画界登場によって、劇的に終わる。ブラナーのイギリス映画『ヘンリー五世』（1989）は、劇場チケットの売り上げが大きく黒字を出す快挙を達成した(図6)。それ以前は、ゼフィレッリのような例外もあったものの、シェイクスピア映画はアート・シアターに集まるエリート観客層が主なターゲットであったが（Crowl, *Shakespeare at the Cineplex* 12）、『ヘンリー五世』の興行収入のお蔭で、シェイクスピア映画が一般受けする主流映画のカテゴ

リーに堂々と進出し、以後 10 年間の驚くべき盛況に火をつけることとなった。その背景には、アメリカ社会に複合映画施設が作られ始め、一カ所で好きな映画を選べるために、テレビにそろそろ飽きてきた観客が再び映画館に足を運ぶようになったという事実がある。この文化はすぐにイギリスにも伝播する。サッチャー政権による新自由主義の経済効果もあり、映画という大衆文化に多くの人々が引き寄せられ、コッポラ（Francis Ford Coppola, 1939-）やスコセッシ（Martin Scorsese, 1942-）のような創造的映画製作者の作品を楽しむようになる。同時に、より芸術的に洗練された映画の需要も増していったのである（Hindle 52）。このタイミングで、ブラナーはオリヴィエ以来の傑作『ヘンリー五世』を、一般受けする主流映画でありながら、芸術的にも質の高い作品に仕上げて世に出した。

　ブラナーはアイルランド、ベルファストの労働者階級の出身で、学生のころから演劇に興味を持ち、RADA（王立演劇学校）卒業ののち、RSC を経て、自ら劇団「ルネサンス・シアター・カンパニー」（RTC）を立ち上げた。この間、シェイクスピア劇の舞台に数々出演し、テレビでも活躍する。『ヘンリー五世』は、1984 年のエイドリアン・ノーブル（Adrian Noble, 1950-）監督による RSC での舞台経験をもとに、ブラナーが映画化を思い立ち、自ら監督・脚本・主演を引き受け、大衆に受け入れられるシェイクスピア映画として製作したものである。キャストはフランス王にポール・スコフィールド（Paul Scofield, 1922-2008）、フルーエリンにイアン・ホルム、クイックリーにジュディ・デンチ、フランス王女にエマ・トンプソン（Emma Thompson, 1959-）など、一流の実力俳優を配し、それぞれをクローズ・アップで捉え、ひとりひとりに観客がぐっと近づくことができるような印象を与えた。また、デレク・ジャコビ（Sir Derek George Jacobi, 1938-）が冒頭にコーラス役として登場し、現代の洋服姿のまま、ライトや小道具、カメラなどが置かれている楽屋で語り始める。つまり、あえてオリヴィエの『ヘンリィ五世』の手法を占有し、ブラナーはこの映画の虚構性をメタシネマとして提示しているのである。一方、オリヴィエを意図的に逆転させた場面もある。オリヴィエの「アジンコートの戦い」は、晴天の下、兵士たちの勇猛で輝かしい勝利を鮮やかに映し出すが、ブラナーの戦場は常に太陽は隠れ、兵士は流血と汚泥で疲弊する姿がリアルに捉えられている。かつてオリヴィエの『ヘンリィ五世』が実際の英軍の士気高揚のため作られたことは述べたが、ブラナーの場

合は観客に戦争の犠牲と損失を問うかのようである。フォークランド紛争から7年たったイギリス人の戦争に対する複雑な思いは、この戦いシーンに現実の影を落としているとも言える（Rosenthal 64）。

『ヘンリー五世』の成功後、再びブラナーは過去の舞台の経験——1988年のジュディ・デンチ演出の『から騒ぎ』でベネディックを演じる——を元に、ゼフィレッリの『ロミオとジュリエット』に次ぐ興行収入をもたらした大ヒット作、『から騒ぎ』（1993）の監督・脚本・主演・製作を担当する。ブラナーは冒頭から、夏のトスカナ地方の美しい丘陵地と、遠くから凱旋してくる勇士たち、歓声を上げながら出迎えの身支度を慌ただしく始める女性たちを躍動的に画面に映し出す。イタリアのロケをふんだんに取り入れるゼフィレッリの影響は否定できないが、実は大衆にアピールするため、英米の映画界の大物スターを登用している点もゼフィレッリを踏襲しているだろう（Babiak 141-42）。ちなみに、『ヘンリー五世』同様、ベネディックの相手役として、すでにブラナーの妻となり『ハワーズ・エンド』（*Howards End,* 1992）でアカデミー主演女優賞受賞、『日の名残り』（*The Remains of the Day,* 1993）と『父の祈りを』（*In the Name of the Father,* 1993）でアカデミー賞にノミネートされるなど、国際的女優として注目されるようになったエマ・トンプソンを配した。

また、ブラナーは、シェイクスピア喜劇の円熟期に書かれたこの作品の幸福感をイタリアの開放的なロケの中で陽気に描いている一方、ジェンダーにおける問題性にも視線を投げかけている。すなわち、喜劇の中で最も悲劇的なシーンであるヒーローの結婚式で、男性の暴力性が垣間見えるのだ。シェイクスピア批評においてもセクシュアリティの問題が盛んに論じられた90年代において、ブラナーは女性の視点から「コミュニティに潜在するミソジニー（＝女性に対する嫌悪や蔑視）」を敢えて露呈させ（Buchanan 204）、どんでん返しの後、女性主導のハッピー・エンドにしたという点で、時代の感覚を共有しつつ、意識的な演出を目論んでいたのである。

ブラナーの『から騒ぎ』の成功は、映画史上、かつてないほどのシェイクスピア・ブームへとつながった。翌年の1990年には、『ロミオとジュリエット』以来、沈黙していたゼフィレッリが久しぶりにシェイクスピア作品を手掛ける。『ハムレット』である。主演は『マッドマックス』（*Mad Max,* 1979）や『リーサル・ウェポン』（*Lethal Weapon,* 1987）シリーズで活躍しているハリ

ウッドのアクション・スター、メル・ギブソン（Mel Gibson, 1956-）。ガートルードにはグレン・クローズ（Glenn Close, 1947-）、オフィーリアにヘレナ・ボナム＝カーター（Helena Bonham Carter, 1966-）、父の亡霊にポール・スコフィールド、ポローニアスにはイアン・ホルムといった豪華メンバーを当てた。ショッピング・モールの複合映画施設では、ハリウッドのヒット映画が高収益を上げる時代であったが、ゼフィレッリの『ハムレット』はそれらと競い、2000万ドル以上の売り上げとなって面目を保った（Rothwell 131-32; Rosenthal 41）。また、監督の試みとして、原作にない父の葬儀の場面を冒頭に入れ、長い台詞を大幅にカットし、優柔不断で繊細な若者を描く代わりに、城内を忙しく動き回り、人々を自ら進んで監視し、カウボーイのように馬で遠出をする上、宮廷内の試合では細身の剣ではなく幅広の重い剣を思いきりよく振り回す、まさに行動的タフガイのハムレットを描いた。しかし、この改変がコミック版のような『ハムレット』を作り出したという批判もある（Rosenthal 42）。

ゼフィレッリはさらに、中世の面影の濃いスコットランドのダノッター城、ブラックネス城、ケント州のドーバー城をロケ地に使い、オリヴィエとは逆に広々とした戸外の風景をも取り入れた。しかし、一方、オリヴィエを忠実に踏襲する部分もある。ゼフィレッリは、ガートルードとハムレットのエディプス的な関係をさらに強調し、クローゼット・シーンでは、ベッドの上に倒されたガートルードと母親に馬乗りになるハムレットの顔が、クローズ・アップとショット＝切り替えしショットで執拗に映され、あたかも二人のセックス・シーンのような濃密な緊張感を与えている。このシーンで感情の抑制の利かなくなったハムレットを、ガートルードは抱きしめ唇にキスするのだが、母と息子の絆はこのあと強化されていき、無言のアイ・コンタクトを交わすようになる。息子の恋人のような無邪気な母は、最期に盃の毒を飲んではじめて夫の邪悪な計画に気づくのだが、愛する母の遺体の胸に顔をうずめたとき、ハムレットの復讐の決意は決定的となる。

ここで、再びブラナーに戻ろう。『から騒ぎ』の興行的成功による大きな利益は、次の大作『ハムレット』（1996）への意欲と資金を生み出した。この映画は、『ハムレット』の映画化における「新しいパラダイム」を打ち立てた（Crowl, *Shakespear's Hamlet* 117）。まず、それまでこの劇の長い芝居の脚本は、必ずカットを余儀なくされたが、ブラナーはほとんどノーカット

の原文どおり、全編4時間余りに渡る70ミリの超大作映画に仕上げた。また、時代を19世紀末に移し、エルシノア城の外観のロケは雪のブレナム宮殿を選ぶ。宮廷内はスタジオセットで、鏡の壁面と白黒のタイル張りの床、吹き抜けの階下全体を見下ろすバルコニーの回廊がある大掛かりな宮殿広間を作成し、クローディアスとガートルードの結婚披露のショットを絢爛豪華なものにした。また、オリヴィエやゼフィレッリが省いてしまったフォーティンブラスの存在をはじめから強調し、帝国はいつ侵略されてもおかしくない脅威と緊張感に包まれていることを示す政治劇にしている。ガートルード役を『ドクトル・ジバゴ』（*Doctor Zhivago,* 1965）でラーラを演じたジュリー・クリスティ（Julie Frances Christie, 1941-）、旅回りの劇団の座長を『ベン・ハー』（*Ben-Hur,* 1959）のチャールトン・ヘストン（Charlton Heston, 1923-2008）に演じさせていることから、長編叙事詩の様相を呈していることも暗示されている。さらに、多くのハリウッドの大物スターを脇役の、しかもわずかの出番しかない役に当てていることも特徴的である。例えば、オズリック役にロビン・ウィリアムズ（Robin Williams, 1951-2014）、マーセラス役にジャック・レモン（Jack Lemmon, 1925-2001）、墓堀人にビリー・クリスタル（Billy Crystal, 1948-）、旅芸人の語る台詞の中のプライアムにジョン・ギールグッド、同じくヘキュバにジュディ・デンチ、といった具合である。オリヴィエの『ハムレット』のように一人の視点からではなく、観客は多くの人物の複雑な視点からこの劇を眺めざるを得ない。

　この映画はまた、劇の内外のアイデンティティの問題についても考えさせられる。第4独白を述べるハムレットは、じっと広間の鏡に映る自分の姿をみつめているのだが、そのマジック・ミラーの向こう側にはクローディアスとポローニアスが様子をうかがっている。金髪のヘアスタイルと軍服姿のクローディアスは、まるでハムレットの鏡像のようである。デレク・ジャコビの演じるクローディアスは、ハムレット以上に逡巡して悩ましい人物に造形されているが、二人はお互いに分身とも言えよう。ブラナーはかつて、ジャコビの演出でハムレットを演じたことがあるが（1988）、ハムレット役はジャコビの得意とする役でもある。BBCのテレビ版『ハムレット』（1980）だけでなく、舞台でも何度もハムレット演じていたことを知る観客にとって、役者としても二人は分身と映る。また、この金髪のハムレット／クローディアスはオリヴィエの演じたハムレットにも通じる。まだ無名のころのジャコビ

をロンドンのナショナル・シアターに呼び寄せたのは、ほかでもないオリヴィエであった。オリヴィエ、ジャコビ、ブラナーと3代わたるハムレットが、この鏡像の奥に見え隠れするのだ。

　また、テクストでは台詞が少なく控え目なキャラクターであるオフィーリアは、ケイト・ウィンスレット（Kate Winslet, 1975-）の好演によって強烈な印象を与えている。父にハムレットに近づかないよう諭されるときのフラッシュバックでは、ハムレットとのベッド・シーンが映し出され、二人がすでに深い関係にあったことが暗示されている。狂ってから防護服を着せられ、水をかけられながらも口の中に牢の鍵を隠して抵抗するオフィーリアには、家父長制に対する鬼気迫る異議申し立てが表象されている。どのキャラクターにも人生があり、それぞれをそれぞれの視点から丹念に描くことで、この作品は複眼的な人生ドラマを内包する叙事詩となっているとも言える。最後にハムレットはフォーティンブラスに国家を託して果てるのだが、雪の中に立つ父王ハムレットの像が、攻めてきたフォーティンブラス軍によって破壊される映像から、観客は崩壊の歴史をたどるロマノフ王朝の最後を見るような印象すら覚えるのである。ブラナーの『ハムレット』はキャストもセットも衣装もすべて豪華な作品である。興業的には限られた劇場でしか公開されなかったこと、また、時間が長すぎることなどから、赤字を免れない結果となったが、アカデミー賞はじめ数々の賞にノミネートされた名作であることも紛れのない事実である。

　ブラナーに刺激されたことで、1990年代はシェイクスピア映画が様々な監督によって精力的に生み出されたことは述べたが、特に95年と96年は映画界における空前絶後のシェイクスピア・ブーム期となった。そのひとつが、オリヴァー・パーカー（Oliver Parker, 1960-）監督の『オセロ』（1995）である。主演はアフリカ系アメリカ人のローレンス・フィッシュバーン（Laurence Fishburne, 1961-）、イアーゴー役はケネス・ブラナーが演じた。パーカーはオセローの台詞を大幅にカットし、その分、オセローの表情や目線、苦悶の呻きをタイト・ショットで丹念に追いながら、主人公がイアーゴーの餌食となっていく内的プロセスをヴィジュアルに提示した。一方、ブラナーは映画評論家からも絶賛されるマキアヴェリアンを巧みに演じて観客を惹き付けた。撮影では、イアーゴーが多くの独白をカメラに向かって直接語りかけ、悪魔のような手の内を観客と共有し、共犯的な錯覚を与えるという洗練され

たカメラ・ワークが取り入れられた。また、オセロー夫婦のエロティックな夜のショットのみならず、デズデモーナとキャシオーが絡み合う想像上のベッド・シーンを、オセローの嫉妬の脳裏に浮かぶままフラッシュバックのように挟み込み、この作品に潜む人種とセクシュアリティの屈折した様相をリアルに映像化した。

　同じ95年、イアン・マッケラン主演・脚本、リチャード・ロンクレイン（Richard Loncraine, 1946-）監督・脚本による『リチャード三世』がリリースされた。ロンドンのナショナル・シアターでマッケランが主演した1990年の高評価の舞台を、映画のみならずテレビやCM界でその名を知られたロンクレインに演出を依頼し、映画用に翻案した作品である。時代は1930年代のイギリスという設定で、ファシスト・リチャードの野心を、古典的ギャング映画のようなタッチで描いていく（Loehlin 73）。しかし、ロンクレインは意外なことに、リチャードの野心の動機は「ナショナリズム、人種イデオロギー、軍事産業の複合体にではなく、母の愛の欠如」にあると解釈している（Loehlin 74）。マギー・スミス（Maggie Smith, 1934-）演じるヨーク伯爵夫人の憎悪に満ちた態度や言葉でリチャードが幼いころから傷つき、それが彼の残酷性や性格的破綻の根底にあることが、戦いの前夜、リチャードがうなされる悪夢の中で聞こえてくる母の声で示される。終盤、バタシー発電所の頂上から炎の中に落下するという「ボズワースの戦い」シーンは、リチャードの、上り詰めて落下する人生を表象すると同時に、悪魔の地獄落ちという中世以来の図像そのものの、ドラマティックな最後となっている。

　続けて96年には、トレヴァー・ナン（Trevor Nunn, 1940-）による『十二夜』がリリースされる。96年はブラナーの『ハムレット』に続き、時代を19世紀末から20世紀に設定した劇場用の翻案映画が4本作られた年であるが、そのうちの一つ『十二夜』は19世紀末に時を移し、コーンウォールにある海岸や邸宅をロケ地に選び、シェイクスピア最後のロマンティック・コメディを味わい深い喜劇に仕上げた作品である。ナンはRSCやNT（ロイヤル・ナショナル・シアター）の芸術監督を務め、ブロードウェイやウェスト・エンドの数々の舞台のほか、テレビ作品をも手掛け、さらに、『キャッツ』（*Cats*, 1981）や英語版『レ・ミゼラブル』（*Les Misérables*, 1985）など世界中でヒットしたミュージカルの監督としても知られている。ヒロインのヴァイオラ（＝シザーリオ）を演じたのは、ナンの当時の妻でありRSCのベテラン女優、

図7 『ロミオ＋ジュリエット』（1996 年）

イモジェン・スタッブス（Imogen Stubbs, 1961-）であったが、付け髭や胸
に布を巻いた体型作りに加え、歩き方、声の出し方、フェンシングの練習な
ど、男性として通用するための努力を描いたことが、舞台にないヴァイオラ
の魅力とリアリティを映し出している。ナンがシェイクスピア作品の中でも
最も愛する『十二夜』を映画化するにあたって、美しいコーンウォールの秋
の風景の中に、陽気な祝祭のムードと同時に祭りの終焉を予感させるペーソ
スをカメラでとらえたのは見事であった。一方、冒頭にテクストにはない場
面——難破する直前の船の客室で余興のため変装して歌う双子の兄妹の姿、
ヴァイオラたちの漂着直後にイリリアとメサリーンの不和を説明する場面
——は映画用に挿入したものだが、少々説明的すぎる感がある。マルヴォー
リオはナイジェル・ホーソーン（Nigel Hawthorne, 1921-2001）、フェステは
ベン・キングズレー（Ben Kingsley, 1943-）、マライアはイメルダ・ストーン
トン（Imelda Staunton, 1856-）など、オリヴィア役のヘレナ・ボナム＝カー
ター以外、すべて RSC 出身のベテランが演じ、ナンがハリウッド的な大衆
趣味に傾かなかったことが窺える作品である（Crowl, *Shakespeare and Film*
90）。最後にマルヴォーリオ、フェステ、アントーニオらが屋敷を出ていく
姿に、この後、永遠に祝祭と喜劇は戻ってこない現実の厳しさが暗示されて

いる作品でもある。

　同じ 96 年、今までにない斬新な話題作『ロミオ＋ジュリエット』（*William Shakespeare's Romeo + Juliet*）がリリースされた（図7）。この映画は、カナダとアメリカで公開最初の週で興業売上げ１位の快挙をなしとげた。監督はバズ・ラーマン（Baz Luhrmann, 1962-）。オーストラリア出身の若手の映画監督で、『ダンシング・ヒーロー』（*Strictly Ballroom,* 1992）でデビュー後、２作目の映画であった。斬新さのひとつは、MTV が爆発的人気を集めていた 90 年代にティーンエイジャーにアピールするようなスピーディーで現代的な『ロミオとジュリエット』を作り出した点にある。主演に、この直後に『タイタニック』（*Titanic,* 1997）でブレイクするレオナルド・デカプリオ（Leonardo DiCaprio, 1974-）と当時 16 歳のクレア・デインズ（Claire Danes, 1979-）を起用。原テクストの大幅なカットはあるものの、ふたりはシェイクスピアの言葉どおりの台詞を北米の若者が語る日常の発音で語り、それが逆に多くの若いファンの心をつかんだ。場所は 1990 年代のヴェローナ市——メキシコ・シティで撮影した架空の都市である。キャピュレットとモンタギュー家はマフィアの闘争をくりかえす敵同士で、映画の前半ではクリント・イーストウッド（Clint Eastwood, 1930-）やジョン・ウー（John Woo, 1946-）のアクション映画を見馴れた観客にはおなじみのカーチェイスや銃撃戦が繰り広げられる。カメラ・ワークは MTV 特有のジップ・パン、超クローズ・アップ、高速ズームなどを多用し、めまぐるしく一気に場面が移り変わる。キャピュレット家の舞踏会は狂った仮装パーティーに置き換えられ、山場はハロルド・ペリノー（Harold Perrineau Jr, 1963-）演じる黒人のマキューシオが、大胆な女装姿で 70 年代を代表するディスコ・ミュージック——*Young Hearts Run Free*——に合わせ、階段から踊りながら登場する場面である。一方、この狂騒の中、ドラッグの効き目を覚まそうと、洗面所で顔を洗ったロミオがふと近くの熱帯魚の水槽に気づいたとき、時は止まり、雑音は消える。バラード曲「キッシング・ユー」をバックに、青や黄色の魚と水を挟んで、ジュリエットとロミオがここではじめて見つめ合うのだ。このシーンはゆっくりしたテンポで、クローズ・アップのショット＝切り替えしショットで始まる。ラーマンは緩急を巧みに使い分け、400 年以上前のラブ・ストーリーに、現代の雑多な大衆文化——銃、改造車、ドラッグ、同性愛、ディスコ音楽、マフィアの闘争、看板、ネオン、高層ビル、警察権力、マスコミ——を取り入れ、

暴力や狂気の中で育まれる、騎士と天使のような（仮装舞踏会では実際にこの姿に扮装）純愛を提示した。

　この街には巨大なキリスト像とカトリック教会がある。映画タイトルに「＋」があるのも、十字架のイメージが付きまとうことと無関係ではない。ジュリエットが眠る教会の聖堂にはたくさんの蝋燭とネオンで光る十字架が並んでいる。この映画では、毒をあおったロミオの死の直前、目覚めたジュリエットと一瞬、見つめ合うという強烈なアイロニーがある。また、映画自体がテレビの司会者によって語られる悲劇的ニュースで始まり、最後もテレビ画面に事件が収斂されるのだが、このメタシネマの世界は、ヴェローナ・ビーチ近くの廃墟の舞台にも表象されている。ここでティボルトに刺されたマキューシオが、最後の力を振り絞り、壮絶なコメディを演じ、すべてを呪って本当に死ぬのだが、大きな額縁アーチの向こうには、本物の嵐の空と海の不穏なうねりが迫っている。ラーマンは、ここに荒廃する現代社会をメタシアトリカルに示しているかのようだ。

　96年はもう一つ、現代に場を移しかえたシェイクスピア映画がある。エイドリアン・ノーブルの『夏の夜の夢』である。ノーブルはRSCの芸術監督として、1994年に『夏の夜の夢』を舞台で上演し、しかも再演されるほどの高い評価を得たが、この舞台を映画化したのがこの作品である。映画は現代の男の子が眠っている寝室から始まり、少年が見ている夢の世界という枠組みで始まる。天井から吊り下げた数々の電球、カラフルな雨傘、妖精が中に入ったシャボン玉、空を飛ぶボトムのバイクなど卑近な道具が幻想的な世界を作り出している。しかし、低予算と限られた撮影時間で、スタジオだけで撮影されたこの作品は、舞台ほどの評価を得られなかったのも事実である。

　一方、1999年、アメリカでもマイケル・ホフマン（Michael Hoffman, 1956-）監督・脚本の『真夏の夜の夢』が、舞台上演ののち、映画化された。こちらは19世紀末のトスカナ地方にあるモンテ・アテナという架空の都市に舞台を移し、タイテーニアにミシェル・ファイファー（Michelle Pfeiffer, 1960-）、ヒポリタにソフィー・マルソー（Sophie Marceau, 1966-）、ヘレナにキャリスタ・フロックハート（Calista Flockhart, 1964-）、パックにスタンリー・トゥッチ（Stanley Tucci, 1960-）など、テレビや映画ですでによく知られた人気のキャストを配した。また、ホフマンはシェイクスピアのテクス

トにないボトムの人生を付け加え、口うるさくがさつな妻に悩まされながら紳士に憧れ、カンカン帽とスーツ姿で気取って歩く男の悲哀を描いた。タイテーニアやヒポリタの美しさは申し分ないが、ローマの大きなスタジオを使った森のシーンは、シェイクスピアの想像力を十分映像化することができていないという評価もある（Crowl, *Shakespeare and Film* 88）。

　20世紀の終わりに、もう一つ作られた実験的なシェイクスピア映画がある。1999年のジュリー・テイモア（Julie Taymor, 1952-）監督によるアメリカ映画『タイタス』（*Titus*）である。テイモアはディズニーの『ライオンキング』（*The Lion King*, 1994）を1997年にニューヨークの舞台でミュージカルに仕立て、大当たりさせた舞台演出家でもある。『タイタス・アンドロニカス』は、『BBCシェイクスピア全集』におけるテレビ用のアダプテーション（1985）以外で、これが初めての映画版であった。主演はアンソニー・ホプキンズ（Anthony Hopkins, 1937-）、タモラ役はジェシカ・ラング（Jessica Lange,1949-）が演じている。テイモアは、タイタスの孫である男の子が1950年代風のキッチンで人形の戦争ごっこをしているとき、いきなり時空を超えてローマの円形競技場に連れてこられるという導入場面を入れた。時代も建物も古代ローマとムッソリーニのイタリアが混在し、スタイリッシュで象徴的な世界を作り上げている。残酷で救いのないシェイクスピアの原作を、テイモアは最後にアーロンの赤ん坊をタイタスの孫息子が抱いて救い出す、という演出に変え、希望と救いの余韻を残した。興業的には散々だったが、批評家によっては高い評価を与えられた作品であった。

7. 2000年以降

　1995年、96年が過去にないほどシェイクスピアが映画に登場した時期であったことはすでに述べたが、ラーマンやこの後に続いたロンクレイン、テイモアの作品には20世紀末とはいえ、すでに21世紀のシェイクスピア映画の兆候が表れている（Babiak 151-54）。すなわち、共通して映画の中の時代が近い過去、および現代に移され、ポスト・モダンの文化、社会、政治、問題性がシェイクスピア作品を借りて表象されているからである。特に、バズ・ラーマンの『ロミオ＋ジュリエット』以降、世紀末からミレニアムにかけて

現代の北米の若者に絞ってシェイクスピア映画が翻案化される傾向が見られるようになる。例えば、1999 年のジル・ジュンガー（Gil Junger, 1954-）監督の『恋のからさわぎ』（*Ten Things I Hate about You*）は、『じゃじゃ馬ならし』の翻案で、アメリカの学園ドラマに書き換えられている。また、ティム・ブレーク・ネルソン（Tim Blake Nelson, 1964-）による『O』（*O*, 2001）は『オセロー』の翻案で、バスケット・ボールのアメリカ名門高校で黒人のスター選手・オーディンが、その才能と人気のためにチームの白人メンバーであるヒューゴーに妬まれ、やがて悲劇的な事件になるという物語になっている。この作品は1999 年にはリリースの予定であったが、同じ年にコロラド州で起こったコロンバイン高校での衝撃的な銃殺事件のため、2 年間公開を自粛していた映画でもある。また、ビリー・モリセット（Billy Morrissette, 1962-）監督の自主映画『スコットランド，PA』（*Scotland, PA*, 2001）は、70 年代半ばのペンシルヴェニア州を舞台に、ファスト・フード・レストランの主人を殺害する従業員マックとその妻パットの物語となっているが、これは『マクベス』のブラック・コメディでもある。

　これら現代にアダプトされた一連のシェイクスピア作品の中にマイケル・アルメレイダ（Michael Almereyda, 1959-）監督の『ハムレット』（2000）がある。場所はニューヨークのマンハッタン。ミラーのように反射するメタリックなガラス窓に覆われた高層ビル群の中に、デンマーク・コーポレーションの経営するエルシノア・ホテルがある。CEO は、亡くなった兄と交代したばかりのクローディアス。再婚した妻のガートルードとともに、華やかな笑顔で記者会見をする様子が画面に映る。映像学を学ぶため留学していた息子のハムレットは、取材のマスコミ関係者の間を動きながら、その様子を冷ややかにハンディ・カメラに収めている。2000 年の都会に住むハムレットの周りはテクノロジーに囲まれている――ファックス、留守電、パソコン、監視カメラ、ポラロイドカメラ、ムービーカメラ、盗聴器、ビデオ、モニターなど。スクリーンに映る景色は高層ビルとその合間に見えるわずかな空。つまり、ハムレットの感じる牢獄は、まさにこのテクノロジーに支配された現代都市そのものなのである。アルメレイダの『ハムレット』には、現代家族の脆弱性も表れている。父の亡霊は、息子と懐かしく抱擁し合う実体はあるが、孤独な影を引きずり、家父長的な威厳はない。ガートルードは義弟との愛欲に溺れ、有頂天になって再婚したが、ハムレットになじられるとひどく

落ち込み、息子との距離がうまく保てない。オフィーリアは過干渉の父に逆らえず、恋人・ハムレットとの板挟みではじめから発狂寸前の抑うつ状態である——彼女もまたテクノロジーの世界に封じ込められ、手渡す花はポラロイドカメラで写した写真の花、そして身を投げるのはホテル内の小さな人工池である。どの人間も無機質の冷たい人工の世界に囲まれて孤独であり、見せかけの家族は崩壊寸前である。

　この映画を、アルメレイダは低予算、短期間で仕上げる計画で、スーパー16ミリのフィルムで撮影し、時間も2時間を切る長さに収めている（Crowl, *Shakespeare and Film* 93）。低予算の割にキャスティングは一流俳優を揃え、ハムレットにイーサン・ホーク（Ethan Hawke, 1970-）、ガートルードは『ロミオ＋ジュリエット』でキャプレット夫人を演じたダイアン・ヴェノーラ（Diane Venora, 1952-）、オフィーリアは『恋のからさわぎ』、『O』に続き連続ヒロインのジュリア・スタイルズ（Julia Stiles, 1981-）を当てた。また、ポローニアスは道化にふさわしくビル・マーレイ（Bill Murray, 1950）、亡霊は大物劇作家として知られるサム・シェパード（Sam Shepard, 1943-2017）を配した。台詞はシェイクスピアの原文を大きくカットするものの、ルネッサンス期の原文そのままを温存した点が、やはり不自然であるとの批判もある（Rosenthal 49）。しかし、紛れもなく、ポスト・モダンのシェイクスピアを代表する、ミレニアムにふさわしい映画であることも事実である。

　2000年はケネス・ブラナーのシェイクスピア4作目の映画『恋の骨折り損』もリリースされた年であった。シェイクスピア作品の中では初めて映画化された喜劇であるが、時代を1939年に設定したミュージカルに翻案している。しかし、結論から言うと、この作品は大失敗であった。シェイクスピアの台詞がほとんど歌と踊りに替わり、大金をかけて作った割に作品の認知度も低かったので、興業的に大赤字になり、内容的にも観客や批評家を落胆させてしまったのだ。21世紀のシェイクスピア映画は、このあと数がめっきり減ってしまう。思えばシェイクスピア映画の繁栄期は、現実の世界においてもひとときの平和な時期であった。1989年のベルリンの壁崩壊から2001年のペンタゴンと世界貿易センターの襲撃というテロ事件まで、かろうじて世界は穏やかな時代を過ごしていたとも言える（Crowl, *Shakespeare and Film* 96-97）。しかし、2001年の惨事は以後、世界にテロの脅威と混迷をもたらすきっかけとなる大事件であった。世紀が変わり、映画も新たな道を模

索する時代に入ったとも言えよう。

　すでに1990年代半ばから、ロンクレイン、ラーマン、テイモア、アルメレイダにその兆候が表れていたが、シェイクスピア映画はブラナーの『ハムレット』を境に主流の映画と一線を画し、原作を新たなコンテクストに移し替え、必ずしもビッグ・スクリーンを目指すのでなく、それぞれの製作予算の中で独自の表現と芸術性を追求するようになる。映画理論全体においても、原作との比較でなくアダプテーション自体の独自性が認められるようになると、元のテクストに忠実であるかどうかは、映画の価値を決める第一の基準ではなくなってくるのだ（Hutcheon 6-7）。

　こうして、シェイクスピア映画は複合映画施設で上映される作品がめっきりと減少するのだが、2010年までの間で唯一の例外は、マイケル・ラドフォード（Michael Radford, 1946- ）監督によるイギリス・イタリア・ルクセンブルグ合作映画『ヴェニスの商人』（2004）であろう。この作品が劇場映画として上映されるのは、1910年のジェロラモ・ロ・サヴィオによるサイレント映画以来である。日本でも人気のある『ヴェニスの商人』がこれほど長い間、映画化されなかったのは、この劇が「人種、宗教、商業、正義という矛盾する問題を挑発的に提示するうえ、そこにシェイクスピア喜劇の愛と喜劇的要素を挟み込む」厄介な劇であるからだろう（Hindle 65）。ラドフォードは、まず、シェイクスピア時代の常識に反し、真っ向からシャイロックを悲劇的人物であり主人公であると解釈し、アル・パチーノ（Al Pacino, 1940- ）がその意図通りの秀逸な演技を披露している。映像もまた、問題を含む要素を視覚的に象徴する。この劇のふたつの世界——ヴェニスとベルモント——はクロス・カットで対照的に捉えられ、ヴェニスは運河や古い町並みのロケを使った青く暗いトーンで示し、ベルモントはデジタル合成のおとぎの島を明るい鮮やかなイメージで映し出している。原作にはない冒頭のヴェニスの街のモンタージュでは、胸をあらわにした娼婦たち、ユダヤ人に対するヴェニス市民の侮辱と嘲笑のショットを提示し、性や人種におけるタブーをあえて前面に押し出した。タブーと言えば、ジェレミー・アイアンズ（Jeremy Irons, 1948- ）演ずるアントーニオはジョセフ・ファインズ（Joseph Fiennes, 1970- ）のバッサーニオに対し、抑圧した同性への情念を折々に覗かせる。人肉を切り取るという生々しい契約は、シャイロックが町で買うヤギの肉（「犠牲のヤギ」を暗示）とそれを量る天秤のシーンに表象されている。

この映画では、最後に原作にないシーンとして、シャイロックがシナゴーグから締め出されてドアがしまるショットと、ジェシカがベルモントの岸辺で悲しげに自分の指にはめた指輪（原作では猿と交換してしまう母の形見）を見つめて佇むショットがある。幸福なカップルを憂うつに眺めるアントーニオの視線とともに、この問題劇が孕む暗い要素を可視化した演出であった。

　主流映画ではなく、興業成績も振るわなかったが、2006年、イタリアとギリシャ（イギリスは2007年）でケネス・ブラナーの5作目のシェイクスピア映画『お気に召すまま』（監督・脚本・製作）がリリースされる。今回は、19世紀末の日本を舞台に設定し、俳優は東洋系、アフリカ系を含め様々な人種を登用したエキゾチックなシェイクスピア映画を製作した。冒頭は歌舞伎を楽しんでいる老公爵と娘、従妹、側近がフレデリックの忍者に襲われ、公爵の座を追われるというアクション映画さながらの展開で始まる。一方、主人公たちが逃げ延びるアーデンの森は、戸外のロケ（ウェイクハースト・プレイス、ヴァージニア・ウォーター）を用いてパストラルの長閑な世界を映像化した。残念ながら、日本をイメージした服装や歌舞伎、相撲、忍者などは、架空の国を設定しているとはいえ奇妙でリアリティに欠け、違和感を覚えざるを得ない。また、最後にロザリンドが撮影を終えてスタッフの間を歩きながらエピローグを述べ、俳優用のトレーラーに入るというアイディアは、『ヘンリー五世』のデレク・ジャコビによるコーラスに似てメタシアトリカルな構造だが、シェイクスピアのロザリンドが持つ、少年俳優演じるロザリンド演じるギャニミードという複雑なジェンダーの揺らぎを台無しにしているという評もある（Hindle 70）。アメリカの配給会社をHBO（アメリカ合衆国のケーブルテレビ放送局）にしたため、テレビ放映ののち、一部で劇場公開されるのみで終わった映画で、日本では未公開である。

　世界が2009年のリーマン・ショックを経験したあと、シェイクスピア映画は再び世に現れるようになるが、必ずしも多額の製作費をかけてビッグ・スクリーンでのヒットを狙うものでなく、また、シェイクスピアのテクストを忠実に再現するより監督の個性と解釈を第一にする映画作品が目立つようになる。ジュリー・テイモア脚本・監督のアメリカ映画『テンペスト』（2009）もそのひとつである。テイモアは『タイタス』でも、異色の世界を現出させたが、今回はプロスペローを女性（プロスペラ）に替え、テレビドラマ『エリザベス1世 ～愛と陰謀の王宮～』（*Elizabeth I,* 2005）、『クィーン』（*The*

Queen, 2006）の主演でオスカーはじめ数々の賞に輝き、今や世界的に名高い実力派女優、ヘレン・ミレンがその役を演じた。テイモアはハワイのラナイ島の自然をロケ地に選び、赤土と黒い岩、壮大な海と岸壁を、最適な魔法の島の背景として利用した。また、魔法による嵐の場面はCGによる映像でダイナミックに合成されている。プロスペローを女性にしたことで、ポスト家父長制時代のヴィジョンから王位のはく奪と復讐のテーマを再考し、加えて母と娘の絆、自立していく娘との別れを巧みに映像化している。ヘレン・ミレンのみが演じ得る、母性の強さとやさしさが表れている作品である。

　続いて2011年に、俳優として活躍してきたレイフ・ファインズ（Ralph Fiennes, 1962-）の監督デビュー作『英雄の証明』（原題は *Coriolanus*, 1608）がリリースされた。ファインズは2000年にロンドンの舞台でコリオレイナスを演じて以来、この劇は映画にすればさらに力強く表現できると確信していたようだ（Kavanagh, 65）。低予算で済むように、セルビアのベオグラードでロケを行い、時代設定は現代に移行。実際のゲリラ戦のような激しい戦いの冒頭シーンは、中東の戦闘と混乱をリアルに観客の頭によぎらせる。『ハムレット』の次に長いシェイクスピア劇のテクストを大きくカットし、ファインズは母と息子の関係、つまりこの英雄の心理的な葛藤部分を丁寧に描いている。ヴァネッサ・レッドグレイブ（Vanessa Redgrave, 1937-）が演じるヴォラムニアの頼みに屈してしまう、愚かな息子コリオレイナスをファインズが演じるシーンは、映画の中の大きな山場となっている。

　2012年には、ジョス・ウィードン（Joss Whedon, 1964-）による『から騒ぎ』（*Much Ado about Nothing*, 1598-99）がトロント国際映画祭で上映され、翌年、欧米各地の国際映画祭、アメリカの限られた映画館で公開された。低予算の枠内で、しかも、わずか12日間で仕上げ、ウィードン自身が監督・脚本・製作・編集・音楽すべてをこなし、サンタ・モニカの自宅で撮影した白黒の映画である。ウィードンは米テレビの脚本家でも知られており、『バフィー 〜恋する十字架〜』（*Buffy the Vampire Slayer*, 1997-2003）とそのスピンオフである『エンジェル』（*Angel*, 1999-2004）は彼の製作した人気番組であった。今回のシェイクスピア映画は、ウィードンのテレビ番組でお馴染みの役者を何人か採用し、息の合った撮影スタッフとともにレッド・エピックと呼ばれるデジタル動画カメラを使って撮影した。『エンジェル』で共演した、エイミー・アッカー（Amy Acker, 1976-）とアレクシス・デニソフ（Alexis

Denisof, 1966-）がベアトリスとベネディックを演じ、冒頭でふたりはすで
にベッドを共にし、朝を迎えるが、ベネディックがこっそり床を逃げ出し、
眠ったふりをしていたベアトリスは怒り傷ついている、というプロローグを
挿入している。これが、なぜベアトリスがベネディックに反抗的、挑発的態
度なのか納得のいく枠組みとなっている（O'Donoghue 48）。シェイクスピ
ア時代の劇が、無理なく現代アメリカの恋人たちの話にアダプトされている
ため、映画としてのまとまりもよく、興行収入も低予算の割に良好であった。

　2014 年には、マンハッタンの『ハムレット』を撮ったアルメレイダが、
再びシェイクスピア作品に挑み、『シンベリン』の現代版である『アナーキー』
（原題：*Cymbeline*、別題：*Anarchy*）を撮り、ヴェネツィア国際映画祭で発表
した。翌年、この映画は一部のアメリカの映画館でリリースされた。場所は
アメリカ東海岸、シンベリンはバイクのギャング団をまとめるボスで、エド・
ハリス（Ed Harris, 1950-）――『ナイトライダーズ』（*Knightriders,* 1981）に
おいてバイクに乗ったアーサー王役を過去に熱演――が演じている。イノジェ
ン毒殺を謀る妖艶なクィーンをミラ・ジョヴォヴィッチ（Milla Jovovich,
1975-）が演じ、歌手として本領を発揮する魅力的なシーンも披露している。
2000 年の『ハムレット』で主役を演じたイーサン・ホークが、今回は悪役ヤー
キモーを演じている。抗争相手はギャングから「みかじめ料」を徴収するロー
マ警察。つまり、警察は正義の味方ではない。銃撃やカーチェイスも見られ
るクライムサスペンスに仕上げているが、映画としての評価は『ハムレット』
ほど高くはない。『シンベリン』自体が難しい劇で、劇場映画化も今回が初
めてであるが、登場人物や場面がめまぐるしく変わり、台詞のカットも甚だ
しいので、元のストーリーを良く知らない観客には、筋を追うだけでもひと
苦労である上、現代が舞台となるとやはり、リアリティに欠け、観客が感情
移入するチャンスを奪ってしまっている。

　一方、同じ 2014 年、ジュリー・テイモアがニューヨーク、ブルックリン
にある TFANA（Theatre for a New Audience）で大評判であった『夏の夜の夢』
の舞台を映画作品にした。上演舞台を複数のカメラで捉え、「動くカメラと
ステディカムを駆使して」躍動的で幻想的な映像に仕上げた。[6] イギリスの
ナショナル・シアター・ライヴが生の舞台に手を加えず、劇場で観劇するよ
うな臨場感あふれる映像にしているシリーズとは違い、テイモアの『夏の夜
の夢』は、撮影監督のロドリコ・プリエト（Rodrigo Prieto, 1965-）が映画

でしか合成できない舞台映像をダイナミックに作り出した。観客は生の舞台だけでは体験できない細部を様々な角度から楽しめるようになっている。トロントの国際映画祭で初公開されたあと、北米とイギリスの一部の劇場だけで公開された話題作である。

　最後に、2015 年、カンヌ国際映画祭のコンペティション部門に出品された英・米・仏合作映画、ジャスティン・カーゼル監督（Justin Kurzel, 1974-）による『マクベス』を取り上げよう。これは、久しぶりの本格的な上質のビッグ・スクリーン向けの作品となった。主演はマイケル・ファスベンダー（Michael Fassbender, 1977-）とマリオン・コティヤール（Marion Cotillard, 1975-）。スコットランドとイングランドを主なロケ地に選び、寒々としたこの作品の雰囲気を、厳しく壮大な自然を背景にダイナミックに映し出した。ダンカン殺害のシーン、血しぶきが飛び散る戦闘シーン、バンクォーの暗殺、マクダフの妻子の火刑シーンは、残酷性を隠すことなくあえてリアルに再現された。カーゼルの解釈では、マクベス夫人は冒頭の葬儀でわかるように、子供を失った痛手ですでに心が病んでおり、ダンカン暗殺を狂ったように急き立てるのもその延長線上にある。コティヤールのフランス語なまりの英語には意外に違和感がなく、逆にこの地ではよそ者であるという孤立感を際立たせている。失った子供は、罪を犯して追いつめられる母の前に幻として現れ、マクベス夫人の孤独と悲しみをさらに強調する。バーナムの森が動くという原作の衝撃的なくだりは、兵士の焼き払う森の灰と煙が風でダンシネインの丘に向かって動いてくる、という映像に変わっているが、全面朱色の世界を背景に却って迫力とリアリティが増している。マクベスを倒し、勝利するマルカムは、実は父親の暗殺を見ていながら逃げ出した臆病者である。一方、最後にマクベスの死体から剣を奪い、戦場から走り去るバンクォーの幼い息子の勇敢な姿が映し出され、王位争いが未来に再び起こることを暗示している。カーゼルの『マクベス』は、ロケや音楽によってジャコビアン・ドラマの屈折した世界観をダイナミックに再現しており、このところ続いた現代版アダプテーションとは違い、オーソドックスなアプローチをしているためか、映画評やネットなどの反応は極めて良い作品となった。[7] しかし、カンヌ国際映画祭の受賞はならなかった。

*

　映画ができてから 100 年余りの歴史の中で、シェイクスピア映画もまた時代を共有しながら変化し、その時その時、着実に心に残る作品としてその姿を現してきた。すでにサイレント時代から、劇場上演とは違う映画独自の技術、演技、ロケやセット、テーマが取り上げられ、映画としてのシェイクスピア作品のあり方が模索されてきたことも事実である。サウンド映画の開発とともに、映画はハリウッド中心に大衆の一大娯楽に成長した。その中で、シェイクスピア作品はそれぞれの時代の社会、思想、政治、文化を反映させながら、同じ作品とは思えないほど多様な演出が試みられ、世界中の映画館で公開されてきたことは見てきたとおりである。

　伝統的に舞台の上ではシェイクスピアの原文を書き換えたり、大幅にカットすることはないが、新しいメディアである映画の場合、その点は近年、かなり自由に解釈されている。特に翻案となると、『恋のからさわぎ』、『O』、『スコットランド, PA』のように文脈に合った台詞やリアリズムを優先させたり、あるいは『恋の骨折り損』（*Love's Labour's Lost,* 1594-95）のようにミュージカル仕立てに改編されるものもある。テクノロジーの発達とともに、特殊映像や音声はいくらでも合成できる現代、シェイクスピア映画は独自の芸術性を追いながら、一層新たな試みが可能な表現様式として、シェイクスピア作品そのものに活力を与えている。言い換えれば、原作に忠実かどうかよりも、原作の世界観やテーマをどう芸術的に表現しているかが、今後の新たな価値の基準になりつつあるため、新しいシェイクスピア映画が出てくるたびに、映画として、シェイクスピア作品として進化し、多様化しているのである。

　ポスト・モダンの文学理論家、リンダ・ハッチオン（Linda Hutcheon, 1947-）によると、アダプテーションとはインターテクスチュアリティの一形態であり、多作品と共鳴するパリンプセスト的特質を持つのだが（Hutcheon 8）、シェイクスピア映画においてもそれは同様で、作品間の影響関係が読み取れる点も、映画ならではの楽しみのひとつとなっている。例えば、数ある『ハムレット』映画の中で、オリヴィエの『ハムレット』が基本となり、この映画と響きあいつつ、コージンツェフ、ゼフィレッリ、ブラナーの『ハムレット』が現れ、意味が上書きされていたことはすでに述べたとおりである。あるいは、シェイクスピア映画だけでなく、ほかの映画作品

とのインターテクスチュアルな関係もある。ゼフィレッリの『じゃじゃ馬ならし』は、リズとバートン夫妻が映画『バージニア・ウルフなんかこわくない』で観客に広めたイメージで、緊張関係にある男女をより重層的に表現していた。同じゼフィレッリの『ハムレット』はアクション・スターであるメル・ギブソンのイメージがゼフィレッリのハムレット像に大きく影響している。さらに、ウィードンの『から騒ぎ』では、彼のテレビドラマ『エンジェル』でおなじみの役者が演じ、観客はテレビの記憶に重ねて主役のふたりを面白く眺めることができるのだ。

　そう考えると、映画におけるシェイクスピアは今後無限の広がりと継続を実現していくだろう。しかし、そのどれもが原作の一変奏であることに変わりはない。つまり、観客はどこかで400年前に亡くなったシェイクスピアを感じながら、映画を楽しんでいるのである。ここで言及した作品以外に、生の舞台作品の映像化、テレビドラマへの翻案、小さなグループの自主映画など、まだまだ観るべき映像は多く残されているが、今後、観客も社会も映画の変化とともに学習し、作り手とともに成長していくことになるであろう。世界中のシェイクスピア・ファン、映画ファンにとって、楽しみな分野であることは確かである。

注

1　標準的な3.5ミリフィルムのリール1000フィートが1巻であったが、毎秒16から18コマで上映するサイレント映画は、上映時間が15分くらいになるからだった（ブランフォード、グラント、ヒリアー　26-27頁）。

2　以後、映画のタイトルは、日本で上映されたものについては邦題表記とする。

3　ジョーンズによると、ハムレットが復讐を先延ばしにするのは、無意識下で父を殺し母と結ばれた叔父クローディアスと自分を同一視しているためである。母に対する近親相姦的愛は抑圧されているのでハムレット自身も気づいていないが、父の亡霊が命じるとおりに母を静観することはできないのである。詳しくはJones参照。

4　詳しくは、*Orson Welles as Falstaff in Chimes at Midnight.* のホームページ参照。

5　詳しくは、*Screenonline* のホームページ参照。

6　詳しくは、culture-ville のホームページのディヴィッド・ルーニーによる解説参照。

7　映画の批評の HP である *Rotten Tomatoes* では、平均評価が 10 点満点中、7.3 ポイントの高評価である。

引証文献

Babiak, Peter. E. S. *Shakespeare Films: A Re-valuation of 100 Years of Adaptations.* Jefferson, North Carolina: McFarland & Company, Inc., Publishers, 2016.

Ball, Robert Hamilton. *Shakespeare on Silent Film: A Strange Eventful History.* London: George Allen & Unwin, 1968.

British Universities Film and Video Council. bufvc.ac.uk/. Accessed 17 Sept. 2016.

Buchanan, Judith. *Shakespeare on Film.* Harlow: Pearson Education, 2005.

Buhler, Stephen. M. *Shakespeare in the Cinema: Ocular Proof.* Albany: State University of New York Press, 2002.

Collick, John. *Shakespeare, Cinema and Society.* Manchester: Manchester University Press, 1989.

Crowl, Samuel. *Shakespeare's Hamlet: Screen Adaptations: The Relationship between Text and Film.* London: Bloomsbury, 2014.

——. *Shakespeare at the Cineplex: The Kenneth Branagh Era.* Athens: Ohio University Press, 2003.

——. *Shakespeare and Film: A Norton Guide.* New York: W.W. Norton & Company, 2008.

Hindle, Maurice. *Shakespeare on Film.* 2nd ed. New York: Palgrave, 2015.

Hutcheon, Linda. *A Theory of Adaptation.* New York: Routledge, 2006.

Jones, Ernest. *Hamlet and Oedipus.* London: V. Gollancz 1949.

Jorgens, Jack J. *Shakespeare on Film.* Bloomington: Indiana University Press, 1977.

Kavanagh, Julie. "Shaking up Shakespeare." *Newsweek.* 12/5/2011, Vol. 158 Issue 23, 69-70.

Loehlin, James N. ' "Top of the World, Ma": *Richard III* and Cinematic Convention',

Richard Burt and Lynda E. Boose. Eds. *Shakespeare, The Movie II: Popularizing the Plays on Film, TV, Video, and DVD.* London: Routledge, 2003. 173-85.

Manvell, Roger. *Shakespeare and the Film.* New York: Praeger, 1971.

O'Donoghue, Darragh. "Darragh. Much Ado about Nothing". *Cineaste.* Fall 2013, Vol. 38 Issue 4: 47-49.

Orson Welles as Falstaff in Chimes at Midnight. www.janusfilms.com/chimes. Accessed 22 Sept. 2016.

Rosenthal, Daniel. *100 Shakespeare Films: BFI Screen Guides.* London: British Film Institute, 2007.

Rothwell, Kenneth S. *A History of Shakespeare on Screen: A Century of Film and Television.* 2nd ed. Cambridge: Cambridge University Press, 2004.

Rotten Tomatoes. 1999. 19 Aug.1999, www.rottentomatoes.com. Accessed 5 Oct. 2016.

Screenonline: the definitive guide to Britain's film and TV history. 2003, www.screenonline.org.uk/index.html. Accessed 23 Sept. 2016.

北島明弘『アメリカ映画100年帝国——なぜアメリカ映画が世界を席巻したのか』東京、近代映画社、2008年。

北野圭介『ハリウッド100年史講義——夢の工場から夢の王国へ』東京、平凡社、2001年。

ブランフォード、スティーブ。バリー・キース・グラント、ジム・ヒリアー『フィルム・スタディーズ事典——映画・映像用語のすべて』杉野健太郎、中村裕典監修・訳、東京、フィルムアート社、2004年。

ルーニー、デイヴィッド「ジュリー・テイモア監督作品：夏の夜の夢」，www.culture-ville.jp/midsummer。アクセス日：2016.9.29。

第6章

伝統への挑戦

～ミレイの《オフィーリア》の新奇性と宗教性～

齊藤　貴子

1. 漱石曰く

　——土左衛門。

　21世紀の今日、この言葉はほとんど死語に近いのだろう。ドラえもんならいざ知らず、ドザエモンと聞いて瞬時に何かをイメージできる人間は、稀か淺かといえば間違いなく稀だろうし、水死体の意としてもはや街中で通用するとは思えない。

　しかし、近代の日本とイギリス、双方の文芸にある程度親しんできた者にとって、「土左衛門」は現役の活語とはいわないまでも、見たことも聞いたこともないような死語ではあるまい。その響き、その字面から直ちに想起されるイメージの一つは、おそらく夏目漱石の小説『草枕』（1906）の「風流」な「土左衛門」という一節。すなわち、19世紀イギリスの画家ジョン・エヴァレット・ミレイ（John Everett Millais, 1829-96）の代表作《オフィーリア》（*Ophelia,* 1851-2, Tate, 図1）を評しての、次のくだりではないだろうか。

　　流れるもののなかに、魂まで流していれば、基督の御弟子となったより
　　難有い。成程この調子で考えると、土左衛門は風流である。……ミレー
　　のオフェリヤ（原文ママ）も、こう観察すると大分美しくなる。何であ
　　んな不愉快な所を択んだものかと今まで不審に思っていたが、あれは矢

張り画になるのだ。水に浮かんだまま、或は水に沈んだまま、或は沈ん
だり浮んだりしたまま、只そのままの姿で苦なしに流れる有様は美的
に相違ない。(『草枕』)[1]

　ウィリアム・シェイクスピアの四大悲劇の一つ『ハムレット』の一場面、
主人公ハムレットに父を殺され、恋心を踏みにじられた乙女オフィーリア
が、狂気のままに小川で足を滑らせ溺死する姿を描いたミレイの《オフィー
リア》は、改めていうまでもなく、近代イギリス絵画史上屈指の名作である。
その一つの指標となるのが19世紀当時からの度重なる国内外展覧会への貸
出で、とりわけ1855年の第一回パリ万国博覧会(Exposition Universelle
de Paris, 1855)出品以降、今日に至るまでの国際的認知度の継続的上昇と
世界的人気の維持は、特筆に値する。[2] 事実日本にも、1998年、2008年、
2014年と、過去わずか18年の間に3回にもわたって巡回したのは記憶に新
しい。[3]

　むろん漱石がこの絵を見たのは20世紀に入ってすぐのイギリス留学中の
ことであり、川水に流されていく画中のオフィーリアを「土左衛門」と呼ん
でいるのは、いかにも没後100年経つ明治の人らしい。冒頭でも指摘したと

図1　John Everett Millais, *Ophelia,* 1851-2, Tate

おり、これは今や多くの読者の違和感を誘わずにはおかない、いささか古めかしい表現だ。

けれど、言葉とは時代とともにどうしようもなく古びていくもので、表面上の旧態ゆえに首を傾げ、眉を顰めて、肝心の内実に初めから目もくれないとしたら、それは実に勿体ない話である。少なくとも、漱石が『草枕』の主人公である画工に託して語る《オフィーリア》評は、後述するように様々な解釈が出揃った感のある現代の観点から見ても至極真っ当、ゆえにその内容自体は全くもって古びていない。いや、むしろ妥当すぎて、逆に虚を突かれるような新鮮味があるというべきか。

まず漱石は、土左衛門すなわち水死体という《オフィーリア》の状況設定を、本質的に「不愉快」かつ「不審」といって憚らない。なるほど、若い女性の溺死体というのは、本来目を覆いたくなるようなもののはず。なぜそんなものをわざわざ絵の主題に据えるのかという素朴な疑問は、正直なところ誰もが禁じ得ない。そのうえで、漱石はミレイの描くオフィーリアをただの土左衛門ではなく、「風流」かつ「美的」な、ただならぬ土左衛門と持ち上げ、そうなった原因を「水に浮かんだまま、或いは水に沈んだまま」オフィーリアが「苦なしに流れていく姿」、すなわち構図にはっきりと求めているのである。

ミレイの《オフィーリア》の勘所は、溺死の瞬間という場面選択の妙にあり――。初めに断言しておくが、漱石のこの指摘は恐ろしく正鵠を射ている。正直、没後100年を迎えた彼が、没後400年経つシェイクスピアゆかりの絵を評して述べているということが俄かに信じがたいほど、『草枕』の先のくだりに書かれていることは、今もってすこぶる正しい。真の審美眼とは、時の流れも洋の東西までも乗り越えて、こうまで立派に通用するものかと、それはもう改めて頭を垂れるしかないほどに。

2. 同時代批評が示唆するミレイの《オフィーリア》の新奇性

ミレイによる場面選択の妙。漱石の100年ものの審美眼以上に、誰の目にも明らかにそれを証明する最初の手立てとなるのが、1852年のロイヤル・アカデミー展覧会における《オフィーリア》発表直後の、各種ジャーナリズ

ムからの一種冷ややかな反応である。

　たとえば、「水を背に浮かぶ《オフィーリア》は、深い色彩と精緻な描写の見本として素晴らしいものだが、何しろ置かれている状況の馬鹿馬鹿しさゆえに不満が募る。人が背中から川に落ちたなら、頭から先に沈んでいくことくらい誰でも知っている」[4] とは、19世紀当時、豊富な挿絵付きの斬新さで他紙との差別化を図り成功していた週刊新聞、『イラストレイテッド・ロンドン・ニューズ』(*The Illustrated London News,* 1852年5月8日付) の評である。人が溺れるにあたって頭が先かどうかの真偽はともかく、1850年代の昔にあって、同紙が約90万部という驚異的な発刊部数を誇る人気媒体であったことを考えれば、[5] 川を流れゆくオフィーリアなんて「馬鹿馬鹿し」くて話にならないといった体の、箸にも棒にも掛からぬような扱いはいかにも痛い。

　他にもミレイの《オフィーリア》に対する疑念と否定の声は多々上がったが、当時の《オフィーリア》批判の最大の共通点、複数の評者が異口同音に指摘した点が何であったかといえば、「悲哀^{ペーソス}」の欠如である。

> 雑草だらけの溝にオフィーリアを放り込むという想像力には何か非常に邪悪なものがあり、恋に破れた乙女が溺れ逝く苦しみから、悲哀（ペーソス）と美しさとを奪っている。[6]
>
> （『タイムズ』1852年5月1日付）

今日なお続く『タイムズ』(*The Times*) は、イギリス保守系新聞の最古参にして最大手。その論評には、今も昔も侮れない影響力があって当然といっていい。事実、ミレイの《オフィーリア》には「悲哀も憂鬱もなければ、輝かしいものとてなく、最後の静かな幕間もない」[7] と、やはり「悲哀」の欠如をキーワードに『タイムズ』を彷彿とさせる厳しい断じ方をしたのが、19世紀に創刊された数多の定期刊行物の中でも、とりわけ文芸欄に定評ありと謳われていた有力誌『アシニーアム』(*The Athenaeum,* 1852年5月22日付)だ。そして、ヴィクトリア時代の最も権威ある美術専門批評誌『アート・ジャーナル』(*The Art Journal*) が、保守系紙誌たる『タイムズ』や『アシニーアム』と足並みを揃えるように、ミレイの絵には本来あるべきものがないという論陣を張り、問題の所在を次のように詳らかにするとき、わたしたちはそこに

こそ、19世紀の目から見たミレイの《オフィーリア》の新奇性があったと気づかされるのである。

> この絵は王妃がオフィーリアの死を兄レアティーズに語る場面の解釈であるが、劇全体の中でも最も魅力に欠け、最も実用性に欠ける画題であることは確かだ。画家は自由気儘というのではなく、むしろテクストの文言にすこぶる厳格で、固執している。オフィーリアは昔の歌を歌いながら溺れ、「己が災難を知らぬ」ままだった。なるほど、この絵にはテクストに文字で書かれた様々な事情が描かれてはいても、状況から見て、この場面に当然あって然るべき不可欠な事情が描かれていない。[8]
>
> （『アート・ジャーナル』1852年6月1日付）

　画家が画題に選んでいるのは、「劇全体の中でも最も魅力に欠け、最も実用性に欠ける」場面……。まるでミレイに物事を見る目がないといわんばかりの、非常に含みのある評言だが、「実用性に欠ける」というのはある意味的を射た指摘で、俄かに反論するのは難しい。というのも改めて詳細に見直せば、ミレイの描いた《オフィーリア》は、実際には舞台上で決して演じられることのない場面、ハムレットの母である王妃ガートルードが、オフィーリアの死を彼女の兄レアティーズに告げ知らせる次の台詞に基づいている。

> 柳の木が　斜めに白い葉裏を映す
> 小川のほとり。
> そこでオフィーリアは
> キンポウゲ、イラクサ、ヒナギク、そして
> 下品な羊飼いたちが下卑た名で呼び、
> 貞淑な娘たちが「死者の指」と呼ぶ紫欄で
> 美しい花環を作り、枝垂れたところに
> 花の冠を掛けてみようと登ってみれば、
> つれない枝はぽきりと折れて、
> 花輪もオフィーリアも諸共に小川の中へ。
> 水面に裾が広がり、人魚のように浮かび上がる
> その間、オフィーリアは己が災難を知らぬが如く

昔の祈りの歌を口ずさみ、水から生まれし者が
また水へと還るように見えたとか。
けれどそれも束の間
水を吸った衣が重く沈んで、
哀れな乙女の歌は途切れ、泥濘の死へと
オフィーリアを引きずり込んでいったのです。[9]

　『ハムレット』第4幕第7場におけるこの王妃のモノローグは、オフィー
リアの死をあくまで伝えるだけで、劇中にはそれを直接見た者も聞いた者も
登場せず、確かに舞台上ないし演技上の「実用性」があるとはいいがたい。
つまり極端な話、こと上演という観点からすれば、王妃のモノローグはなく
ても構わないということだ。
　実際、オフィーリアがどうやって命を落としたのか、王妃ガートルードに
ここで事細かに長々と語らせずとも、引用部分直前の「あの娘は溺れて死ん
でしまった」[10] という王妃の短い台詞一つあればそれで済む。オフィー
リアの死という事実さえどこかで提示できれば、その責任の所在をめぐってハ
ムレットと彼女の兄レアティーズがやがて相争うという芝居の筋そのもの
に、大きな支障はないのである。
　このことは、明らかに先の『アート・ジャーナル』の論評の前提となって
いると同時に、イギリス演劇史上の一種ひそやかな常識でもあったようだ。
というのも、17世紀の王政復古期から19世紀いっぱい、第4幕第7場のガー
トルードの台詞は割愛されることしばしばだったことがわかっている。[11]
『ハムレット』はシェイクスピア劇の中でもかなり長い部類に入るから、そ
れもむべなるかなという気がするが、事は上演時間の短縮などという単純な
問題にとどまるものではない。これはもっと複雑でデリケートな案件で、『ハ
ムレット』の解釈および演出上の最重要事項の一つ、オフィーリアの性格形
成にかかわる問題だ。
　王妃のモノローグが割愛されることによって、一体何が省略され、消去さ
れることになるのか。少し考えてみれば、すぐさま合点のいくことだ。それ
はオフィーリアの溺死をめぐる諸々の具体的描写であり、そこから否応なく
想起される彼女の死の自発性に他ならない。
　少なくとも、王妃の台詞さえカットすれば、漱石も指摘した若い娘の溺死

という本来「不愉快」で目を背けたくなるような出来事について、舞台上でまわりくどく説明するような真似は避けられる。そしてオフィーリアが自ら川べりの柳の木によじ登り、かぎりなく自死に近い、自暴自棄な死に方をしたと観客に連想させずに済むのである。事実そうして、過去の演出家たちはごく自然に、すなわち慎重かつ巧妙に、キリスト教世界最大の罪悪でもある自死のいたずらな示唆を回避してきたのだ。

　そんな場面をわざわざ選び、あまつさえ微に入り細に入り描ききったところに、まずはミレイの《オフィーリア》が同時代批評から集中的に非難された所以がある。「最も魅力に欠け、最も実用性に欠ける」場面をなぜ選んだかとひとくさり疑問を呈した後で、オフィーリアはあくまで「己が災難を知らぬまま」死んでいったのだと強調する『アート・ジャーナル』の批評の真意も、正にこの点にあったといっていい。死という運命を避けられなかったどころか悟ることもできず、「昔の歌を歌いながら溺れ」ていった乙女の無邪気な哀れさを画家は汲み取るべきなのに、ご丁寧に何を狂ったようにオフィーリアの死にゆく姿を逐一描いているのか……。評者はそんな怒気まじりの苛立ちを明らかに行間に滲ませつつ、ミレイの《オフィーリア》はシェイクスピアのテクストに「固執」しすぎていて、望まぬ死に見舞われた無垢な乙女に「当然あって然るべき」一番大切なもの、すなわち「悲哀」の表現を忘れていると、駄作とはいわないまでも暗に凡作の烙印を押しているのである。

　本作の芸術的評価が完全に定まって久しい現代の目から見れば、これはいかにも見当違いな気がする。が、『アート・ジャーナル』は元来ミレイに対する評が辛い。というより1839年の創刊以来、自他ともに認めるイギリス美術界のオピニオン・リーダーの立場にあった同誌は、ミレイが同世代の若手画家らと画壇の刷新を目的として1848年に結成した芸術家集団、ラファエル前派兄弟団（Pre-Raphaelite Brotherhood）への嫌悪感を初めから露わにしていた。[12] 事実、ルネサンス以前の素朴な中世美術に範を求め、ゆえに中世美術の華たる宗教画にも積極的に手を染めていた1850年当時のミレイらラファエル前派に対し、彼らのしていることは「芸術が苦行に従事していた時代」への逆行に過ぎないと、[13] 取り付く島もないほどに断罪する有様だったのである。

　なるほど、1850年前後というのは、30年代から顕在化していたオックス

フォード運動と呼ばれるイングランド国教会内部の中世カトリックへの回帰傾向を示す改革運動と、それに対する反カトリックの国家的圧力とが完全に正面衝突し、深刻な社会問題化していた時期であるから、[14]言論界の保守の一角を占めていた『アート・ジャーナル』のラファエル前派に対する反発が、純粋な芸術観の相違というより一種の宗教的反感であった点は否めない。が、いずれにせよ、同誌はその攻撃の手を決して緩めようとはしなかった。なかでも常に批判の対象となったのは、当時新進気鋭の批評家ジョン・ラスキンの影響下にラファエル前派が展開していた自然主義的象徴表現、換言すれば、本来不可視の宗教や文学的主題を写実的リアリズムに徹して描くという二極両立の大胆な創作姿勢である。

　「テクストに文字で書かれた様々な事情が描かれてはいても」云々という先の『アート・ジャーナル』の評言が端的に示しているとおり、ラファエル前派の絵画のなかでも、ミレイの《オフィーリア》ほど自然主義的な忠実さを示す作品は他に存在しない。実際この絵には、シェイクスピアの原作に登場する花の一つ一つまでもが、写真かと見まごうばかりに正確に描きこまれている。しかも、ヒナギクは「無垢」、パンジーは「愛の虚しさ」、ケシは「死」といった具合に、そのほとんどすべてに象徴的意味が込められており、それらを最終的に統合すれば、「恋に破れた無垢な乙女の死」というオフィーリアの運命を看取できる仕組みになっているのだ。

　この点をしっかりと踏まえたうえで振り返れば、『アート・ジャーナル』の《オフィーリア》に対する評価の辛辣さは、二つの意味で理の当然だったと納得できる。

　そもそもミレイは批評上の攻撃の対象となっていた可能性があり、初めから評価する気もない相手に正当に評価されることは望めない。そして、こうまで見事なリアリズムとシンボリズムの融合を示し、高度な技術と複雑な象徴体系を二つながらに有する芸術は、21世紀の今でもなかなかお目にかかれるものではない。その意味で、同時代の理解を得ること自体、至難の業だったといえなくもない。

　下絵程度のスケッチならともかく、戸外に大きなカンバスごと持ち出しての写生や彩色がまだ非常に珍しかった19世紀半ばにあって、ミレイはイングランド南部サリー州ユーエルのホグスミル川のほとりで、まるひと夏かけて来る日も来る日も絵筆を持ち、目の前の自然を写し取るように動かして《オ

フィーリア》の背景部分を描いた。[15] その結果として生じている単なる蓋然性を超えた別格のリアリズム、すなわち葉の一枚一枚、それこそ葉脈の一筋一筋に至るまでどこまでも真に迫るという《オフィーリア》の新奇性が、当時の人びとに驚愕混じりの一過的拒否反応を引き起こしたとしても、それは無理からぬことではなかったろうか。

　事実《オフィーリア》の新奇性は、ミレイおよびラファエル前派の最大の支持者であり、当の自然主義的美術理論の標榜者であったはずのラスキンの理解をも超えるところがあったようだ。少なくとも、彼は《オフィーリア》についての自らの見解をすぐに公にはせず、かわりにミレイ本人にいそいそと手紙（1852年5月4日付）をしたためるにとどめている。しかもその書簡中、「素晴らしい」と一応の賛辞を贈ったうえで、後は一体全体どうしてイギリス中のどこにでもあるあんなつまらない自然風景を背景に選んだのかという意味の、独りよがりな不満を述べ連ねているのだ。[16]

　確かに、《オフィーリア》の背景に描かれているのは南イングランドのどこにでもあるような風景で、峻厳で裒々とした自然にこそ真の価値を認めるラスキンにしてみれば、いかにもつまらない景色に映ったのは当然だ。しかしそれゆえに、結果として《オフィーリア》の背景がイギリスの緑濃き美しい夏の典型的表現ともなっていることに、どうしてちらとも思い至ることができなかったのか。ありふれた日常や自然にこそ宿る真の普遍性は、なぜかくも看過されやすいのか……。

　何にせよ、1851年8月に刊行された『ラファエル前派主義』（*Pre-Rephaelitism*）と題した小冊子（パンフレット）で、ミレイを「第二のジョゼフ・マロード・ウィリアム・ターナー」[17] と声高に誉めそやしていたラスキンでさえ、翌52年の《オフィーリア》を表立って評価しようとはしなかったのである。「己が生きる時代の予言者」[18] と謳われたほどのラスキンのこの不明に鑑みれば、『アート・ジャーナル』その他の同時代批評が示しているのは、実のところ《オフィーリア》の新奇性に対する無理解でも偏見でもなく、19世紀の知性の一つの限界なのかもしれない。

3. 伝統への挑戦

　だとすれば、いきおい議論は後世の視点からも解明可能と思われるもうひ
とつの大きな疑問、同時代の各批評がなぜ揃いも揃って、オフィーリアの「悲
哀」に固執したかという点に移らざるを得ない。すでに紹介したように、『タ
イムズ』、『アシニーアム』、そして『アート・ジャーナル』三紙誌間の、ミ
レイの作品における「悲哀」の欠如という点での完璧な同調ぶりを見るかぎ
り、その背景にはオフィーリアという悲劇のヒロイン像について、何らかの
確たる固定観念が存在していたと考えるのが普通だろう。

　批評における謎を解く鍵は、やはり批評の中に存在する。というのも、さ
かのぼればシェイクスピアの再評価が盛んとなり、プロットやキャラクター
の完成度に縛られぬ自由な批評的観点から『ハムレット』の芸術的評価が高
まりだした18世紀後半以降、当代一流の名だたる批評家たちは皆判で押し
たように、オフィーリアを純真無垢な乙女の代名詞として、絶対的な善意の
塊のように扱ってきた。

　その最たる例は、1765年に編纂された『シェイクスピア全集』（*The Plays
of William Shakespeare*）における編者サミュエル・ジョンソンの弁であろ
う。ジョンソンは作品の筋に対する本質的な懐疑をところどころ露わにして
おり、ハムレットの父の命を奪った「篡奪者ないし殺人鬼」たる叔父クロー
ディアスの「破滅によってもたらされたはずの満足は、若く、美しく、無垢
で敬虔なオフィーリアの死によって翳んでいる」[19] と、彼女の死の悲劇性を、
ほとんど作品の真のクライマックスとして祀り上げんばかりである。

　オフィーリアに不可侵の「無垢」を看取するジョンソンの解釈は、それが
18世紀におけるシェイクスピア全集の決定版に付記されていたということ
も手伝って、後続の批評家たちに脈々と受け継がれたといっていい。

　たとえば19世紀初頭、「彼女の愛、狂気、そして死は、脆さと悲哀のこの
上なく真に迫った筆致で表現されている」[20] と、件の「悲哀」という表現
を用いてオフィーリアの「死」に言及しているのは、評論誌の草分け的存在
である『エディンバラ・レビュー』（*Edinburgh Review*）や『エグザミナー』（*The
Examiner*）等の有力誌で健筆を奮っていた論客ウィリアム・ハズリットで
ある。彼の知己であった詩人にして思想家サミュエル・テイラー・コールリッ

ジもまた、シェイクスピアについての決定的論考として今も名高い『シェイクスピアその他イギリス詩人に関する講義および覚書』（*Lectures and Notes on Shakespeare and Other English Poets*）の中で、ハムレットが「修道院へ行け！」（第3幕第1場）と吐き捨てる有名な台詞の後に続く「オフィーリアの独白は、愛の極致であり、完全に己を棄てたものである！」[21] と、彼女の純真さを称賛してやまない。わけもわからぬまま散々詰られ、罵られてなおハムレットの身を案じるオフィーリアの姿に、コールリッジは無償の愛を感得し、「完全に己を棄てた」自己滅却の姿勢までをも認め、聖女のような理想的女性像を看取しているのである。

　もうこれ以上、言葉を重ねて説明するまでもないだろう。オフィーリアの絶対的な「無垢」。それゆえに彼女の非業の死につきまとうはずの「悲哀」。それは18世紀以来のシェイクスピア批評における一種の伝統的解釈であり、揺るぎなき一つの規準（カノン）だった。

　ならば、ミレイのしたことは大変な冒険であり、挑戦だったということになる。オフィーリアの溺死そのものに敢えて目を向け、それを「悲哀」という情感ではなく、もっぱら描写の写実性に訴えて表現した彼は、どう少なく見積もっても100年以上続いてきたイギリス演劇史上の常識を破り、シェイクスピア批評の伝統を覆したに等しい。

　これは誇張ではない。死の瞬間まで「己が災難を知らぬまま」だった無垢で無邪気なオフィーリア像を提示するべく、演劇界や批評界がいつからか慎重に無視ないし軽視してきた王妃のモノローグを、ミレイは草花の一つ一つまで視覚化して白日の下に晒してしまった。そして自暴自棄な死に向かうオフィーリアという、それまで全く存在しなかった悲劇のヒロイン像を新たに作り上げ、視覚化して、人びとの目の前に突き付けたのである。意識的にせよ無意識的にせよ、彼は絵画という手段によって、結果的に『ハムレット』の大胆な再評価に手を付けてしまったといっていい。

　事実、1800年から1900年にかけて、イギリス国内で最も権威ある展覧会であるロイヤル・アカデミー展には、累計50点以上ものオフィーリアの絵が出展されたというのに、1852年のミレイの作品以前に、彼女の死の場面を水面に浮かび上がる溺死体という形でダイレクトに表現した出展作品は見当たらない。[22] さかのぼること10年前の1842年には画壇の重鎮リチャード・レッドグレイヴ（Richard Redgrave, 1804-88）が、そしてミレイが出

展したのと奇しくも同じ 1852 年には同年代のアーサー・ヒューズ（Arthur Hughes, 1832-1915）が偶然にもオフィーリアの絵を出品しているけれど、この二作はどちらも川べりに座る彼女の姿を描いたものである。

　逆にミレイの《オフィーリア》が世に出てからというもの、同様の構図は 19 世紀はおろか 20 世紀を跨いで汎ヨーロッパ的な熱狂的追随の的となり、フランスの画家アレクサンドル・カバネル（Alexandre Cabanel, 1823 -1889）やガストン・ビュシエール（Gaston Bussiere, 1862-1928）をはじめ、ベルギーのコンスタンタン・ムーニエ（Constantin Emile Meunier,1831-1905）にスコットランド出身のウィリアム・スチュアート・マクジョージ（William Stewart MacGeorge,1861-1931）等による溺れるオフィーリア像が大挙して現れた。また『ハムレット』における王妃のモノローグ自体も、例の『アート・ジャーナル』誌上では「劇全体の中でも最も魅力に欠け」る場面と、何とも酷いいわれようだったのが、ミレイの絵が発表されてしばらく後の 1856 年に刊行されたヘンリー・ノーマン・ハドソン（Henry Norman Hudson, 1814-86）編『シェイクスピア全集』（*The Works of Shakespeare*）内では、「この素晴らしい一節は当然称賛に値する」とうやうやしい注を付されている。[23] これらの事実に鑑みて、ミレイの挑戦は確かな実を結んだといってまず差し支えあるまい。

　ただし、ミレイをも凌ぐ挑戦者として、公平を期してここでその名を挙げておくべきは、ウジェーヌ・ドラクロワ（Ferdinand Victor Eugène Delacroix, 1798-1863）であろう。少なくとも、イギリスないしロイヤル・アカデミー展という枠組みを外して考えた場合、ドラクロワ作《オフィーリアの死》（*La Mort d'Ophélie*）の先駆性について触れないわけにはいかない。ドラクロワはミレイに 10 年以上先んじ、1838 年という時点ですでに、オフィーリアが体ごと川の中に落ちる瞬間を描いているのである。

　実は本作には、1838 年のそれを含めて全部で三つのヴァージョン（1838 年、1843 年、1853 年）が存在し、現在最もよく知られているのは、ルーブル美術館所蔵の 1853 年の作だろう。しかし、ミレイの作品以前という観点からすれば、やはり 1838 年のノイエ・ピナコテーク所蔵版（図 2）と、『ハムレット』に基づいて制作された全 13 枚から成るリトグラフ集のうちの一つである 1843 年の作（図 3）に注目することから始めるのが筋であり、理に適っている。

図2　Eugène Delacroix,
　　　La Mort d'Ophélie, 1838, 1843,
　　　Neue Pinakothek

図3　Eugène Delacroix,
　　　La Mort d'Ophélie (Lithograph), 1843,
　　　Delacroix Museum

　そこでさっそく1838年版（図2）と1843年版（図3）の両者を比べてみると、ほぼ同じ構図で、どちらもオフィーリアが藁をも掴むように柳の枝を掴んでいる姿が描かれている。これは、あくまで誤って足を滑らせたという、「無垢」なオフィーリア像の提示に他ならない。1853年版の油彩も、左右反転という違いはあれど、38年版や43年版と同じ構図を共有していることから、ドラクロワによる《オフィーリアの死》の三ヴァージョンには、同一の想に基づき同様のオフィーリア像が描かれていると判断でき、それらは先述したオフィーリアの絶対的「無垢」を前提とする伝統的解釈に則っているといえなくもない。

　が、これら三作全てにおいて、オフィーリアが胸も露わな半裸の体で登場しているという別の事実が、「無垢」から決定的に乖離した解釈へと、わたしたちを否でも誘う。現代では、時に「ベッドのシーツを巻き付けたかのよう」[24]とも、あるいは川遊びをしていてアポロに懸想され、最後には月桂樹へとなり替わる一種の死を余儀なくされたギリシャ神話の「ダフネのよう」[25]とも譬えられることのあるドラクロワのオフィーリアは、明らかに彼女の純潔すなわち処女的「無垢」を疑わせるものである。オフィーリアの狂気の原因を、ハムレットとの性的関係とそれに伴う罪の意識に求めたエレイン・ショーウォルター（Elaine Showalter）らの20世紀フェミニズム批評を俟つまでもなく、[26]ハムレットによる肉体的誘惑の末に彼女が棄てられたと、声なき声で19世紀においてすでに主張しているのがドラクロワの作品なのだ。

ピーター・レイビー（Peter Raby）の至言どおり、そこにはミレイに先んじての「セクシャリティとエロティシズムの真の発露」[27]を潔く認めるべきだろう。

　しかし、大胆なストロークでもっぱら劇的効果を狙うドラクロワには、ミレイの緻密なリアリズムもなければ、深遠なシンボリズムもない。これは単に自然描写のことをいっているのではなく、人物の仕草表情も含めてのことである。

4. オフィーリアの「顔」という解釈の糸口

　　私はオフィーリアの顔を見て、目はそこに留まったままとなり、もう他
　　には何も見なかった……やがて涙で何も見えなくなって、仕方なく、狂
　　気の乙女の顔からその死を美しく彩る自然のほうへと目を移した。[28]

　オフィーリアの「顔」（図4）に言及しているこの文章もまた、看過できない同時代批評の一つ。当時大衆的人気を誇った週刊諷刺誌『パンチ』（*Punch*）に掲載された記事（1852年5月22日付）であって、筆者はこの後、ベンジャミン・ロバート・ヘイドン（Benjamin Robert Haydon, 1786-1846）やチャールズ・ロバート・レズリー（Charles Robert Leslie, 1794-1859）といった19世紀前半の有名画家の自伝を矢継ぎ早に編纂出版し、さらには前時代の美術界最高の権威ジョシュア・レノルズ（Joshua Reynolds, 1723-92）の画期的評伝を執筆することになるトム・テイラー（Tom

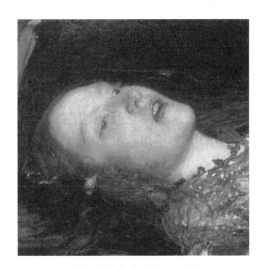

図4　Millais, *Ophelia* (detail)

図5　Dante Gabriel Rossetti,
　　　Beata Beatrix (detail), 1864-70, Tate

図6　Millais, *The Bridesmaid* (detail),
　　　1851, Fitzwilliam Museum

Taylor, 1817-80）である。プロの出版人として美術畑をひたむきに歩んでいた最中の彼が、こうまで感傷的に絶賛するとおり、ミレイの《オフィーリア》の「顔」は実のところ、正確緻密な自然描写と並んで、作品の看過できないもうひとつの大きな魅力に他ならない。

　薄く見開かれた虚ろなまなざしに、半ば開かれたままの赤い唇。これは「昔の祈りの歌を口ずさんでいた」という、シェイクスピアのテクストにぴたりと寄り添って生みだされている描写ではあるけれど、半開きの唇に似合いそうなのは歌よりむしろ甘い吐息で、オフィーリアの表情には明らかに一種のエロティシズムが漂っている。その思いがけない強烈さは、19世紀のテイラーならずとも、21世紀の今も美術館や展覧会でこの絵を現実に目の当たりにした誰もがつと足を止め、しばし見入らずにはいられないほどだ。あるいは、狂気のオフィーリアの官能性は、「やがて涙で何も見えなくなる」ほどではないにせよ、この世のものとは思えないほど神秘的といえばいいだろうか。

　この官能的な神秘性にかなりの部分寄与しているのが、オフィーリアのモ

デルを務めたエリザベス・シダル（Elizabeth Eleanor Siddal, 1829-62）本人
の容姿であるとは、キンバリー・ローズ（Kimberly Rhodes）の卓見だ。[29]
なるほど、シダルの夫にしてミレイとともにラファエル前派を結成していた
もう一人の別の画家、ダンテ・ゲイブリエル・ロセッティ（Dante Gabriel
Rossetti, 1828-1882）が、後年になってやはり唇を半ば開いた状態の彼女を
描いた《ベアタ・ベアトリクス》（*Beata Beatrix,* 1864-70, Tate, 図 5）を見
るかぎり、それが彼女独特の蠱惑的な表情であり雰囲気であった可能性は否
めない。

　しかしミレイには、シダルとは全く別の女性をモデルに同様の表情を描い
た《花嫁の付き添い》（*The Bridesmaid,* 1851, Fitzwilliam Museum, 図 6）と
いう作品もあり、念のため付言すれば、半開きの唇のもたらす官能性をもっ
ぱらシダル一人の個人的魅力に起因させることには無理がある。忘れられが
ちなことではあるが、《花嫁の付き添い》と《オフィーリア》の 51 年、52
年という制作年代の連続性をも加えて考慮に入れれば、それはやはり早計と
いうものだ。

　少なくとも、《オフィーリア》の構図構想面での新奇性ないし革新性は、
モデルではなく完全に画家の側に由来するものであって、作品全体に当ては
まるこの議論が、オフィーリアの「顔」という部分にもまた当てはまると素
直に考えたところで、そうそう的外れともいえまい。事実、オフィーリアの
表情から仕草へと視線を移すにつれ、この仮定は確信へと深まるばかりで、
作者ミレイの創意は画面の中心ちかくに初めから、堂々と大胆に示されてい
たのだと今さらながら想い到る。

5. 文学的絵画に潜む宗教的創意

　見る者が見ればわかる。画中のオフィーリアの仕草、開かれた両手のポー
ズ（図 7）はすこぶる宗教的――つまりキリスト教的だ。この点は、19 世紀
中からすでに「宗教的な受容のジェスチャー」[30]と指摘されて久しいけれ
ど、改めてキリスト教的観点からまじまじと絵を見つめ直せば、真実はそん
な曖昧なものではないと気づく。

　というのも、胸のあたりで肘から両腕を左右に開く仕草は、「表信」すな

図7　Millais, *Ophelia* (detail)

わち信仰を表明するために教会において定められた動作の一つで、しかも明らかに聖職者による奉納祈願や祝福のそれを連想させる。十字架上のキリストを象ったようにも見えるこの仕草を視野に入れれば、オフィーリアを『ハムレット』における罪なき犠牲者と解釈することも十分可能だ。

　これは構図と状況の酷似から《オフィーリア》との関連をしばしば指摘される同時代の作品、ジョージ・フレデリック・ワッツ（George Frederic Watts, 1817-1904）の《溺死》（*Found Drowned*, c.1848-50, Watts Gallery, 図8）にも該当する話である。ワッツの画中でウォータールー橋の袂に打ち上げられている若い女性の水死体も、左右の腕を大きく広げており、磔刑に処されたキリストの姿を連想させ、憂き世の犠牲者という解釈を誘わずにはおかない。事実19世紀当時のロンドンにあって、ウォータールー橋は身投げの名所として悪名高く、ワッツがこの絵を描いたのは実際に女性の溺死体を目撃したからとも、あるいは1844年5月、リージェント運河で起こったお針子の投身自殺事件に材を得たトマス・フッド（Thomas Hood,1799-1845）の詩、「ため息橋」（'The Bridge of Sighs', 1844）に想を得たからとも伝えられている。[31]

　19世紀ロンドンの現実の社会問題であった貧しい女性の困窮と、その末期としての投身自殺を、「また一人不幸な女が／生きるのに疲れ果て／急かされるように／身を投げた」と哀切に歌い出し、「今その罪を、柔順に主に委ねん」[32] と贖罪を仄めかして締めくくられるフッドの詩。それは、生活苦から売春や自死に追いやいられるロンドンの若い女性たちの実態をレポートした同時代のジャーナリスト、ヘンリー・メイヒュー

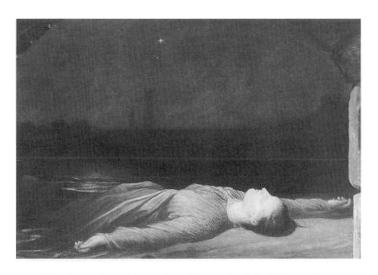

図8　George Frederic Watts, *Found Drowned,* c.1848-50, Watts Gallery

（Henry Mayhew,1812-87）の『ロンドンの労働と貧困層』（*London Labour and the London Poor,* 1851）や、性医学者ウィリアム・アクトン（William Acton,1813-75）による『道徳・社会・衛生面から見たロンドンその他の大都市並びに軍駐屯地における売春』（*Prostitution, Considered in Its Moral, Social, and Sanitary Aspects, in London and Other Large Cities and Garrison Towns,* 1851）等のノンフィクションとは異なり、抒情詩ならではの読者の同情を否でも誘うセンティメンタリズムに満ちている。

　辛い現実を優しい言葉で砂糖菓子のように包んで伝えるフッドのこうした手法を、甘ったるい文学的潤色と呼ぶことは容易い。けれど、すとんと腑に落ちるような平易な表現と多彩ながらも整った韻律（リズム）、そして単なる社会告発に終わらぬ贖罪の示唆をも伴った芸術的広がりゆえに、フッドの詩がより多くの読者を得て、メイヒューやアクトンの著作にいずれ劣らぬ一大センセーショナリズムを巻き起こしたことは事実だ。[33] 19 世紀末には《希望》（*Hope,* 1886, Tate）等の象徴主義的大作で知られることになるワッツもまた、世紀半ばの《溺死》においてはフッド同様の示唆的手法を採っているのであり、画面の上半分を占めるロンドンの暗い空の向こう、唯一つ輝いて見える星は、死者に最後に残された救済という希望の徴（しるし）とみてまず大過ない。

これらフッドの「ため息橋」やワッツの《溺死》と全く同時代の作品であり、主題の酷似が誰の目にも明らかな以上、ミレイの《オフィーリア》にも当然、同種の社会的問題意識の存在を看取して然るべきではあるだろう。ミレイ自身、1858 年にはフッドの「ため息橋」の挿絵 を手掛けているのであり、俗に「堕ちた女（Fallen Woman）」と呼ばれることもしばしばの、困窮の末に身を持ち崩したヴィクトリア時代の女性たち、いわば 19 世紀イギリス社会の哀れな犠牲者のアリュージョンとしてオフィーリアが扱われたところで、べつだん無理や不合理はない。しかし、現実の事件や時の流行詩ではなく、16 世紀のシェイクスピアに題材を求め、ロンドンのウォータールー橋ではなく田舎の名もなき小川のほとりを舞台に選んでいる時点で、ミレイという画家もしくは《オフィーリア》という作品に、もっぱら 19 世紀的な社会性ばかりを見出そうとするのはやはり得策ではないだろう。

　少なくともこの絵の場合、社会的解釈に終始すれば、批評上の一つの大きな可能性の看過を招く。なぜなら、ミレイの描いたオフィーリアは、その仕草だけが「宗教的」なのではない。シェイクスピアのテクストにおいても、ミレイの画面上においても、オフィーリアが唇を開いて口ずさんでいるのは「昔の祈りの歌」であり、彼女は「水から生まれし者が／また水へと還るように」死んでゆく。観念的にいえば、四元素のなかで「水」は「地」と並んで女性的元素とされており、シェイクスピア自身、この意味でオフィーリアの水中の死に還元性と整合性を付与していることは今さら多言を要さないが、先述したように聖職者による奉納祈願という教会典礼の中心部分をイメージさせるミレイのオフィーリアの所作、そしてそれを包み込む「水」は、かてて加えて聖水や洗礼の秘蹟を連想させずにはおかない。そうなるともはや《オフィーリア》の画面構成そのものが、教会におけるミサや聖餐式の表象であると解釈するより他はなくなる。

　実際、《オフィーリア》の制作前後における画家ミレイの宗教的関心は伊達ではなく、彼はほとんど宗教的画題に拘泥していたといっても過言ではない。

　まず 1850 年のアカデミー展で、ミレイが聖家族像をリアリズムの極致で描いた《両親の家のキリスト》(*Christ in the House of His Parents*, 1849-50, Tate) を発表し、チャールズ・ディケンズ（Charles Dickens, 1812-70）に酷評されるなど大変な物議を醸したのは有名な話である。その背景として、こ

と宗教的話題となると過敏に反応しがちだった当時の特殊な社会情勢があったことはすでに指摘したとおりで、ミレイは同様の過を避けるためか、時を置かずコベントリー・パトモアやアルフレッド・テニスン等の同時代詩に材を求め、文学的主題の作品に積極的に取り組み始めた。

　が、彼は決してこの時点で宗教的主題を見限り、捨て去ったわけではない。ミレイは 1851 年のアカデミー展において、パトモアの詩に基づいた《木こりの娘》（*The Woodman's Daughter*, 1850-1, Guildhall Art Gallery）、テニソンの同名の作品に依拠した《マリアーナ》（*Mariana*, 1850-1,Tate）に加え、「創世記」のノアの方舟のエピソードに取材した《方舟への鳩の帰還》（*The Return of the Dove to the Ark,* 1851, Ashmolean Museum）も出展しているのである。

　アカデミー展において、一人の画家による複数の出展は必ずしも珍しいことではなく、[35] 事実ミレイは 1852 年のアカデミー展に《オフィーリア》だけでなくもう一点、《ユグノー》（*A Huguenot, on St Barthlomew's Day, Refusing to Shield Himself from Danger by Wearing the Roman Catholic Badge,*

図 9　Millais, *A Huguenot, on St Barthlomew's Day, Refusing to Shield Himself from Danger by Wearing the Roman Catholic Badge,* 1851-2, The Makins Collection

1851-2, The Makins Collection, 図 9）という作品も出展している。

　とかく無視されがちなこれらシンプルな事実を踏まえ、文学的主題に圧^おされてはいるものの、1850 年を過ぎてからのミレイ作品群における宗教的主題の継続傾向を併せて考慮に入れるとき、《オフィーリア》における宗教的解釈は何ら突飛でも不可解でもなくなる。それどころか、この作品が《ユグノー》と同時進行で制作されていた事実³⁶を期して同じ視野に収めたなら、キリスト教的観点からの考察は必要不可欠とさえ思えてくる。

　なぜなら、16 世紀のパリでカトリック強硬派がプロテスタント信徒（＝ユグノー）を大量虐殺した「聖バーソロミューの虐殺」を題材とする《ユグノー》に描かれているものは、《オフィーリア》と同種同質のテーマだ。カトリックの目印とされた白い腕章を男の腕に無理やり巻きつけ、本当はユグノーである彼の命を必死に助けようとする可愛い恋人の願いも虚しく、男は自らの信仰を偽るよりはそれに潔く殉じようとしている。すなわち、画中の男はオフィーリアと同じく自ら死に向かい、死に急いでいるのであって、画面に横溢するのは、己を取り巻く環境ゆえに望むようには生きられぬ者の、やるせなさとやりきれなさだ。

　描かれているのが、男だろうと女だろうと関係ない。歴史だろうと文学だろうと構わない。そんなことはここでは問題ではない。《ユグノー》と《オフィーリア》の同時進行性、そして死という主題の同一性こそは、当時のミレイの意図の所在と精神の如何を傍から示し、確かに証^{あかし}するものだ。人が死に向かう瞬間と、そこにあって然るべき神へと向かう祈りにも似た不可視の意識を、ミレイは 1850 年の宗教画《両親の家のキリスト》以降も、文学や歴史の主題に巧みに織り込み、紛れ込ませながら、途切れることなく描き続けていたのである。

　このことを後追いで確証するのが、最晩年のミレイが病をおしてまで制作した《聖ステパノ》（*St Stephen,* 1894-5,Tate）と《使徒》（*A Disciple,* 1895, Tate）の存在だ。殉教の運命背負いし者を描いたこれら両作が、自らの死を前にしての、若き日（＝ 1850 年代）の宗教的主題への回帰であったとは、画家の息子にして伝記作者のジョン・ギル・ミレイ（John Guille Millais, 1865-1931）の弁だが（Millais 312-3）、今なお一次資料として最も信頼のおける伝記中のこの指摘に則れば、ミレイという画家は本質的に宗教的なのであって、肖像画や風俗画の類に人生の中途でいくら手を染めようと、³⁷ 彼

が聖なるものへの憧憬を本当の意味で忘れたことはなかったともいえそうだ。

　それを彼自身の信仰と呼ぶべきか、あるいは呼べるか否かは定かでない。けれどミレイの親友にしてラファエル前派の盟友ウィリアム・ホルマン・ハント（William Holman Hunt,1827-1910）は、同派の回顧録たる『ラファエル前派主義とラファエル前派兄弟団』（*Pre-Raphaelitism and the Pre-Raphaelite Brotherhood,* 1905）の中で、ミレイによる宗教的表現の原点ともいうべき1850年の《両親の家のキリスト》が、前年の夏にミレイがオックスフォードで与った礼拝と説教にインスピレーションを得た結果であったと言明している（Hunt 194）。それがおそらくは、16世紀以来のイングランド国教会をかぎりなく普遍的な組織とする理念の下、サクラメントと呼ばれる中世カトリック由来の様々な宗教的秘蹟の復活と重視を唱えていたオックスフォード運動の当時の指導者、エドワード・ボウヴェリー・ピュージィ（Edward Bouverie Pusey, 1800-82）によるものであり、ミレイがカトリック的なハイ・チャーチの思想に明らかに傾倒していたと主張する諸々の研究は、すでに20世紀後半に世に出て久しい。[38]

　事実1850年の年末、ミレイは彼の理解者にしてパトロンであったオックスフォード大学クラレンドン・プレス所長トマス・クーム（Thomas Combe,1796-1872）宛の書簡で、このところは毎週日曜日にロンドンのウェルズ・ストリートにあるセント・アンドルーズ教会へ通っているとも伝えている（Millais 90）。同種の記録が以後見つからないことから、週一レベルの熱心かつ定期的な教会通いは1850年に限ってのことと判断したほうが良さそうだが、当時のセント・アンドルーズはロンドンに数多あるその他の教会とは違った。香を焚き、聖水を撒き、跪く信者会衆に祝福を与えては十字を切るといった類のミサ典礼における旧来祭式の復活促進の場、すなわちオックスフォード圏外のハイ・チャーチの牙城として、ロンドンではそれなりに名の通った場所だったのである。[39]

　画家ならずとも、視覚が人間にもたらす影響はダイレクトで、往々にしてその後も尾を引く。たとえ一時的であったにせよ、祭式という定まった型式の重用を旨としたハイ・チャーチの教会に通いつめ、聖職者による古式ゆかしい諸々の仕草を目の当たりにしていた以上、1850年以降のミレイの絵画に様々な「型」をもつ宗教的シンボリズムが登場しても何ら不思議はない。

一義的には文学的主題の絵画である《オフィーリア》もまた例外ではなく、恍惚めいた表情を浮かべ苦も無く死にゆく乙女の姿に、両手を広げて祈りを奉げる聖職者の姿を重ね合わせ、画面全体をミサないし聖餐式の表象と捉えたうえで、それによる贖罪の示唆を認めても、《オフィーリア》解釈の試みとして誤謬の謗りまでは受けまい。

　ミレイと彼の美しい絵の中に確かに息づく、神への憧憬——。それは漱石が、100 年ものの審美眼を擁しながらも、ついぞ提示しえなかった視座でもある。⁴⁰ しかしそろそろ、超えられるものなら漱石の轍に倣う慣習（ならい）を超えて、彼が忌避しがちだったキリスト教という普遍的な観点から今一歩、もっと本質的なところまで、イギリスの芸術に肉薄すべき時代（とき）なのだろう。事実それが可能であり、必要であると示すべく、文学性も社会性も、そして官能性までも内包した宗教的神秘の一枚の表象として今わたしたちの目の前に存在しているのが、ミレイの《オフィーリア》なのかもしれない。

注

1　岩波書店版『漱石全集』第三巻（2002 ～ 04 年）より。

2　*Millais* (exh.cat.), Tate, 2007, p.68.

3　「テート・ギャラリー展」（1998 年、於東京都美術館）。「ジョン・エヴァレット・ミレイ展」（2008 年、於北九州市美術館、Bunkamura ザ・ミュージアム）。「ラファエル前派展」（2014 年、於森アーツセンターギャラリー）。

4　'The Exhibition of the Royal Academy,' *Illustrated London News,* 8 May, p.368-9.

5　出口保夫『イギリス文芸出版史』（研究社出版、1986 年）、157 頁。

6　'Exhibition of Royal Academy (Private View),' *The Times,* 1 May 1852, p.8.

7　'Fine Arts: Royal Academy,' *Athenaeum,* 22 May 1852, pp.581-3.

8　'The Royal Academy,' *The Art-Journal,* 1 June 1852, p.174.

9　『ハムレット』の引用は全て T.G.B.Spencer, ed., *Hamlet,* New Penguin Shakespeare, 1980 に拠るものであり、拙訳である。

10　"Your sister's drowned, Laertes."

11　Claris Glick, 'Hamlet in the English Theater—Betterton(1676) to Olivier (1963),'

Shakespeare Quarterly, 1969, pp.17-35.

12 『アート・ジャーナル』は、ミレイの1849年のアカデミー出展作《イザベラ》を「本
　展中最も目を見張る作品」と例外的に高評価しているが、これは当時まだラファ
　エル前派の存在を把握しきれていなかったため。同派が世間に認知された後の51
　年の出展作《マリアーナ》については、他誌の絶賛をよそに、画中のヒロインを「無
　理して無作法な振る舞いをしているただの顔色の悪い女」と一蹴している。

13 'The Royal Academy,' *The Art Journal,* 1 June 1850, p.175.

14 たとえば、オックスフォード運動の機関誌『時局小冊子』(*Tract for The Times*) は、
　1841年にオックスフォード主教によって続刊を禁止されている。国教会側からの
　こうした圧力を受けて、運動の推進者の一人ジョン・ヘンリー・ニューマン (J.H.
　Newman,1801-90)は、45年にカトリックへと改宗したのであり、50年のいわゆる「ゴ
　ラム裁判」において、事実上、国家が洗礼の秘蹟を否定し教会教理に介入するに
　及び、国内にさらなるカトリック改宗者の増加を招いた。これに歯止めをかける
　べく、保守系各ジャーナリズムが反カトリック的態度を強めたことはいうまでも
　ない。

15 John Guille Millais, *The Life and Letters of Sir John Everett Millais,* Frederick A.Stokes
　Company, 1899, Vol.1, p.119

16 William James, ed., *The Order of Release: The Story of John Ruskin, Effie Gray and
　John Everett Millais Told for the First Time in Their Unpublished Letters,* J.Murray,
　1948, p.176.

17 John Ruskin, *Pre-Raphaelitism,* Smith, Elder and Co., 1851, p.37.　ちなみに同著作
　において、ラスキンは山岳風景を自然界における聖なるものの顕現として、また
　ターナー (Joseph Mallord William Turner, 1775-1851) の風景画の真髄を成すもの
　として最重視している。

18 George Eliot, *Westminster Review,* Vol.65, April, 1856, P.626.

19 Samuel Johnson, ed., *The Plays of Shakespeare,* vol.8, Tonson, 1765, p.311.

20 William Hazlit, *Characters of Shakespeare's Plays,* Second Edition, Taylor and
　Hessey, 1818, p.112.

21 Samuel Taylor Coleridge, *Lectures and Notes on Shakespeare and Other English
　Poets*(Collected by T.Ashe), George Bell and Sons, 1900, p.362-3.

22 Richard Altic, *Paintings from Books: Art and Literature in Britain, 1760-1900,* Ohio
　State University Press, 1985, p.299.

23 Henry Norman Hudson, ed., *The Works of Shakespeare,* vol.10, James Munroe and Company, 1856, p.344.

24 Christine Riding, *John Everett Millais,* Tate, 2006, p.20.

25 Esther Gordon Dotson, 'English Shakespeare Illustration and Eugene Delacroix,' *Essays in Honor of Walter Friedlander,* Institutes of Fine Arts, 1965, p.57.

26 Cf. Elaine Showalter, 'Representing Ophelia: Woman, Madness, and Responsibilities of Feminist Criticism,' in Patricia Parker and Geoffrey Hartman eds., *Shakespeare and the Question of Theory,* Methuen, 1985.

27 Peter Raby, *Fair Ophelia: A Life of Harriet Smithson Berlioz,* Cambridge University Press, 1982.

28 "Our Critic" Among the Pictures,' *Punch,* 22 May 1852.

29 Kimbery Rhodes, 'Degenerate Detail: John Everett Millais and Ophelia's "Muddy Death",' in Debra N.Mancoff ed., *John Everett Millais: Beyond The Pre- Raphaelite Brotherhood,* Yale University Press, 2001, p.62.

30 Emily E.Ford, 'Two Drowned Ophelia,' *The Aldine,* Vol.7, No.3, March, 1874, p.58.

31 Hilary Underwood and Richard Jefferies, *The Watts Gallery, Compton,* The Watts Gallery, 2004, pp.6-7.

32 「ため息橋」の引用は Arthur Quiller Couch ed., *The Oxford Book of English Verse: 1250–1900* に拠るものであり、拙訳。

33 作者フッド自身は初版刊行翌年の 1845 年に没したが、その後も「ため息橋」はミレイはじめジェラルド・フィッツジェラルド（Gerald Fitzgerald,1821-86）、ギュスターヴ・ドレ（Paul Gustave Doré,1832- 88）、ジョン・モイル・スミス（John Moyr Smith, 1839-1912）、ハーバート・グランヴィル・フェル（Herbert Granville Fell, 1872-1951) 等の画家やイラストレーターたちの挿絵入りで頻繁に版を重ねている。

34 'The Bridge of Sighs' in *Passages from the Poems of Thomas Hood Illustrated by the Junior Etching Club,* 1858.

35 ただし現在は、1 人の画家につきエントリーできるのは 2 作まで。

36 William Holman Hunt, *Pre-Raphaelitism and the Pre-Raphaelite Brotherhood,* Vol.1, Macmillan,1905, p.283.

37 齊藤貴子「Ｊ・Ｅ・ミレイ再評価とＰＲＢ研究の新時代に向けて」（『英語青年』、研究社、2008 年 7 月号）、29 〜 30 頁。

38 Alaster Grieve, 'The Pre-Raphaelite Brotherhood and the Anglican High Church,' *The Burlington Magazine,* May 1969, pp.294-95.

Edward Morris, 'The Subject of Millais's Christ in the House of His Parents,' *Journal of the Warburg and Courtauld Institutes,* Vol.33, 1970, pp.343-45.

39 'St.Andrew's Church, formerly in Wells Street, now at Kingsbury, Middlesex,' *Survey of London,* 1 April 2016(https://blogs.ucl.ac.uk/survey-of-london/2016/04/01/st-andrews-church/).

40 佐渡谷重信は、「漱石の評論や小説の中に宗教画への言及が比較的少ないのはキリスト教への関心が希薄であったから」と述べている（『漱石と世紀末芸術』、美術公論社、1982 年、21 頁）。なお、漱石のキリスト教に対する忌避的姿勢については、加納孝代「漱石のキリスト教観」（平川祐弘編『夏目漱石』番町書房、1977 年）に詳しい。

主要参考文献（単行書籍のみ）

The Germ: *Thoughts towards Nature in Poetry, Literature, and Art, 4 issues published January—May 1850,* reprinted with a preface by Andrea Rose, Ashmolean Museum, 1992.Altick, Richard. *Paintings from Books: Art and Literature in Britain, 1760-1900.* Ohio: Ohio State University Press, 1985.

Barlow, Paul. *Time Present and Time Past: The Art of John Everett Millais.* Aldershot, Hants and Burlington, Vermont: Ashgate Publishing, 2005.

Brooks, Chris. *Signs for the Times: Symbolic Realism in the Mid-Victorian World.* London, Boston and Sydney: George Allen & Unwin, 1984.

Bullen, J.B. *The Pre-Raphaelite Body: Fear and Desire in Painting, Poetry, and Criticism.* Oxford: Clarendon Press, 1998.

Denis, Raphael Cardoso and Colin Trodd (eds.). *Art and the Academy in the Nineteenth Century.* Manchester: Manchester University Press, 2000,

Errington, Lindsay. *Social and Religious Themes in English Art 1840-1860.* New York and London: Garland, 1984.

Faber, Geoffrey. *Oxford Apostles: A Character Study of the Oxford Movement.* London: Faber and Faber, 1933, paperback ed. 1974.

Flint, Kate. *The Victorians and the Visual Imagination.* Cambridge: Cambridge University Press, 2000.

Funnel, Peter and others (eds.). *Millais: Portraits (exh.cat.).* London: National Portrait Gallery, 1999.

Gage, John. *Colour and Meaning: Art, Science and Symbolism.* London: Thames & Hudson, 1999.

Hackney, Stephen, Rica Jones and Joyce Townsend (eds.). *Paint and Purpose: A Study of Technique in British Art.* London: Tate, 1999.

Harding, Ellen (ed.). *Re-framing the Pre-Raphaelites: Historical and Theoretical Essays.* Aldershot, Hants: Scolar Press, 1996.

Hunt, William Holman. *Pre-Raphaelitism and the Pre-Raphaelite Brotherhood.* London and New York: Macmillan, 1905, 2 vols. (2nd edition, revised, 1913).

James, William (ed.). *The Order of Release: The Story of John Ruskin, Effie Gray and John Everett Millais Told for the First Time in Their Unpublished Letters.* London: J.Murray, 1948.

Latham, David (ed.). *Haunted Texts: Studies in Pre-Raphaelitism in Honour of William E. Freedman.* Tronto, Buffalo and London: University of Toronto Press, 2003.

Mancoff, Debra N (ed.). *John Everett Millais: Beyond The Pre- Raphaelite Brotherhood.* New Haven and London: Yale University Press, 2001.

Marsh, Jan. *The Legend of Elizabeth Siddal.* London: Quartet Books, 1989.

Millais, John Guille. *The Life and Letters of Sir John Everett Millais.* London: A.Stokes Company, 1899, 2 vols.

Nead Lynn. *Myths of Sexuality: Representations of Women in Victorian Britain.* Oxford: Basil Blackwell, 1988.

Parker Patricia and Geoffrey Hartman (eds.). *Shakespeare and the Question of Theory.* New York and London: Methuen, 1985.

Parris, Leslie (ed.). *Pre-Raphaelite Papers.* London: Tate, 1984.

Pointon, Marcia (ed.). *Pre-Raphaelite Re-viewed.* Manchester: Manchester University Press, 1989.

Prettejohn, Elizabeth. *The Art of the Pre-Raphaelites.* London: Tate Publishing, 2000.

——(ed.). *After the Pre-Raphaelites: Art and Aestheticism in Victorian England.* Manchester: Manchester University Press; New Brunswick, New Jersey: Rutgers

University Press, 1999.

Psomiades, Kathy Alexis. Beauty's Body: *Femininity and Representation on British Aestheticism.* Stanford, California: Stanford University Press, 1999.

Raby, Peter. *Fair Ophelia: A Life of Harriet Smithson Berlioz.* Cambridge: Cambridge University Press, 1982.

Rossetti, William Michael. *The P.R.B.Journal: William Michael Rossetti's Diary of the Pre-Raphaelite Brotherhood 1849-1853,* ed. William E. Freedman. Oxford: Clarendon Press, 1975.

Ruskin, John. *The Works of John Ruskin (Library Edition),* ed. E.T.Cook and Alexander Wedderburn. London: George Allen, 1903-12, 39 vols.

Trodd, Colin, Paul Barlow and David Amigoni (eds.). *Victorian Culture and the Idea of the Grotesque. Aldershot, Hants and Brookfield,* Vermont: Ashgate, 1999.

Warner, Malcom. (ed.). *The Pre-Raphaelites in Context.* San Marino, California: Huntington Library, 1992.

Watson, J.N.P. Millais: *Three Generations in Nature, Art and Sport.* London: The Sportsman's Press, 1988.

江藤淳『漱石とその時代　第二部』新潮社、1970 年。

佐渡谷重信『漱石と世紀末芸術』美術公論社、1982 年。

出口保夫『ロンドンの夏目漱石』河出書房新社、1982 年。

―――『イギリス文芸出版史』研究社出版、1986 年。

―――『漱石と不愉快なロンドン』柏書房、2006 年。

新関公子『「漱石の美術愛」推理ノート』平凡社、1998 年。

『漱石全集』（全二十八巻＋別巻）岩波書店、2002 ～ 04 年。

平川祐弘編『夏目漱石』番町書房、1977 年。

第 7 章

王政復古期のシェイクスピア劇

──マスク化された *The Tempest*

田村　真弓

　ウィリアム・シェイクスピアの作品中、最も音楽性の豊かな劇である『テンペスト』は、王政復古期の上演時に、歌と踊りの要素を増して、「オペラ化」されたと言われてきた。しかし、この時代に改作された『テンペスト』は、実は「オペラ化」されたのではなく、「マスク（仮面劇）化」されたのではないだろうか。本論では、ジョン・ドライデンとウィリアム・ダヴェナントによる 1667 年版の『テンペスト、あるいは魔法の島』（*The Tempest, or The Enchanted Island*）とトマス・シャドウェル（Thomas Shadwell, 1642?-92）による 1674 年版の『テンペスト、あるいは魔法の島』（*The Tempest, or The Enchanted Island*）を主要なテクストとして取り上げ、オペラとマスクの本質的な違いやマスクに内在する政治性に焦点を当てながら、王政復古期の『テンペスト』上演の意義を明らかにしようと思う。

1. シェイクスピア劇からの改変

　まず、シェイクスピアの『テンペスト』と王政復古期の二つの『テンペスト』を、歌、音楽、踊りのスペクタクル場面に注目して、比較分析してみることにする。

　1667 年のドライデン・ダヴェナント版では、以下の変更が見られる。一

つ目は、劇冒頭、1幕1場の「嵐の場面」が倍近くに延長されていることである。これにより、嵐を表現する視覚効果や音響効果が倍増し、より迫力ある場面になったと思われる。二つ目は、かつて王位を簒奪したアロンゾーたちに改悛を促す3幕3場の「ハーピーの場面」が、2幕1場の「悪魔の仮面劇」へ変更されたことである。「悪魔の仮面劇」は、歌、音楽、踊りがふんだんに盛り込まれており、より独立、完結した見世物的場面になっている。三つ目の変更点は、4幕1場ファーディナンドとミランダの婚約を祝う「祝婚の仮面劇」が、3幕2場のアロンゾーたちの罪を許す「豊穣の仮面劇」になったことである。エアリエルが歌う大地の女神シリーズの歌と、豊穣の角（コルヌコピア）を手に持つ8人の太った妖精の踊りは、「祝婚の仮面劇」のように途中で中断されることなく、より完成された仮面劇的場面になっている。四点目は、3幕4場のファーディナンドを誘うエアリエルの歌に、ファーディナンドとエアリエルの輪唱（echo song）が追加されていることである。海軍書記官サミュエル・ピープスが、1667年11月7日の『日記』（*The Diary*）の中で、「とても素敵だ（"mighty pretty" − 522）」と感想をもらしたこの掛け合いにより、劇に音楽的多様性が加わったのは確かである。五点目は、プロスペローがキャリバンたちを懲らしめる4幕1場「猟犬の場面」が、キャリバンたちが歌と踊りで酒盛りをする4幕2場「宴会の場面」へと変更され、より見世物的になっていることである。六点目は、劇の最後にエアリエルと恋人の妖精ミルカが、スペインの宮廷舞踊、「サラバンド」を踊る場面が付け加えられたことである。以上のように、ドライデン・ダヴェナント版の『テンペスト』はシェイクスピア版と比較して、明らかに音楽性、視覚性の豊かな劇へと改作されたことがわかる。

　さらに、1674年のシャドウェル版では、ドライデン・ダヴェナント版からの以下の変更が見られる。第一に、楽団や舞台装置を説明した詳細なト書きが加わった。第二に、1幕3場の「悪魔の仮面劇」で、悪魔の歌1曲と12人の風の精の踊りが追加された。第三には、ミルカの登場が早まり、3幕1場でエアリエルが歌った「五尋の海の底に（"Full fathom five thy father lies"）」が、ミルカの歌に変更された。第四には、3幕3場のエアリエルによる「豊穣の歌」の独唱（solo）が、エアリエルとミルカの二重唱（duet）へと変更された。第五に、劇の最後、5幕1場に、嵐を静めるための「ネプチューンとアンフィトリテの仮面劇」が付け加えられた。これは、歌と踊りと音楽

から成る本格的な仮面劇であり、二組のカップルの祝婚と一同の和解を寿ぐという内容も、「混乱」から「調和」へというテーマをもつ、かつての宮廷仮面劇に類似している。とりわけ、海をモチーフにした登場人物や舞台設定の点で、1610 年にヘンリー王子の皇太子就任を祝って上演されたサミュエル・ダニエル（Samuel Daniel, 1562-1619）の宮廷仮面劇、『テテュスの祝祭』（*Tethys' Festival*）を思い起こさせる。

　こうした改変を含む王政復古期の『テンペスト』は、しばしば「オペラ」と呼ばれた。1674 年のシャドウェル版は、「オペラのために改作された版（"The version arranged for an opera"）」と名付けられ、ヨーク公爵劇団の台詞係であったジョン・ダウンズは、観劇記録『イギリスのロスキウス』（*Roscius Anglicanus,* 1708）の中で、シャドウェル版を「オペラ」と呼んだ。

　　1673 年以降、『テンペスト、あるいは魔法の島』は、シャドウェル氏によって、オペラにされ、場面や機械の全てが新しくなった。とりわけ、ある場面は、大勢の宙を舞う妖精で表現され、他の場面では、トリンカロ公爵と仲間たちが食事をしようとしたところ、果物や砂糖菓子、あらゆる種類のご馳走が載せられた食卓が飛び去った。全てが見事に演じられたので、これに続くオペラで、これ以上稼ぐ作品はなかった。

このように、改作版『テンペスト』は、確かに「オペラ」と呼ばれたのである。

2. イタリアのオペラとイギリスの仮面劇の発展

　しかし、王政復古期の『テンペスト』は、イタリアで発展した「オペラ」とは、本質的に異なるものであった。それを確認するために、イタリアの「オペラ」と、王政復古期にイギリスで「オペラ」と呼ばれた作品の発展の歴史を見てみることにする。

　美術史家ロイ・ストロングによると、オペラと仮面劇は共に、「王の入城式」、「馬上武術試合」、「祝宴」といった中世の宮廷祝祭から発展し、観客に豪華さや壮麗さを見せつけることにより、君主の権力を誇示するという役割を果たしていた（3-19）。

イタリアの「オペラ」は、ルネサンス期に、宮廷劇の場と場の間、式典、バレエ、馬上武術試合や騎士道的余興の間に挿入された音楽的、神話的な間奏曲である「幕合狂言（インテルメッツォ）」から発達し、1600年、ヤコポ・ペーリ（Jacopo Peri, 1561-1633）の『エウリディーチェ』（*Euridice*）で誕生したと言われる。フランス王アンリ4世（Henri IV, 1553-1610）とマリー・ド・メディシス（Marie de Médicis, 1575-1642）の婚礼で上演された史上初の全編、歌による見世物「オペラ」は、竪琴の名手オルフェウスを主人公とした音楽がモチーフの祝祭であった。

それに対し、当時、イギリスで「オペラ」と呼ばれた作品は、「宮廷仮面劇」の流れを汲むものであった。「宮廷仮面劇」は、ジェームズ1世とチャールズ1世の治世に、舞台装置家イニゴー・ジョーンズ（Inigo Jones, 1573-1652）と劇作家ベン・ジョンソンが発展させた宮廷の余興である。宮廷仮面劇の特徴は、プロの俳優が台詞で演じる混乱の「アンティ・マスク」から、君主が演じる後半の「メイン・マスク」へとストーリーが展開することであり、君主の存在が宇宙の調和をもたらすというものである。また、歌や踊りの場面はあくまでも挿入的なもので、神や妖精、悪魔や超自然の存在だけが歌唱するという点が、イタリア・オペラとの大きな相違である。

以上のことから、オペラと仮面劇は、どちらも君主の権力を誇示する宮廷祝祭ではあるものの、異なる発展を遂げた異質の芸術であったと言うことができる。

3. シェイクスピアの『テンペスト』と宮廷仮面劇

次に、シェイクスピアの『テンペスト』が宮廷仮面劇と深い関わりをもっていることを明らかにしたいと思う。『テンペスト』が初演されたのは、1611年、ホワイトホール宮殿において、ジェームズ1世の御前であった。ついで、1612年から13年にかけて、ジェームズ1世の息女、エリザベス・ステュアート（Elizabeth Stuart, 1596-1662）とプファルツ選帝侯フリードリヒ5世（Friedrich V, 1596-1632）の結婚祝いの余興として宮廷で上演されたことが記録されている。『テンペスト』4幕1場には、ファーディナンドとミランダの婚約を祝う「祝婚の仮面劇」があり、宮廷仮面劇に特有の、ローマ・

ギリシア神話の神々である虹の女神アイリス、豊穣の女神シーリーズ、結婚の女神ジュノーが、歌と音楽と共に登場し、ニンフたちと農夫たちが踊る。歌、踊り、音楽を備えたこのスペクタクル場面は、宮廷仮面劇の「メイン・マスク」を模した、仮面劇的場面であると言うことができる。また、宮廷祝祭に不可欠な権力誇示の政治的メッセージに関しては、「驚異」のスペクタクルを作り出し、宇宙の調和を地上にもたらす神のようなプロスペローの姿を通じて、ヨーロッパに宗教的平和をもたらすジェームズ1世を神格化し、賛美していたということは想像に難くない。つまり、シェイクスピアの『テンペスト』は、宮廷仮面劇に由来する作品だったのである。

4. 王政復古期の『テンペスト』と仮面劇

　それでは、シェイクスピア以降の『テンペスト』と仮面劇の関係はどうなったのであろうか。その答えを知るために、スペクタクル作品を中心に、イギリスの演劇上演史をたどってみることにする。

　1642年、清教徒革命が勃発し、演劇に反対するピューリタン勢力が権力を掌握すると、演劇の公演は禁止され、ロンドンの劇場は閉鎖を余儀なくされた。宮廷でも、1645年にホワイトホール宮殿の仮面劇場が解体され、チャールズ1世は処刑、後にチャールズ2世となるチャールズ王子はフランスに亡命し、イギリスの宮廷演劇は消滅した。

　ところが、イギリスの舞台上演が完全に失われることはなかった。演劇を愛し、かつてイニゴー・ジョーンズと組んで宮廷仮面劇の上演で活躍したウィリアム・ダヴェナントは、儀式と音楽を好む護国卿オリヴァー・クロムウェル（Oliver Cromwell, 1599-1658）に取り入って、「オペラ」の形で舞台上演を復活させたのである。1656年、共和国政府の正式な許可を得て、ダヴェナントは自邸ラットランド・ハウスの臨時舞台で、『ロードス島攻囲』（*The Siege of the Rhodes*）という歌で構成された「遠近法の舞台背景による上演で、叙唱で歌われる物語（"a Representation by the Art of Prospective in Scenes, And the Story sung in *Recitative* Musick"）」を上演した。これは、半ば私的な上演であったが、この後、この「オペラ」は、公衆劇場であるコックピット座でも上演を許された。続いてダヴェナントは、共和国政府の

反スペインのプロパガンダを利用することで（当時、スペインは亡命した
チャールズ王子と手を組み、イギリスを攻撃しようとしていた）、コックピッ
ト座でのオペラ上演を可能にした。クロムウェルの庇護の下、1658 年には、
『ペルーにおけるスペイン人たちの残虐さ』（*The Cruelty of the Spaniards in
Peru*）、1659 年には、『サー・フランシス・ドレイク一代記』（*The History of
Sir Francis Drake*）といった、スペインの非道を描いた共和国政府好みの「オ
ペラ」が上演された。

　以上のように、王制を倒し演劇禁止となった共和制時代に許された舞台上
演は、イギリス固有の「仮面劇」ではなく、イタリア由来の「オペラ」であった。
このことは、「仮面劇」がイギリス宮廷や王権と深く結びついていることの
証明に他ならない。また、以上の歴史から、共和制時代のスペクタクルな上
演に対する「オペラ」という呼称が王政復古期にも引き続き使用され、改作
版『テンペスト』は誤って「オペラ」と呼ばれたことが明らかになった。

　次いで、王政復古期になると、トマス・キリグルーの国王劇団とウィリア
ム・ダヴェナントのヨーク公爵劇団が、二つの勅許劇団として劇の上演を許
可された。シェイクスピアやベン・ジョンソン作品などの旧作の台詞劇をレ
パートリーとする国王劇団に対し、ダヴェナントの公爵劇団は、可動式背景
扉を使ったリンカーンズ・イン・フィールズ劇場を建設し、1661 年、『ロー
ドス島攻囲第二部』（*The Siege of Rhodes, Part 2*）で柿落としをした後、1667
年版の『テンペスト』のような歌、音楽、踊りの新作のスペクタクル作品で
成功を収めた。すでに見たように、この『テンペスト』には、「悪魔のマスク」
という宮廷仮面劇のアンティ・マスクに相当する仮面劇的場面が含まれてお
り、宮廷仮面劇との類似が指摘される。

　その後、スペクタクル作品の上演は、ドーセット・ガーデン劇場に移り、
1674 年、シャドウェルの『テンペスト』が上演されるが、この作品にも、「ネ
プチューンとアンフィトリテの仮面劇」という宮廷仮面劇のメイン・マスク
のような仮面劇的場面が見られ、仮面劇の流れを汲んでいることは確かであ
る。

　1690 年から 95 年にかけて、ドーセット・ガーデン劇場では、作曲家ヘン
リー・パーセル（Henry Purcell, 1659-95）が活躍する。1690 年、トマス・
ベタートン台本の『ダイオクリージアン』（*Dioclesian*）、1691 年、ジョン・
ドライデン台本の『アーサー王』（*King Arthur*）、1692 年、台本作者不明の

『妖精の女王』（*The Fairy Queen*）、1695年、シャドウェル台本の『テンペスト、あるいは魔法の島』（*The Tempest, or The Enchanted Island*）、そして同年、ドライデンとサー・ロバート・ハワード（Sir Robert Howard, 1626-98）台本の『インディアンの女王』（*The Indian Queen*）が上演された。これらは、全て歌と台詞が入り混じった仮面劇的な作品であった。

　一方、この時期、歌のみで構成されたオペラ的作品も上演された。アン・キングスミル（Anne Kingsmill, 1661-1720）台本、ジョン・ブロー（John Blow, 1649-1708）作曲の『ヴィーナスとアドーニス』（*Venus and Adonis*）とネイハム・テイト台本、ヘンリー・パーセル作曲の『ディドーとイーニアス』（*Dido and Aeneas*）である。『ヴィーナスとアドーニス』は、1683年のチャールズ2世の御前公演と1684年のジョシアス・プリースツ女子寄宿学校での上演、そして『ディドーとイーニアス』は、1689年に同女子寄宿学校での上演の記録が残っている。つまり、これらの「オペラ」は、公衆劇場ではなく、私的な場所で上演されたのであった。

　以上見てきたように、王政復古期にイギリスの公衆劇場で上演されたスペクタクル作品は、イタリアの「オペラ」ではなく、イギリス伝統の「仮面劇」だったと言うことができる。

5. 王政復古期の『テンペスト』マスク化の意義

　最後に、仮面劇に由来する『テンペスト』が王政復古期に上演されたことの意義を考察してみたい。すると、これらの劇が公衆劇場で上演されたことに重要な意義があると考えられる。サミュエル・ピープスは『日記』に、革命以前、チャールズ1世が公衆劇場で劇を鑑賞することは全くなかったが、王政復古期には、チャールズ2世が公衆劇場で観劇をし、貴族も市民も劇場にやってきたと記している（55-56）。このことから推測できるのは、公衆劇場内に、王を頂点とし、一般大衆を巻き込んだヒエラルキーが生みだされたということである。

　スティーヴン・オーゲル教授によると、ルネサンス期、建築家フィリッポ・ブルネレスキ（Filippo Brunelleschi, 1377-1446）やレオナルド・ダ・ヴィンチ（Leonardo da Vinci, 1452-1519）によって、宮廷劇場に遠近法と可動式舞

台が導入されて以来、劇場は宮廷内のヒエラルキーを具現化する場になった。なぜなら、プロセニアム・アーチをもつ額縁舞台において「遠近法」が「驚異」の視覚効果を最大限に発揮する場所は、劇場内のただ一点、君主の席のみだったからである。その結果、ロイヤル・ボックスに座り、「王の視点」をもつ君主が、宮廷の権力構造の中心にいることが明白になった。そして、他の宮廷貴族たちも、その席が君主のそばに近ければ近いほど、宮廷内での地位が高いということが証明されるようになったのである（10-11）。この点を考慮すると、王政復古期にチャールズ 2 世が公衆劇場に足を運ぶようになったということは、革命以前は王と貴族の間にだけ存在した宮廷内のヒエラルキーが一般大衆にまで広げられたことに他ならない。このようなチャールズ 2 世の行為の背景には、王の権力を社会の隅々にまで行き渡らせ、二度と内乱が起こらないようにとの政治的意図が存在したと思われる。

　以上のことから、私は、王政復古期の 2 つの『テンペスト』が、身分に関係なく誰もが鑑賞できる政治的スペクタクル、「大衆化された仮面劇」であったと結論づけたい。

　その後のスペクタクル劇と政治体制の関係を見てみると、18 世紀に入り、ゲオルク・フリードリヒ・ヘンデル（Georg Friedrich Händel, 1685-1759）がイギリスに持ち込んだイタリア・オペラが、イギリスで流行したことが注目に値する。1711 年、ヘイ・マーケット劇場で上演された『リナルド』（*Rinaldo*）は、イタリア語のアリア（詠唱）とレチタティーヴォ（叙唱）から成るイタリア式オペラであった。次いで、1720 年代にヘンデルの「オペラ」は大衆の熱狂をもって迎えられ、大成功を収めた。この現象は、清教徒革命と名誉革命という二度の内乱を経て、ようやくプロテスタント君主のハノーヴァー朝の政治体制がイギリスで安定し、ライバル国であるカトリックのイタリア芸術を受け入れることができるようになったためと思われる。

＊

　これまで考察してきたように、歌、音楽、踊りを増した王政復古期の 2 つの『テンペスト』は、イタリアのオペラではなく、清教徒革命以前のイギリスの宮廷仮面劇に由来する「大衆化された仮面劇」であった。そして、未だ政治体制の不安定な王政復古期に、仮面劇化された『テンペスト』が公衆劇

場で上演されたということは、君主制の維持と安定を図るという政治的意図
があったに違いないと結論づけることができるのである。

参考文献

Blow, John. *Venus and Adonis*. CD. CPO, 2011.

Daniel, Samuel. *Tethys' Festival. Court Masques*. Ed. David Lindley. Oxford: Clarendon
　　Press, 1995. 54-65.

Davenant, William. *The Siege of the Rhodes. British Library Historical Print Collections*.
　　London, 1656.

Downes, John. *Roscius Anglicanus. ECCO Print Editions*. London, 1789.

Dryden, John, and William Davenant. *The Tempest, or The Enchanted Island. The Works
　　of John Dryden*. Ed. H. T. Swedenberg, Jr. Vol. 10. Berkeley: U of California P, 1970.
　　2-103.

Edmond, Mary. *Rare Sir William Davenant*. New York: St. Martin's Press, 1987.

Handel, George Frideric. *Rinaldo*. CD. Naxos, 2006.

Hotson, Leslie. *The Commonwealth and Restoration Stage*. Cambridge: Harvard UP,
　　1928.

Orgel, Stephen. *The Illusion of Power*. Berkeley: U of California P, 1975.

Pepys, Samuel. *The Diary of Samuel Pepys*. Ed. Robert Latham and William Matthews.
　　Vol. 8. Berkeley: U of California P, 1974.

Purcell, Henry. *Dido and Aeneas*. CD. Erato, 1995.

——. *Dioclesian*. CD. Erato, 1988.

——. *The Enchanted Island. Musicians of the Globe*. CD. Philips, 1998.

——. *The Fairy Queen*. CD. Harmonia Mundi, 1989.

——. *The Indian Queen*. CD. Naxos, 1998.

——. *King Arthur*. CD. Erato, 1985.

Shadwell, Thomas. *The Tempest, or The Enchanted Island. The British Library Historical
　　Collection*. London, 1690.

Shakespeare, William. *The Tempest. The Arden Shakespeare*. Ed. Virginia Mason

Vaughan and Alden T. Vaughan. London: Thomson Learning, 1999.

Strong, Roy. *Art and Power*. Woodbridge, Suffolk: The Boydell Press, 1984.

White, Eric Walter. *The Rise of English Opera*. London: John Lehmann, 1951.

索　引

ア

イ

ウ

ホ

書斎の外のシェイクスピア

2017 年 11 月 30 日　初版第 1 刷発行
2022 年 3 月 25 日　初版第 2 刷発行

サウンディングズ英語英米文学会編

監修者　舟 川 一 彦

発行者　福 岡 正 人

発行所　株式会社 金星堂

（〒 101-0051）東京都千代田区神田神保町 3-21
Tel.　(03) 3263-3828 （営業部）
(03) 3263-3997 （編集部）
Fax　(03) 3263-0716
http://www.kinsei-do.co.jp

編集担当：佐藤求太　　　　　　　　　　　Printed in Japan
編集協力：めだかスタジオ
装丁：スタジオベゼル
印刷／製本所：倉敷印刷

本書の無断複製・複写は著作権法上での例外を除き禁じられています。
本書を代行業者等の第三者に依頼してスキャンやデジタル化することは、
たとえ個人や家庭内での利用であっても認められておりません。
落丁・乱丁本はお取り替えいたします。

© Kazuhiko Funakawa / Yukiko Takeoka / Yoshiaki Sugiki / Takashi Nishi /
Noriko Ishizuka / Takako Saito / Mayumi Tamura

ISBN978-4-7647-1171-6　C1098

■執筆者紹介

舟川　一彦（監修）　　上智大学名誉教授

武岡由樹子（編集）　　上智大学講師

杉木　良明　　　　　　上智大学教授

西　　能史　　　　　　上智大学准教授

石塚　倫子　　　　　　東京家政大学教授

齊藤　貴子　　　　　　早稲田大学・上智大学講師

田村　真弓　　　　　　大東文化大学准教授